U0558248

加油郝运香！

刘颖　著

目录 Catalog

第一章

裤腰带哲学与点心匣子

今年，是大龄女青年郝运香的“四七”之年，郝运香对数字“七”有着不可名状的敬畏——女娲娘娘逢七造人，诺亚方舟遇七得生，就连天上的彩虹都是七种颜色，这么一个连天象都遵循的数字，自然代表着大大的吉祥。所以，嘴巴上一向咬定自己不信邪的她，在年初便让小区里的门卫张大叔给自己打了个桃花开运卦。门卫张大叔自称是龙虎真人张天师的第七十二代子孙，给人指点迷津时从不收费，就这份高尚的节操便深深令郝运香折服。张大叔说了，郝运香如果不赶在“四七”年华将婚姻大事处置妥当，那么下次红鸾星动便只能等到“五七”之年了。

在农历新年钟声敲响的那一刻，她照着张大叔的指点：迅速套上正红色的内衣裤，扎紧打了死结的红腰带，绑上金刚结拴就的琉璃粉红貔貅，踩着红拖鞋，面向正东郑重地许下新年心愿——佛祖啊、菩萨啊，红鞋垫都亲手做了七双，一定要保佑我坏的不来好的来，坏的不来好的来……

果然，才踏入春天，郝运香就告诉我：任重向她求婚啦！依着我这些年跟她在“点心匣子”里磨出来的交情，这句话正确的解读应该是——任重终于答应郝运香的求婚了！

大喜临门的郝运香顶着满头的柳絮和满脸的油汗，孤独而又亢奋地奔走在各大婚庆批发市场。她的心里一面是狂喜，一面是焦灼——任重的求婚来之不易啊，婚礼仪式啥的都不重要，这结婚证书可得赶紧开出来，马上锁进抽屉，否则她的那颗心是落不进胸腔子里的。

简单来说，任重是郝运香的大学同学，郝运香从大二开始暗恋任重，而任重呢，从高二开始暗恋傅天爱。就在几个月前，傅天爱答应了一名半高干子弟的求婚，可任重还是不肯正式死心。

这时，一直潜伏在侧的郝运香伺机出洞，一口叼住任重的“七寸”，趁其酒精上脑之际，迅猛地一记本垒打，将其成功拿下。

“被罩、枕套、床单、床板儿、塑料衣柜、条桌儿，还有那些，全都扔掉！”郝运香在租来的小斗室里，勉强转了个身，俩胳膊抡出一个大大的圆，指示着要抛弃哪些家当。

“还有那些？你这不是把全部家当都扔了？”我难以置信地上下打量着突然转性的郝运香。在我的印象里，这些家当似乎从郝运香出生起便陪着她，几经辗转都舍不得扔掉一件。

郝运香绝口不提自己身份证上的真实年龄，谁问跟谁急。最近，她那条廉价的外裤下一直隐隐透出的红色内裤更是彻底弄晕了我——说她二十四岁吧，太年轻，可说她三十六岁吧，又太老。又不是本命年，这一身的红内衣着实透着点儿邪性。

不过，平心而论，青春的余光尚在郝运香身上影影绰绰地闪烁着。她个头略高，身材略壮，本白的皮肤上常年罩着一层青气，大大的眼睛里总是掺杂着几丝惶惑的焦虑。她的眉眼口鼻唇配合在一起，不，应该说凑合在一起，给人的印象十分模糊。是的，郝运香本尊的面目——如同麻将里的白板一般寡然无味。

但她身体的线条如主人的精神一样强健、硬朗。肩部、肘部、臀部、腿部的骨骼支楞突出，好像要随着双手比划出的那一个大圆，时刻准备着破皮而出，替主人呼吸下新鲜空气，好缓解一下那与生俱来的灼急。

通常人们总是一眼便能在人群里扫见郝运香，扫完便失去了再端详的兴趣，待一转身，就无论如何也想不起她到底长什么样了。

其实作为电视台总务秘书室的一名白领，郝运香每个月税后可是有将近八千元的“巨额”收入——至少她远在西北县城的家人这么认为，这还没算年底的奖金。不过作为家里的长女，心里存了多年的美丽的都市家园梦的北漂一族，郝运香还是节省到令守财奴都要发指的地步。

这个世界上有大把的人为了各种各样的理由过着简朴的日子。不过，奔跑在勤俭节约这条美好的康庄大道上的人，谁也别想超过郝运香。

比如，她雷打不动只用两张单层卫生纸，如果卫生纸是双层的，那就只用一张……

毕业后，在电视台豪华的女厕里，郝运香对着雪白的卫生纸犹豫了很久，最后还是克制住自己，只拽了两张。她惊喜地发现，厕纸竟然是三层的！于是她很有耐心地将三层纸拆成了三张，拆了满满一大把，塞进了自己的裤兜。她对自己说，占便宜不能没够啊，你！

从此，她再也没有买过卫生纸。

就是这样的人，竟然舍得扔家当?!

郝运香冲我甩了甩稀稀拉拉的刘海，毫不在乎地说：“这些东西摆在我这个屋子里才能当个家当使，要是搬进任重四环边一百多平方米的三室一厅里，那就是纯粹的破烂儿！”

她将重音刻意夯进“四环边一百多平方米的三室一厅”这几个字里，砸得我的胸口一阵阵生疼。我和铁军什么时候才能带着合适的家当，搬进四环边的某个三室一厅，或者两室一厅也可以啊。

郝运香看我面色有异，勉强将满溢出来的得意收了收，安慰我道："小美，你又不用着急，铁军父母下个月不就带着首付款来了嘛。"

"首付，首付，说了好几年，现在也没见着影子。"我狠狠地咬住下嘴唇。

郝运香边收拾曾经的家当现在的破烂儿，边忍不住地同情我："你被套牢了。当年在冯哥的点心匣子里我就跟你说过，攥紧裤腰带，无证不解，无证不解。你不听。"

郝运香腾出一只骨节突出的大手，紧紧揪住脐下三寸处的裤腰带，同时为了强调'攥'的决心，又死死扭了个三百六十度的大转，强调说："懂吗？女人的裤带就像婴儿的脐带，时辰未到——解开，那就是要命！"伴随着"命"字的袅袅尾音，她的另一只手猛击一把床沿。

"砰"的一声，那只一直在窗沿上踱步的灰鸽双翅一振冲上了天空，屁股后面挂出一道细细的黑线，旋即消失在油漆斑驳的窗框外。

"那任重算怎么回事儿？"我质问郝运香，"他啥证也没给你，别说裤腰带了，你恨不得连脐带都给他解开。"

郝运香眯着双眼，得意地说："任重？他不一样。我早就跟你说过，他是什么都会给我的。这结婚证是第一步，接下来的房产证、存折，早早晚晚，咱们走着瞧。小美啊，女人的裤腰带解不解，何时解，跟什么人能解，跟什么人不能解，不光是个把握时机的问题，还得靠眼光和判断。这是一道高深的、复杂的人生哲学选择判断题啊！做不好的女人要堕入苦海一辈子的！"说完，她将两只胳膊长长地舒展开来，伸了个大大的懒腰。很显然，她认为自己完全做对了这道高深的、复杂的人生哲学选择判断题，这一辈子她是要远离"苦海"这两个字了。

郝运香的裤腰带哲学迅速而又深入地钻入我的脑海，以至于后来每当我跟铁军亲热时，一到要紧关头它便蹦出来，带着那股浓烈的味道随我一起沉入生命中最深的震颤。

若干年前，我和郝运香以及另外三个女孩、四个男孩被一起摆进北京三里河望春园小区一间经过精心打造、建筑面积为38.88平方米的一室一厅一卫的温馨小屋里——我们亲切地称其为“点心匣子”。

虽然这套小“点心匣子”匠心独具的室内设计足以拿到太平洋建筑协会颁发的年度最高奖项“金块奖”，但每一块“点心”搬出去后，都不约而同地持续做过同一个噩梦——哇！谁又把我塞回来了?!

第一次见郝运香是在望春园小区北门边上的一根电线杆旁。我俩互相打量了一下对方拎着大包小裹的样子，心里便有数了，问了句“来租房的”便自然地攀谈起来。

郝运香边啃着煎饼果子，边将我的来龙去脉打听了一溜儿。待问出我还是待业青年时，她手里的煎饼便开始直对着我不太客气地点点戳戳起来，嘴里喷着昂扬的唾沫星子，诉说着自己能找到电视台的工作是如何具备了天时地利人和。待我想要随声附和几句，她又马上警惕起来，低头努嘴，熄灭了眼里的精光，开始哀叹自己的无根无基，纵是有十分的心去帮助别人，怕是连半分的力气也没处可使。

我实在懒得再搭理她。

没待沉默太长时间，“叮铃铃”一阵清脆的自行车铃声打破了我们之间渐渐蔓延开的尴尬。一个梳着大背头、肤色黝黑的男人从车座上叉着腿蹦下来，两脚撇开在泥土中倒腾了好几下，才算连人带车刹在我俩面前。他从容不迫地捋了捋散落下来的头发，将穿着白袜封口黑凉鞋的右脚从无横梁的女士车右脚蹬子处收回到左脚边，撇出一个外八字，开口问道：“请问你们是要租406的房子吗？”

我和郝运香实在忍不住，哈哈大笑着点了点头。

他也附和着我们笑道：“你们好，敝姓冯，你们叫我冯哥就好。

同学们，我可以叫你们同学吗？我想你们已经看过我在网上发的帖子，我的房子地处北京市文化氛围浓厚的优质高档小区，价廉质优交通发达。我帖子发出去不到两小时就收到三百九十五封要求看房的私信。三百九十五封啊，同学们。为了避免不必要的麻烦，我的房子，只租给大学生。211 毕业的同学，租金可打九八折；985 毕业的同学，租金可打九五折。”

我跟郝运香对望一眼，这是要看毕业证？

冯哥抿嘴一笑，食指中指并拢点了点郝运香背后的电线杆，只见上面赫然贴着专业办证人士的联系方式。冯哥说：“我不看你们的毕业证，你们给我翻译一段文章就可以了。”说完，他从屁股后面的口袋里掏出一份参考消息，双指点到《美国中情局分析错误百出》这篇文章。

“冯哥，你学英文的？”我问道。

冯哥扬了扬下巴，不置可否：“翻吧。”

我跟郝运香拿着参考消息挪到马路牙子边坐下，一人选了一段，拣出认识的单词，中英文夹杂着批判了一下美国中情局科技处与行动处工作人员的险恶与幼稚。

冯哥听完后收回报纸，推起车子，说：“同学们，出发。”

406 由一个大点的长方形加一个小点的正方形组成，像一个点心匣子。冯哥将九个来自祖国五湖四海的大学生像点心似的整整齐齐地没浪费一丝一毫空间地嵌了进去，给了我们一个家。

“点心匣子”大点的长方形兼具厨房、浴室、客厅、娱乐室、储藏室等功能。每一个空出来的拐角墙壁处都严丝合缝地钉着形态各异、功能多用的柜子或者架子。只要不得意忘形，上厕所或者出门是绝不会磕碰到的。

在这个长方形的两边各摆着两张铁质的上下铺床，每一张铁床都被可开合的深蓝色的涤纶布由床头至床脚严密遮着。床尾都装着一个可收拉的三合板——不睡觉时打开，放好台灯，坐着能看书学习；要睡觉时收起，台灯等零碎可挂在墙上钉好的一溜钉子上。

走道里摆着一张长条桌子，闲暇时光，我们可以聚在下铺边打牌边抽空看一眼摆在正门上方铁架子上的一台十八寸日立电视。无奈人多，爱好纷杂，不出意外，基本无法聚在一起看电视。所以，差不多两年的时间里，我们业余的各项娱乐活动都各自躺着进行。

这里住着四名男生：秘书小李、诗人小赵、销售小王、销售小铁。小铁大名铁军，我被他成功拿下。可郝运香在诗人小赵猛烈的攻势下，坚守住了自己的裤腰带。否则这会儿她差不多应该和着小赵那绮丽、苍凉的长诗，漂泊在陕北某处的黄土高坡上，哪里能躺进任重四环边的大屋里睥睨众生呢。

黑匣子大点的长方形和小点的正方形的连接处装了一道推拉式玻璃门，玻璃门后拦了一道铁栅栏，上面挂了把将军牌大铁锁。铁栅栏上罩着厚厚的深红色金丝绒窗帘。一进栅栏门，左手边是一间一平方米左右的洗手间，小到只能贴进去一面镜子，架一个洗脸池，挖一个蹲便器，塞一个人。剩下的地方连空气挤进去都费劲儿。

小正方形两边同样各摆着两张上下铺，设计布局与大点的长方形一模一样。

但是，这里竟然有一间飘窗兼阳台改造的独立间。拉上帘子，夏天开着窗可以数星星，冬天关着窗可以就着火炉吃烤白薯，听不见别人的梦话磨牙打屁声，这是多么恣意快乐的生活啊。

冯哥站在玻璃门外，看着我跟郝运香鼓出的双眼，安慰道：“同学，这小屋要比你们现在租的床位贵出一半。其实也没什么好的。你们的大床帘子一拉不也是个小屋嘛，非常实惠，也很温馨的。好了，该交代的我也交代得差不多了。最后再强调一遍，男女生不得混住，不是自己的东西不要乱拿。大家要洁身自好，努力上进，别小看今天的自己。看看我，我可是一无所有从农村出来的孩子。小铁，你笑什么？就你的床位，以前住着软件小唐，人家已经在怀柔买房了，68.8 平两房一厅啊！相信我的判断，听我一句忠告，你们要不惜一切代价攒！钱！买！房！”冯哥挥起双臂冲我们摇了摇，半个身子跨出门口，回头添了一句，“北京欢迎你们！”

等我和郝运香都从“点心匣子”搬出来好久后，才有人后知后觉地搞出蚁族穴居族什么的，基本都在六七八环外。这全都是在嚼冯哥吃剩下的，太落伍了！彼时的冯哥已经在三四环中心地带制造了三个“点心匣子”，装了二三十块“高级点心”了。一个“点心匣子”是给多少蚂蚁窝都不能换的。

噢，反正我们是搬出来了，谢天谢地。

第二章

野心勃勃的铁藤

星期一，郝运香照例早早来到空无一人的办公室，打扫完卫生，灌好开水，给她的顶头上司林晓萸泡上红枣枸杞菊花茶后——当然用的是林晓萸自己的材料，李大姐进了门。

李大姐瞄了一眼郝运香，又瞄了一眼菊花茶，皮笑肉不笑地说："哟，瞧我们二十四孝小香香，这泡茶的功夫越练越老道了。"郝运香任李大姐口中舞出来的阵阵棒风穿体而过，厚着脸皮伸手说道："李大姐，下回给您先泡，您来得早。别动，杯子给我。"

郝运香毕业于二流大学，父亲是甘肃某贫困县非重点小学的语文老师，母亲是无业文艺老青年。毕业那年，她原本只想着起步阶段混个温饱便罢，两眼盯牢中小企业，结果一个月下来，腿杆子都跑细了，却一个面试也没捞着。

郝运香的愣劲儿被刺激上来——看不上我？我还看不上你们呢！从此只投国企和大公司。又一个月过去了，心吊在嗓子眼、腿肚子直转筋的郝运香仍然坚定地杵在应聘电视台工作的长龙里。眼瞅着离龙头近了点，一男一女嘻嘻哈哈地夹进来，排在郝运香前面的一个女孩身边。

郝运香一身闷气正无处发泄，大喝一声："谁让你们插队的？"

男孩转过脸："这位同学，我们三个一起的。"

"滚出去！"

女孩不乐意了："你滚出去。"

郝运香只一掌，女孩滚出三米开外。男孩心疼坏了，一个箭步飞奔出去，扶起地上的泪人儿，嘴巴里骂骂咧咧。

郝运香胸一挺，双手叉腰："有本事你再给我插一个。"

男孩被唬得立马闭嘴。

这时，一个略喑哑的女声在她身边响起："简历给我。"郝运香猛地回头，一个风姿绰约的女人向她摊开左手，手心朝上。这个女人便是郝运香现在的上司——林晓萸。

就这样，郝运香进了电视台的总务秘书室。

晕晕乎乎的，五险一金就给得妥妥的；年底的奖金必发不说，就连三八妇女节、六一儿童节都有大牌的洗发精、沐浴露什么的……还一发一袋子，一发一袋子啊！夫复何求！这就是大公司啊！这就是遮阳挡雨好大的一棵树啊！

她暗地里猛练神功，恨不能把自己变成一股铁藤，深深地紧紧地勒进树身，乞求岁月快快流逝，好让树藤合二为一，谁也别妄想将她扯下来。

当屁股刚坐进这间小小的连领导带科员一共两个人的总务秘书科时，郝运香胸中狠狠勾画了一架扶摇直上的宽阔阶梯。至于拿什么材料搭梯子，搭到哪里爬到哪里才是尽头，这些概念她心里一概没有。只是拼着一股子初生牛犊的猛劲，认准了勤劳苦做加善于并勇于表现，哪能没有出头日！

这勤劳苦做的经验，来自少年时代帮乡下奶奶种地的总结。奶奶拐着半大的脚，给郝运香灌输：一年两季种子匀匀地撒进开好的地垄里，该浇水浇水，该上肥上肥，该间苗间苗，只要舍得出力气，妥妥的春种秋收，秋种冬收，童叟无欺。

第二条经验，来自毕业前学校免费的职业培训课。年轻的培训师手持一根小金属棒遥遥点着PPT，告诉菜鸟们：机会是属于那些勇于并善于展示自己才华、特点的人，在工作单位不怕你没贡献，只怕你没表现。三五年班上下来，别人还叫不出你完整的名字，你的职业生涯便是彻底的失败！

郝运香一直将这两条经验牢牢刻在脑袋瓜里。

实际执行起来，郝运香苦恼地发现，勤劳苦做的机会，她实在是不缺乏，但表现自己的机会，简直就是不可遇也无处可觅。

总务秘书室，名义上挂了个“总”字，公司里每项业务都沾点边，但那只是蜻蜓点水。核心的业务内容各个部门都牢牢把在手里。看，看不得；学，学不了。

平日里敲敲文件，做做会议纪要，接接电话，存存人事档案，眼见着流年似水，郝运香一着急，便走了两步臭棋。事后，郝运香下了一番功夫总结，便发现虽说两招臭棋皆源于急功冒进，但这臭与臭之间也是臭得大相径庭，很有讲究。

这第一臭，臭在急功的这个“急”字上。初进公司，总秘科里只有郝运香跟她顶头上司林晓英。受宠若惊的郝运香甩开膀子干劲十足，敲起文件来啪啪啪得惊天动地。

过了差不多一年，李大姐来了。郝运香立马像打了鸡血的斗犬，上个厕所都恨不能踢着正步去。她心里想着，可是逮着机会了，这有人才有江湖，有江湖才显得出功夫。一个小兵自己个儿跟自己个儿操练，耍得再好也显不出好来；两小兵齐步走，谁孬谁好，高下立现啊。

几个回合下来，郝运香和李大姐便分别以各自的方式将对方的情况摸了个七七八八。

一个无根无基的乡下贫二代，咋撞进来的？李大姐很是想不明白。

李大姐大学文凭都没有，敲字还是二指禅，速度还不抵我闭着眼睛快，咋撞进来的？运气比我还好！郝运香更是丈二和尚摸不着头脑。

其实，就冲郝运香这打听的方向，她就实实在在地输了。文凭对背景，裤子都输没了。

李大姐见到郝运香，脸上是波澜不惊，私底下早就酝酿得一清二白。小地方跳出来的心高气傲的李大姐，将自己一生未酬的壮志统统归咎于没有文凭。人到中年总是睡不着觉的李大姐，在黑暗中两眼烁烁闪光，牙齿咯咯作响——我要是有个文凭！所以，打从她儿子铁蛋一出生，她便规划好了“四个一工程”：“四”就是四大步，分别指幼升小、小升初、初升高、高升大；“一”就是 No.1，就是要保证这四大步里的每一步都得跨进重点区域里的 No.1。

其时，恰逢她儿子小升初，李大姐每天上班都是晚来早走，该请假请假，能溜号儿溜号儿。郝运香抱定胳膊等着林晓萸给李大姐下马威呢，岂料林晓萸没有任何反应，李大姐来时冲她点个头，去时再冲她点个头。

郝运香心里可是吃味极了。

这天，林晓萸急着出门，临走时给李大姐交代了份文件稿，声明贾总第二天就要看，当天必须打好，校对清楚。林晓萸前脚出门，李大姐后脚举着文件就蹿到郝运香面前：“香香，拜托一下啊，我家铁蛋这几天不太舒服，我得赶紧回去照顾他，要不耽误了物理测验，那就要命了。”话音未落，人早没了踪影。

郝运香已经不动声色地替李大姐敲了不少文件了。她哼哼着鼻子，两指捻起桌上的五张草稿纸，边敲打键盘边暗下心思，你当我郝运香这么好用呢！

第二天，趁李大姐没来，郝运香拿起打好的文件来到林晓萸面前，斟酌着字句：“林科，贾总不是今天要看吗？我弄好了。”

林晓萸看看文件，再看看郝运香一张意味深长的脸，头一低，只回了仨字：“拿回去。”

拿回去？郝运香震住了，原本准备好的一腔关于李大姐的怪话当下全堵在喉咙口。

郝运香举着文件回到自己座位，寻思着这怎么回事，是要我再仔细改改吗？好吧，赶紧的，趁李大姐来之前弄好它。

郝运香一阵忙乎，一个字一个标点符号地对了两遍后，又拿着文件来到林晓萸面前："林科，我对了好几遍，绝对不会有错误的。我的工作能力您是了解的。"

"拿回去。"这回林晓萸头都没抬。

郝运香头上万点金星乱窜，掂着文件回到座位里，半天都捣顺不了一腔子的气。

这时，李大姐哼着歌进来了。待她收拾好东西，舒舒服服坐定，林晓萸开口了："李大姐，昨天我交给你的那份文件你弄好了吗？"

"弄好了，弄好了。"李大姐一迭声应承道，冲郝运香挤挤眼睛，抄起摆在她面前的文件递给了林晓萸。林晓萸二话没说，拿起来头也不回地出门了。

郝运香不聪明，反应慢，但她生就比一般人有韧性，且百折不挠，等闲伤她不得。即便伤了，就地翻滚几下，爬起来该干嘛还干嘛。

她一个人琢磨了好几个礼拜，又出门打听了一大圈。原来李大姐的老公是他们上级单位总务科的科长。而且，他是上级单位大Boss王总从部队转业时直接带出来的。据说，部队某次出任务抗洪救灾时，是李大姐的老公舍命将王总从滔天的大水里捞出来的，一条腿到现在还有点毛病。这份交情，估计李大姐轻轻吹口气，郝运香就灰飞烟灭了。

此一招让郝运香实实在在学会一个道理：功，是能表也能抢的，但表前抢前，调查功夫一定得做到家，千万急不得。表错了对象抢错了人头，即便这功是你立下的，也不是功了，立马就变成一大过。表对了人，跟定了对象，即便你做下的过，搞不好转头就变成一大功。

这功功过过，是是非非，兜兜转转，郝运香搓着牙花子，狠狠出了一身冷汗。幸好林晓萸没收我这份文件，收了的话我跟李大姐的梁子可就结下了。不由得郝运香把心里那些对林晓萸隐隐的愤恨扫了不少出去——表面看起来像个狐狸精似的，心肠倒不坏。

这第二臭，臭在“冒进”的这个“冒”字上。这件事说起来虽没第一件那么曲折，却比第一件凶险得多。

某天午休时，郝运香正在网上研究任重的微信。办公室门“吱呀”一声被推开，贾总站在门外逡巡一眼，自语道：“小林去哪儿了？”

郝运香噌一下站起来，结结巴巴地回道：“我们林科出去了。”这可是她第一次直接跟贾总对话，实在有点激动。贾总看看她，点了点头，转身要走。郝运香不知道哪里生出的一股勇气：“贾总，您有什么工作任务吗？交给我吧！”贾总收回迈出的那条腿，略讶异地看着她。郝运香顿了一下，努力回忆并模仿着林晓萸的样子，加了一句：“我保证完成任务。”郝运香见过几次贾总给林晓萸布置工作，到最后林晓萸一旦略歪着头，小嘴里蹦出这句话的时候，严肃得吓人的贾总就总是忍不住会温暖地笑一下。

可是熟悉的微笑并没出现在贾总的脸上，倒是两道浓浓的眉毛迅速聚拢在一起，在连接处挤出一个“川”字。贾总上下打量一番郝运香，开口了：“年轻人多花点时间钻研钻研业务，努力提高自己的工作能力，这才是正道。你知道我有什么任务？交给你，你有能力完成吗？你自己的本职工作做好了吗？”三个问题口气一个比一个重，甩到郝运香的脸上，吓得她连怎么喘气都忘记了。

贾总本打算走了，想想又补了一句：“年底公司要业绩考核，每个部门业务不合格的人都得走，努力做好你应该做的事情。”

眼瞅着贾总转身了，岂料又转了过来，一根粗大的食指利剑般遥点着郝运香的鼻头：“你，你叫什么名字？”

郝运香立即筛糠般抖动起来，上下牙捉对儿厮打，却是半个字眼儿也没蹦出来。

就在这要命的当口儿，一个尖利的女高音响了起来：“哎呦，我的贾总，找了你一上午！赶紧的，签文件。正主儿那边点头了，今年咱们台的经费我可给解决了啊。对了，你让那个叫蓝蓝还是楠楠的新来的小主持，少给我矫情，晚上麻利儿地上好行头，跟我出去吃饭去。”

贾总的脸上刹那间开出一朵洛阳红牡丹：“小陶啊，行行行，好好好，走走走。”陶姐是制作部的红人，她的上位史就是一部传奇。

贾总消失了很久，郝运香还入定般站在椅子前，一颗心狂跳着，怎么也无法平静。从此，对“伴君如伴虎”这个成语，她有了新的脱离了意识形态范畴外的真正实际深刻的认识。

原本这样两招臭棋是能彻底将死一般人大展拳脚的雄心的。在如此水流湍急、暗礁密布、污泥翻腾、水藻纠缠的一条大河中，郝运香连条小鱼儿、小虾米都算不上，撑死了也就一肉眼看不见的浮游生物。即便睁大了眼睛，时时提着谨慎，依然可能一不小心连粉身碎骨的机会都没有，只会无痕无迹地消失。

可我们的郝运香偏就不是那一般人儿。

回家后，几大碗绿豆汤灌进肚，神魂归位，郝运香马上给自己写了一副对联。上联：进，进无不可进能拍则拍；下联：退，退无不可退当忍则忍；横批：进退有度。她在心里勾画出一幅更为壮阔的蓝图：陶姐不就一制片人嘛，想我这一辈子还当不上了咋地？早晚也得让贾总一见到我脸上就开牡丹！

从此，郝运香算是跟节目制作部彪上了。上到部门领导，下到搞卫生的清洁阿姨，不论对方脸上挂着紫茄子还是绿黄瓜一样的色儿，郝运香一概祭出一朵极品洛阳红牡丹。

大大小小的编辑只要肯赏脸，下到麻辣烫烤串儿，上到鲶鱼焖饼锅包肉，郝运香一概自掏腰包。宴席上，郝运香一边心疼得直嘬牙花子，一边狠咽口水下死劲儿控制住筷子，一门心思地伺候着正主儿——想当制片人，就得先从编片子开始学起。舍不得孩子套不着狼！

长此以往，心善点儿的编辑们挂不住，写稿子、上台子、编片子都给郝运香一点儿观摩的机会。

这天中午，郝运香照例泡在制作部，给编辑大赵端端水，跟编辑小汪扯扯皮。突然，编辑小李指着办公桌脚下的一个大包，说："嘿，这帮孙子，出去拍宣传片，器材包都落这儿了。"

大赵趴在电脑跟前头都没抬。

小汪哼哼两声也不搭茬儿。

小刘急了："你俩就端着，老大的火烧起来，谁也甭想好过。"

大赵："你赶紧给送过去。"

小刘："我马上得出门见客。"

小汪一抬头，郝运香的谄媚大脸近在咫尺，于是手一挥："去，你去。"

郝运香问清楚地址，看看手表，心说这本来打算晃两圈就去找任重钉死领证儿的日子呢。罢罢罢，下了班再去找他吧，也不急在这一时。

"好嘞，得令！"郝运香挎上大包，飞奔出去。

身后笑声一片。

跑到地儿，外景主持楠楠正点着摄像师的鼻子大发雷霆："你就扛架机器出来？包呢？指着我给你背呢？你怎么不把自己落单位啊？你想干不想干了？"

郝运香抢步上前，双手递上器材包："楠姐，楠姐，别生气，包来了。"

楠楠没好气地用鼻尖点点地，示意郝运香扔地上。

编辑小刘和摄影师大壮齐齐松了口气，赶紧指挥着场工布线、架机器。

楠楠小脸又白了："几点了，你们订的饭呢？"

小李赶紧掏出电话，一番询问后，怯生生地回答道："楠姐，那边说送餐的人出了点事儿，暂时送不过来。"

"送不过来，你们不会过去拿吗？我一饿就得犯低血糖，片子出不来可别赖我。"楠楠一只手扶着额角，娇喘连连。

小李正犯难，郝运香谄媚的大脸出现在他面前，于是他手一挥："去，你去。"

郝运香问清楚地址，再看看表："好嘞，得令。"正待奔将出去，身边突然爆发出一阵响亮的笑声。

郝运香回头一看，一个穿着蓝T恤、大长腿、懒洋洋眯着眼睛、抄着手站在大灯前的男人正冲她乐出一嘴大白牙。郝运香心说这场工刚好派得上用场，她拍拍大长腿的背，说："兄弟，搭把手，跟我抬盒饭去。"大长腿点点头："好嘞，得令。"

出了大门，郝运香直奔地铁站。

大长腿拦住她："打车吧，地铁站太远。"

"没人给我报销。"

"走吧。"

两人坐上车，空调冷风阵阵，吹得郝运香心情舒爽："你怎么称呼？"

"叫我小简吧。"

"哈哈哈，还小简呢，看你那一脸的抬头纹。"

"哈哈哈，老简也行，随你便。"

"这么大年纪了，还干场工呢？没琢磨着往灯光、摄像的方向努把力？"

大长腿转过头，一直眯缝着的眼睛突然睁大，两束摄人的光从他睁大的眼睛里喷射出来，像极了捕食前的花斑豹。郝运香没来由地心慌意乱，面颊潮红，赶紧低下脑袋。大长腿看郝运香不太自然，眼睛又眯了起来："你怎么称呼？"

“到了，赶紧付钱，下车。”

进了饭店，老板倒是将两大箱盒饭早早准备好，可没有送餐的伙计。老板一边擦汗，一边捣蒜般鞠躬——电视台的主子们可得罪不起。

大长腿老简扶住老板：“没事儿，我们自己能弄回去。”弯腰搬起两箱盒饭，示意郝运香走吧。

郝运香转转眼珠子：“老板，门口那辆三轮车借我用用，回头你派伙计自己取去。”

大长腿纳闷了：“你干吗？打车多方便？”

郝运香道：“你一场工，钱多了烧得慌啊。走吧，没多远，骑回去。”

郝运香扶着两箱盒饭坐进三轮车箱，大长腿跨上车座，不紧不慢地蹬起来。小风儿一阵阵轻轻地搔着郝运香的眉毛，她终于着急了：“你能蹬快点吗？楠姐低血糖！”

大长腿说：“很沉哎，我只能骑这么快。”

郝运香一把将大长腿扒拉下来：“算了，我来。”

郝运香飞身上车，后背微躬，双脚如踩风火轮般抡将起来。大长腿又是哈哈一笑，轻轻一跳，坐上三轮。他在呼呼穿耳的风声中，扯直了嗓门：“你力气真大。你叫啥？”

这时，郝运香的手机响了，她掏出手机一看，是任重。郝运香顿时喜得眉开眼笑，冲老简咧开大嘴：“我男朋友，要跟我商量领证的事儿呢！”

老简饶有兴味地观察着郝运香。她按下通话键，捏细了嗓门温柔地“哎”了一声，那边不知道说了什么，郝运香又“啊”了一声，眉毛高高挑起，脸色却迅速沉下去，呼吸也粗重起来，大叫着：“喂喂喂，为什么？”对方却挂了电话。

眼瞅着郝运香浑身的骨头架子像是被人从头顶一把抽了出去，软塌塌地趴在了车架子上。坐在后面的老简不禁担心起来，拍拍她的后背，问道："你没事吧？"

郝运香慢慢转过头，两颗大大的汗珠子挂在上唇的汗毛上，眉眼都错了位："我男朋友说出了点事，暂时不领证。"说完，她机械地转过身，慢慢踩起了脚蹬子。

老简眼看着两片镶着灰边的水渍从郝运香腋下汪了出来，越变越大，越来越深，迅速蔓延到后背，洇出了里面的内衣。这姑娘穿着大红色的内衣，老简想，遂摇摇脑袋将这个不着边际的想法赶出去，朝郝运香的背影喊道："喂，要不你过去看看他，我帮你蹬回去。"

"坐好！"郝运香一声断喝，踩着脚蹬子半站起来，屁股微撅，车轮上的辐条越转越快，闪出一片耀目的银光。郝运香的三轮竟然超过了身边的一辆尼桑，尼桑摁着喇叭表示自己的由衷敬佩。

郝运香着急啊，急得五脏六腑都要燃烧起来，恨不能立时化身一道闪电，噼啪一下劈开任重的脑袋，看看里面到底在想啥？

可是，她没请假也不想请假——饭碗得先端稳喽，才能追求爱情不是？

第三章

首付啊首付

铁军的父母终于带着首付款来了。这一刻被盼望了太久，以至于真正到来的时候，我反而麻木起来，并没有想象中的喜悦。

买房还是不买房，是我跟铁军之间炸药包式的永恒话题。不谈不行，一谈就炸。

说起房子，我就对铁军一肚子的不满，郝运香也总是在我耳旁冷嘲热讽："啧啧，你家铁军除了太爱打游戏……嗯，过于乐观以及不太能挣钱以外，真是一个二十二世纪也找不到的好男人。"

这个好男人是什么"房价必降论"的坚定拥护者。有那么一阵子，他腾出打游戏的时间，光着膀子泡在某著名论坛里，看谁买房子就跳着脚骂谁傻缺。

郝运香则跟他彻底相反，她是坚定的"房价必涨论"的拥护者，经常斥责铁军"点心匣子"白住了，冯哥的警世恒言一句没听进去。

而我是个可悲的骑墙派，我一会儿认为涨，一会儿认为不涨，搞得内分泌都失调了。

有一次，郝运香和铁军在我家里争论房价。铁军喊："泡沫已经很大了，你看租售比，进了棺材你也收不回钱！"

郝运香喊："你看看多少人削尖脑袋想挤进北京！"

铁军喊："政府不会让房价绑架经济的。你老娘们家家头发长见识短！"

郝运香喊："北京不是北京人的北京，它是全国人的北京。有钱人都来这买，就要这儿的医疗教育和机会，还有争面子。"

铁军跳着脚喊："泡沫必挤、房价必降、拐点必至，三必少一必我当你面吃屎。"

郝运香跺着脚喊："你等着吧，喊降很多年了。房价不会降，降了我当你面吃屎。"

铁军喊兴奋了，甩掉懒汉背心，跳到沙发上大喊："政府不会坐视不管的，到时候把你们这些炒房派全抓起来！"

郝运香没的可脱，只好抬起屁股添了句："做梦！北京是全世界的北京!!!"

我被他俩搞得心烦意乱，冲铁军喊道："你等着挤泡沫吧，泡沫挤完咱俩撒油那拉。"

铁军嬉皮笑脸地说："别啊，咱撒什么撒啊，咱等泡沫全撒光后，老公我领着你撒丫子奔四环边，给咱儿子来套八十平，不，一百平方米的学区房！"他中气十足地吼出"学区房"这仨字，两眼一阵金光暴射，胸肌乱荡，似乎房产证已经锁进了自家抽屉。我恨不得一掌从他的胸肌直劈向他的榆木脑袋，看看里面到底装得是不是浆糊。

如今房价一路飙升，我和铁军俩搭个人梯仰直了脖子也够不到。郝运香自然不会逼铁军吃屎，不过铁军那张晦气的小脸，佝偻着的脊梁，失去光彩的大眼睛倒真有点像吃了屎似的丧气。我虽是急怒攻心，几欲吐血，但也没有勇气离开他。女人的年纪岂是能饶人的。

我们的资质是那么的平凡，眼光是那么的短浅，房价究竟是涨还是跌这道判断题都没做好，还有什么资格去责怪谁谁谁呢？

铁军懵懵懂懂地感觉头顶上好像有一只看不见的大手，扯着他的头发，让他向东他绝没能力向西。他不觉得疼，也没觉得受控制，但失败的感觉还是压在了他年轻的心头。四环边的学区房，是你想买，想买就能买的吗？八十平方米，莫不是想拽着头发飞离地球哦。

此刻，站在铁轨旁边，准备迎接铁军父母与首付款的我，心里禁不住疑窦丛生。听说铁军的爸爸在老家大小也曾是个官，还是个局长，应该有些积蓄，否则也不会说要给我们付首付，但二老选择的出行工具实在令人费解。

首先，他们没有选择飞机——也许两个人年纪大了坐不惯飞机。好吧。

其次，他们也没有选择动车——也许动车是新兴事物，他爸妈不见得想尝试。好吧。

但是，他们选择的是绿皮车的硬座——这实在没法“好吧”了。

这点让站在月台上的铁军也直挠头。三天两夜的硬座火车，这两位老人年岁加起来都一百多了，这是要干吗？铁军一直嘟嘟囔囔的。

我站在铁军身边，实在有点心烦意乱，踮着脚边张望边使劲琢磨二老的经济实力，边琢磨边忍不住恶心自己。其实我真的没有这么势利，啃老啃到这个份儿上，我心里也蛮鄙视自己。可是没法再等下去了啊，只要有首付款，什么苦我都会跟铁军一起吃，怎样孝顺他的父母我都不会有半点怨言。

只要有首付款。我手搭凉棚望着火车进站的方向，在心里唱歌般安慰着自己。

火车晚点快三个小时了，铁军急得不停地问候铁道部的七大姑八大姨。终于，在我们即将崩溃的边缘，火车“嗷呜”一嗓子，“哐且哐且”地进站了。

铁军忽然大叫“爸、妈”，随即撒丫子奔向如潮的人流。我只好跌跌撞撞地跟在他身后，眼看着他把一位拎着一个印有“北京，你好”字样小布兜的头发花白的笑眯眯的干巴小老头和一位左肩背大尿素袋、右肩斜挎大帆布兜、左右手丁零当啷提满东西的胖老太太拥在了怀里。三人好一顿拥抱后，我才算挤开人流，站定在他们仨身边，心说他爸真是我见过的唯一一个像农民的局长了。

铁军推搡一把愣着的我，说："叫人啊。"

我赶紧扯着嗓子喊："叔叔阿姨好。"

铁军他妈利索地将东西往地上轻轻而迅速地一撂，抓住我的手摸了几摸，和颜悦色道："还叫什么叔叔阿姨啊，房子一买好立马给你们扯证。叫爸妈！"

铁军嚷嚷着"回家回家"，随即要提他妈撂在地上的行李。他妈一把将铁军搡出两米开外："这些你别动，都是我带给小美的东西，你给我再弄坏了，去帮你爸提东西。"然后笑眯眯地瞟了我一眼，作势弯腰提东西。

这怎么可以呢？这些袋子里可都是带给我的东西啊。我赶紧冲上去。好家伙，我猛一运气竟没拎起来。最后不得不在他妈的帮助下，鬼使神差地背起了这两大袋子。

铁军甩着"北京，你好"的小布兜，被他爸妈夹在中间，不时回过头来用眼神安慰我几下，不过都被我直接用眼神硬生生地杀了回去。我涨红着脸，身体前倾，驼着背，吭哧吭哧跟在他们身后，心里骂一遍自己再安慰一遍自己：谁让你穿高跟鞋——首付——谁让你穿高跟鞋——首付……

铁军的父母效率奇高，来的当天就开始着手计划买房。晚饭后，铁军爸爸眼明手快一把拉住要进里屋打游戏的铁军："你给老子站住，开会，内容——买房！"

于是我们一家四口围坐在客厅的小圆桌前，铁军的妈妈还煞有介事地掏出一本厚厚的本子，拉开听上级报告的架势做会议记录。铁军爸爸清了清嗓子，严肃地环视了我们一圈，眼风扫到我的时候，笑了笑。我赶紧也甜笑回去，下意识地挺直了脊梁。

铁军爸爸开口了："关于房子，我们已经浪费了太长时间。"说到这里，老人家威严地扫射铁军一眼，铁军略微局促了一下，眼神透出那么点彷徨不自信。

铁军爸爸看到儿子的表情还算让自己满意，这才继续："关于房子，我们已经不能再等待了；关于房子，现在已经到了不出手不行，迫在眉睫的地步。相信大家经过这几年的痛苦等待，已经很清楚房价究竟是怎么回事了。总之，我现在跟李淑香同志再也不相信任何专家学者，再也不相信电视里关于房价的任何分析走势判断。什么调控？房子，有首付款就出手，没首付款创造首付款也要出手。再不出手，钱就毛没了……"

李淑香同志——铁军妈妈听到这句，大声咳嗽起来。铁军爸爸看了她一眼，继续说："我与李淑香同志下定决心，排除万难，这回不买到房子绝不离开北京！"

老爷子越说越激动，大手伸出来，用力向下一挥，直接将一盘剩菜挑翻在地。他慌乱中不失镇定，尴尬中凸显威严，手拣剩菜迅速扔回盘子，用脚紧划拉几下地上的菜汤，嘴里继续说道："下面我来就买房一事宣布一下家里每一个人身上应该承担的义务、责任与任务……"

四个小时后，我跟铁军终于回到自己的屋子。我伸伸懒腰，拿起一本杂志，喊着"累死我了"，一个箭步就跳上了床。铁军坐在简易书桌前，破天荒地没开电脑，而是一个人发起了愣。我斜眼偷看沉默的铁军，琢磨他究竟在想什么。铁军声音哑哑地开口了："老婆，我一定努力让你们过上好日子。"

这一刻，屋子里突然变得特别安静，闹钟嘀嗒嘀嗒地一下一下敲击着我的心脏，我不知道该说什么。要知道，每天早晨我都是雄赳赳气昂昂奔进地铁站。但当我跟张照片似的嵌进地铁里，从人缝中瞥着两边林立高耸的建筑，像铁军一样的感觉总会灰蒙蒙地袭上心头。铁军低下头，一只手捂住了眼睛，带着颤音又说了一句："我的父母也挺不容易，你们都不容易。"

看着他轻轻抽动的并不是很宽阔的后背，我突然间酸楚得不得了。我慢慢下了床，从背后揽住铁军，安慰他："咱们俩一定好好过，将来好好孝顺你的爸妈，让他们晚年一定享上福。"铁军点点头，伸出手勾住了站在背后的我。

恋爱好几年了，我们俩从没有过像现在这样水乳交融的感觉。点点的幸福感从满心的酸楚中悄然渗出，越来越满，越来越满，最后在心底汇成一首欢快的短歌：明天，我们就有家了；明天，我们就有家了……

第四章

寻找已知的答案

自从上次那通电话后，郝运香已经三天没有见到任重了。

她边工作边挤出一切空闲的时间联系任重。任重没去公司上班；家里电话、手机一概无人接听，短消息也不回；微博、微信皆无更新。郝运香一颗头化作三个那么大。

这天中午，她在微信上给我发了个大大的哭脸："怎么办？三天都联系不到任重，我怕出事。"

郝运香一副下贱兮兮的样子顺着网络传递过来，我真恨不得隔空抽她几个耳光。我扔了个白眼过去："他上回听说傅天爱订婚以后不也玩失踪？失踪完不就打算跟你结婚了嘛。"

几秒钟后，手机轻轻一呻吟，郝运香回复道："那倒是。可这回是咋回事？你知道这结婚证没开出来锁进抽屉里，这个，你知道爱这个东西……唉！我真怕……不过，任重是个特别善良的人。"

"先别想那么多。找到他，问清楚，你俩这婚到底是结还是结还是结？你自己想清楚。"

"嗯，嗯。"

接着，手机安静下来。我一看表刚好一点差三十几秒，郝运香的公司午休时间将在三十几秒后宣告结束。真会卡点，我边逛淘宝边想，这妮子头脑真清醒，啥时候也不会为了爱情抛弃面包。

根据郝运香事后给我的报告，任重虽然一直杳无音讯，但终于在下午五点四十七分发布了一条微信状态——胃里很空，冰凉的咖啡融入后，心更空……

这条状态精准捣中郝运香的软肋，心疼得都快忘记呼吸是怎么回事。她用短信、电话轮番轰炸任重，甚至都不觉得连发十六条同样的手机短信——“你在哪里？不要虐待自己！”是一件很浪费钱的事。

最终，六点五十八分时，任重被郝运香拼命三郎的攻势攻倒，给她回了条短信：“我在家。”

郝运香提起包就冲出了办公室，一口气跳上公共汽车，直奔任重家。

下了公交，郝运香先拐进了附近一家菜市场。

她定在鱼摊前，在买活鱼还是买死鱼的问题上犹豫了三分多钟，惹得一身鱼鳞的鱼贩子直翻白眼。要知道活鱼一斤可比死鱼贵六块七毛五分呢。最后，她终于记起来，嘴刁的任重是尝得出活鱼死鱼的味道的，于是痛下决心叫鱼贩子捞条生猛点的活鱼。

结果，她一下嫌捞上来的大了，一会嫌捞上来的鱼眼睛太浑浊，一会又嫌捞上来的鱼头比身子大，一会又嫌捞上来的太小不精神。气得鱼贩子快要口吐白沫了，一双眼睛血红得鼓出了眼眶。在郝运香终于挑好了以后，他一把抓起鱼猛地将其砸向地面，捞起锤子嘴里气哼哼地念念有词，一步赶将上去将鱼一锤毙命，创造了其杀鱼史上的一个记录——在这之前他从没一锤毙命过一条鱼，鱼总得被追打挨个几锤，再挣扎好几下后才能魂归故里。

郝运香才不在乎小贩是不是拿鱼当她砸了，她提起自己满意的鱼奔向菜摊，在一阵极其猛烈的讨价还价、唇枪舌战后，她成功地从菜贩那儿买了一颗姜、两根葱，抢了一个青椒，然后满意地提着一兜子菜转身走开。

接着她走向了肉摊，一脸油腻的肉贩子恐惧地盯着步步逼近的郝运香，下意识地握紧了手里的尖刀护住了胸口。

当她离去时，鱼贩、菜贩与肉贩互相交换了一个极其鄙夷的眼神，并同时冲着她的背影呸了三声。

到了任重家门口，郝运香平复了一下情绪，呼撸了几把因为砍价而争红的双颊，瞪眼撇嘴地平缓好面部肌肉，抬起手打算按门铃。在门铃响起来的那一刹那，郝运香低头顺着衬衣领口望见自己今天穿的竟然是妈妈给她缝制的布胸罩，懊恼得恨不得扇自己两个耳光。怎么没换自己买的那套仿大牌最新款的戴安娜牌内衣呢？真是成事不足败事有余的东西，郝运香在心里喃喃地骂着自己。

过了好一会儿，任重才疲沓地开了门。他苍白着一张长脸，上面洒满密密的胡茬儿，通红的眼睛充分向郝运香表明他这三天过得很煎熬，而且很有可能没吃东西也没睡觉，只靠咖啡度日。

郝运香撂下手里的菜，扶起任重的胳膊，打算搀他坐进沙发。任重轻轻地闪了闪身子，表示自己还能走。他从郝运香手里抽出自己的胳膊，窝进乳白色布艺沙发，顺手抄起一个绣工精致的绛红与赭金色相间的靠垫，抵住自己的胃，将桌上的平板电脑合起来，愣愣地冲郝运香咧了下嘴。沙发旁边一碗方便面的残渣和一杯凉了的蓝山现磨咖啡。

不得不说，任重和郝运香确实不是一个世界的人。尽管他们是北京一所二流大学的同班同学。

年纪轻轻的任重身上总带着一种老派上海男人矜持、细致的生活情调，有一股讲究生活品味的“做作”味道。虽然他不是上海人，但是他有一个插队过来并下嫁他父亲的上海姆妈。

比如，他是我见过的唯一一个现在还在用纯白棉质大手帕的男人。有一年夏天，我、铁军、郝运香和任重去爬香山。到了山顶，四人一头一脸的汗。我拿出纸手巾擦汗，铁军从腰部捞起T恤照着头脸一通呼撸了事，郝运香则拿手慢腾腾地抹汗，边抹边悄悄在屁股上擦干。而她一直不眨眼地痴迷地盯着的任重，则云淡风轻不紧不慢地从裤兜里掏出一方纯白棉质大手帕，在额角、唇边、挺直的鼻梁上按来按去。那一刻，他眼眸深邃如星，轻风吹拂，一阵淡香浮散。我突然神思恍惚起来，有点嫌弃肚皮外露、一T恤汗渍、呼哧带喘的铁军。

再比如，他家床上用品永远只用一个牌子，那就是拉夫·劳伦，并且永远是白色的，一定要一百二十支纱的。当然，如果你以为任重会去什么塞特、燕莎、金融街这类地界买拉夫·劳伦的床上用品，那你就太不了解什么叫老派上海男人身上的细致与“会”享受生活了。他所有的高档用品均来自淘宝的海外代购。而且凭我多年购物经验锻炼出来的火眼金睛鉴定，他从没买到过假货，甚至从来都是以同类产品里的最低价购入。

所以，任重身上的一切都与来自甘肃小县城的郝运香是那么格格不入。我私下里以为，郝运香痴痴地深深地爱了任重近十年，其实下意识里爱的就是这份格格不入，这份云淡风轻却从骨子里透出来的那么一股子高人三等的舒适优雅的作派。郝运香也许打从心底里就想变成任重，她将任重当成梦中的自己去向往、去爱、去呵护了。

郝运香在厨房里一阵乒乒乓乓地忙活，沙发上的任重却只觉得心绪越来越乱，头越来越痛，越发想一个人待着。

其实公正地讲，任重不是一个坏人，他根本就是一个好人。虽然那晚当他得知傅天爱与半高干子弟订婚的消息时心情跌到了谷底，酒冲到了脑门，虽然他是在基本糊涂不太主动的状态下与郝运香发生了关系，但发生了关系就是发生了关系，他认了。

当我听见郝运香含羞带俏地告诉我，任重打算与她结婚时，我着实替郝运香高兴了一把，然后心里就有点怪怪的，说不上是难受还是失落。等下班见了铁军，我便找茬挑了件小事跟他一顿好闹。要知道任重有个好爸爸，所以他早早便在四环边有了套一百多平方米的三室两厅，还在某薪资待遇极佳的国企工作。虽然任重上的是二流大学，铁军上的是国内排名前十的大学，但铁军就是没房子，至今仍窝在一家私企里当销售员。

天知道也就两个星期的工夫，这两人婚事便搁置下来。我觉得这一切一定跟那个梦魇般的女人——傅天爱有关，并且有很大的关系。

郝运香吆吆喝喝热热闹闹地把清炖鱼、青红椒芹菜炒肉丝、腐竹拌青笋、豆腐虾皮紫菜汤一一端上了桌，解下围裙，拉开衣领，邀请任重一起吃饭。

任重两眼正正端详了下郝运香，问了句："你还好吧？"

就这一句，惹得郝运香喉头一阵剧烈地抖动，她呜呜咽咽道："还可以。"

任重深深地叹了口气："对不起，你知道我做出这个决定很不容易。"

"我知道，我知道，一直都是我一厢情愿的。"

"不、不、不，并不都是你一厢情愿的。"

郝运香在心里暗暗地问了一句：是吗？

接着就是一段长时间的沉默，任重两眼盯着天花板，郝运香呆呆地盯着一桌子菜。

鼓了半天的勇气，郝运香终于问出了那个憋了好长时间的问题："任重，咱们啥时候去领结婚证？"

任重的俊脸刹那间团在一起："郝运香，我觉得目前咱俩这个情况，并不适合结婚。太仓促。这是一种不负责任的行为。我要对你负责，我更得对咱俩的未来负责。所以……你懂我的意思吗？"

郝运香的心被呼喇一把扯了下来，她半瘫在椅子里，脑子里却迅速地盘算着：这到底是黄了，还是有缓儿？他到底为什么又改了主意？不行，这会儿我可不能慌，不能乱。不知所措的她嘴巴里念叨着："我知道，我知道……我懂你的意思，还得考虑考虑，毕竟咱俩以后要在一个锅里搅拌汤。要不，今天先不谈这些，先吃饭吧。吃啊吃啊，菜都凉了。我买了好多好东西，新鲜的鱼啊肉啊，你看这些菜，我刚才择的时候，根根都嫩得滴水……"

"郝运香，"任重打断了她的喋喋不休，轻轻地说了句，"对不起，今天我真的想一个人待着。"

郝运香愣了一会，咬紧了嘴唇，茫然地点了点头："好，好，那我先走了。你一定记得要吃，鱼是活的，可不是死的，要比死的贵很多的，笋我挑的都是最嫩的。"

郝运香望见任重的眉头又有团起来的趋势，赶忙住嘴，站了起来。她磨磨蹭蹭地走到门口，恋恋不舍地望了几眼热气腾腾的饭菜，咽了咽口水，又恋恋不舍地望了好几眼任重，再咽了咽口水，这才扭开了门把手。

随着门锁咔哒一声轻响，任重像被针扎了一下似的，噌地从沙发上弹起来，掏出屁股底下的一个牛皮纸袋，有点慌乱地扔向郝运香："差点忘记了，这个你拿着，最近你花了不少钱准备东西。"

郝运香一把接过纸袋，三个指头只一捏便估算出里面的钱绝对比她一个月的工资要多，应该差不多是俩月的工资。两人隔空推搡了半天，直到任重破天荒脸红脖子粗地开始大声央求，郝运香才收起信封，离开了她实在不想离开的任重。

一出门，郝运香忍不住打开信封——一万两千六百五十块，整整一万两千六百五十块，有整有零。百元大钞张张崭新，硬扎扎，红彤彤，上面慈祥的毛爷爷两眼坚定地望着郝运香。

郝运香心想，他这么关心我，连我跟他说的零头都记着。有了这笔关心，离婚姻还能远吗？

郝运香在楼道里狠狠地畅快地甚至可以说是欣喜地哭完鼻子，下楼后直接拐进了旁边的银行，在 ATM 机里存下了这笔钱。看着自己的银行账户，郝运香舒心了——离六环边的一室一厅越来越近了。郝运香不是一个贪心的人。只要在北京，只要不出北京，地段不讲究，那是有钱人买来哄自己玩儿的。自家住的，宽敞点，南北通透，最好再是个两室一厅，跟任重住在里面，生个儿子，这一辈子还求什么啊。

儿子上学也不用担心，只要房子一搞定，下死力气攒钱，将来给儿子送出国不就结了。想到这儿，郝运香乐得咯咯笑出了声儿。加油啊！郝运香！哪怕是八环，双脚也一定要坚实地扎根在北京的土地里，决不能拐向河北天津什么的。她拍拍自己的脸，整整衣服，雄赳赳地跨出银行的玻璃大门。

此时，街边华灯初上，闪闪烁烁的灯光代替了很久没见到的星光，朦朦胧胧的，把一切笼罩在蓝色的淡淡雾霭里。夜色隐没了道路两边无伤大雅的污水垃圾，大街上也没有了白天的车水马龙，尘土飞扬。温柔的黑暗中，安静里带着点点温情。

郝运香想，北京真好。

第五章

胶皮糖

下了公交，郝运香没有回家，直接拐进路边的一家网吧，她想知道任重悔婚的原因。不过她自己住的地方没装宽带——每个月交网费不划算。

掀开网吧的门帘，一股股白烟袅袅而出。郝运香熟门熟路一脚跨进，正正撞见坐在柜台后面的管理员小张。小张披着一头桀骜不驯的乱发，叼着牙签，两只黑黑的豆眼一边一块眼屎。看见郝运香，小张立时端正身体，吐出牙签，揉揉头发，抠抠眼角："你来啦。"

"啊。"

"好几天没见你，忙？"

"哎。"

"嘿嘿，老位置给你留好了，一会儿想吃啥告诉我。"

"嗯。"郝运香昂着头，又板正又傲娇地迈着猫步，走向自己的网吧专座。

郝运香坐进专座半天，专心在互联网上寻找任重悔婚的原因。

经过两个半小时的细致侦查，郝运香发现在任重和她发生关系的三天前，女神傅天爱通过微博发表了自己订婚的喜讯，并展示了闪闪发亮的婚戒；在任重做出与郝运香结婚决定的第三天，傅天爱的微博开始暂停一切豪华婚讯的直播，而任重的微博、微信则出现了一些情绪忽而亢奋忽而低沉的文字片断；在任重做出不结婚决定的前一天，傅天爱好多天没更新的状态里出现了这么一句话："一切都过去了，我还是我。可是，你还是你吗？"

凭着这些蛛丝马迹以及女人强大的第六感，郝运香得到了答案——傅天爱与半高干子弟的金玉良缘泡汤了。

郝运香重重地皱起了眉头，一声叹息，将身体颓然砸向网吧并不结实的椅背，下意识拍了拍身边一个正冒青胡茬打游戏打得不亦乐乎的小子："给我一根烟。"

傅天爱——简直就是女人的梦魇。

傅天爱是任重的高中同学，大学考进北京一所名牌大学的新闻系，任重追随着女神的脚步考进北京一所二流大学，而郝运香则在这间二流大学里迷恋上了任重。

大学一毕业，任重他爹就托了一大堆关系七拐八绕地将任重塞进一家国企，终于圆了他要跟女神傅天爱待在一座城市的心愿。

郝运香则是怀里揣着暑期在商场门口扯着脖子吆喝挣来的两千块——她原本挣了五千块，不过孝顺父母、弟弟三千块，然后一脑门子浆糊地追随着心目中的王子，力争扎根这座城市。

我只见过一次傅天爱，在星光天地门口。傅天爱挽着一个懒洋洋地提了好几个名牌纸袋、目光犀利的男人，跟郝运香打了个招呼，然后翩然而去。我呆望着她的背影，对自己说：我绝对不跟她做朋友。

傅天爱就像一阵春风，我只能这样形容她。就像一阵春风那样扑面而来，醉人、香甜，让你骤然间就失去了思考的能力，只想一头扎进去享受这美妙的感觉。她一米六五的标准身高，百十斤的标准体重，该大则大、该小则小、该凸则凸、该翘则翘的标准身材，黑黑的眼睛，翘翘的鼻子，红红的小嘴，声音美妙，姿态撩人。

在这样一副样貌之下，她的偶像竟然是邓文迪。傅天爱从小就聪明过人，品学兼优，一路重点至大学，并最终牵手一名半高干子弟。我都不想说这孩子家里有几套房了，说了我怕嫉妒死自己。之所以说“半”高干子弟，主要是因为他爹也就是个副局级，但架不住那也算是个领导啊！

综上所述，傅天爱除了父母是一对普通下岗工人这个不提也罢的小缺点，她简直从头到脚每一个汗毛孔都能让我这样自认资质中偏上的女子自惭形秽，忙不迭地只想以头抢地。郝运香则只能缩进尘埃里去仰望她了。

你叫任重如何不爱她啊不爱她。

郝运香绝对不是一个容易对生活失去信心的人，虽然生活并不见得因此而优待她。可是这一次，面对极有可能已经失婚的强大的傅天爱，她打从心底里感到恐惧。

但是，恐惧也许能吓退你我这样有自知之明的人。可郝运香自八岁那年开始，便学会将恐惧变成拐杖，拄着恐惧，之后就像多长出两条腿，跑得更欢更快。

八岁那年，郝运香老家县城里一夜之间突然开始流行起吃胶皮糖，紫黑红色的，比婆姨手掌略长的一细条。

据卖胶皮糖的货郎称，十万里外蓝眼睛红鼻子的美国人最兴吃这个，北京城里的人儿也兴吃。此物非凡俗，是用只生长在苏门打蜡的一种神树里流出来的蜜胶做的。

一毛一根，不二价。

这等神品，美国人、首都人儿都稀罕吃，还是苏门打蜡那块儿来的。一毛一根，贵吗？当然不贵。

这胶皮糖真的是恰如其名，含不化、咬不断、撕不开、扯不烂……入嘴后咸里带甜，甜中有涩，涩处细细品味，略略的一点苦后竟又有些许回甘。有那自认满腹锦绣的人下死劲咬嚼完后，逢人便宜扬，“苏门打蜡”的神物入口后竟然品出了人生的百般滋味……

郝运香身边那些家境殷实些的同学，嘴里早早地就嚼着胶皮糖，并且还耷拉出一截糖来四处显摆，把她羡慕得眼眶都快绷不住眼珠子了。她回家缠着她妈给买一根，被她妈果断拒绝了。可郝运香心里憋了一口气——非吃不可！于是存了一个半月的钱，终于靠自己买回了一根胶皮糖。

郝运香两手捧着胶皮糖，一路激动，跌跌撞撞地回到家。先舀来一瓢净水上上下下将糖冲了好几遍，又找出干净毛巾仔仔细细将糖擦了好几遍。太阳底下照一照，再学人的样子叼在嘴里甩一甩，再拿出来手里扯一扯。郝运香快乐得要飞起来了，咯咯大笑。

突然，嘴里一空，胶皮糖已经被四岁的弟弟郝运来一把拽过，并迅速退到远处，打量起来。郝运香呆了不到两秒，下山猛虎般嚎着扑向郝运来。郝运来一把将糖塞进嘴里，死死咬住。四岁的郝运来还不会说话，但天生蛮力，平常鸡头鸭脚爹妈拦着抢不到，今天好容易得口就绝不能松口。

郝运香她妈回来后，只看见一团烟尘里裹着两个黑影——郝运香屁股后沉，两脚立地为圆心，两手拽着头部呈四十五度角地倾斜的郝运来在地上快速画圆，一圈连一圈、两圈、三圈……她娘赶紧将两人分开，问清楚原委，二话不说从郝运来嘴里拽出胶皮糖，抄起刀打算一分为二，一人一半。

结果第一刀下去没剁开，第二刀狠狠扬起在半空中的时候，郝运香心一横，将自己的小手坚定地覆在了橡皮糖的中间，两只八岁的眼睛瞪出了刘胡兰似的决绝——要剁连手一起剁！她娘差点没把郝运香的手剁下来，愣了半晌，看了看糖，又看了看骤然安静下来的郝运香，第二刀终究是没有剁下去，拽着郝运来的耳朵消失了。

直到东边天际的木星显出形状，郝运香才将胶皮糖放进嘴里——糖进嘴的那一刻，郝运香便早熟了。八岁的郝运香在心里默默发誓：我要变成一个像胶皮糖这样的人，砍不断、砸不烂，排除万难，誓做人上人！胶皮糖要买就买两根，自己一根，扔给郝运来一根！

如今，胶皮糖一样的郝运香明明都将任重这根胶皮糖含进了嘴里，却被傅天爱轻轻松松一把就拽了出去……

唉，就这么便宜了傅天爱？不能！我郝运香岂是吃干饭的。电视台这样的龙潭虎穴我也闯得进站得稳，宁断臂，不断糖！

她考虑了很久，一遍又一遍地问自己：我该怎么办？放弃吗？我不愿意，我爱任重啊。

可他爱你吗？

他不讨厌我啊。

仅仅是不讨厌就可以吗？

他甚至说过很喜欢我的性格。是啊，他说过的，他喜欢我的性格，他说我有使不完的力气，让他觉得有劲儿。郝运香紧紧抓住这句话，像溺水的人抓住那根救命稻草。

而且，爱情并不见得一定要一见钟情，轰轰烈烈，也有那种细水长流后的两情相悦直到难分难舍啊。

再说任重不一定会抛弃我去找傅天爱。

不，只要傅天爱肯给他一点点机会，哪怕不给他机会，只要任重觉得有机会，他就会毫不犹豫地甩着头奔向傅天爱。爱傅天爱几乎成了任重的本能。

可是，傅天爱这些年的恋爱对象可一直是往高处走的，从未回流过啊，她能看得上任重？

假如这回她真的失去了半高干子弟，下回她一定会去找一个高干子弟来填补空缺。想到这层，郝运香不禁有点放下心来，继而欢欣鼓舞起来。

她两手微弯呈爪状抓向虚无的前方，似乎任重已经被她抓进手心再也无法挣脱。兴奋地扔掉几乎呛得她半死的香烟，郝运香头也没回地冲小张喊了响亮的一嗓子：“来碗方便面，加俩肠俩蛋。”

第六章

怎么办

与绝大多数人不同，郝运香热爱自己的工作。每天，当她坐进这间摆了三张红褐色楸木办公桌、四个三门六斗铁皮档案柜，却仍然十分明亮宽敞的办公室里，简直是从百会穴舒畅到了脚底板。

这将将十二平方米的空间是真正属于她郝运香的舞台。她像一个舞痴——把敲文件存档案当作是独舞，拍马屁搞关系视为长袖舞，吃白眼受欺负当作战舞……只要屁股坐进属于自己的那把职员椅里，便开始尽心尽力地舞蹈，从不想有半点懈怠。因为她坚信，总有一天，她也能站在舞台中央成为领舞。

可今天，郝运香却没心思跳舞了。她颓然地瘫倒在自己的桌子上，像是一条从水塘里被扔出来的大鲶鱼，瞪着两眼翻出了白肚儿，满脑子只剩下三个大字：怎么办？

一个身影从办公室门口晃过去，接着又晃了过来，呲出一口大白牙："你在这儿办公呢。"

郝运香抬头一看，原来是老简。她有气无力地应了一声算是打了招呼。

老简就势蹭进来："忘性这么大？我是老简，你还坐过我蹬的三轮车呢。”

郝运香被气笑了：“你蹬的？明明是我蹬的。你怎么跑这儿来了？”

“来看看片子。就上回拍的那个。”

“你一个场工还挺好学。快走吧，我还忙着呢。”

老简笑了起来：“状态看着很差。你男朋友不打算跟你领证了？”

这个问题正戳中郝运香的痛点，她双手一拍桌子，跳了起来：“你这人怎么回事？谁说不跟我领了？乌鸦嘴！”

“看你这有进气儿没出气儿的样子，不像是要去领证的状态嘛。”老简摇摇头，咂摸咂摸嘴巴，上下打量着郝运香。只见她两脚呈八字状大大撇开，凉鞋里露出的十根青白色的脚趾紧紧抓地，一只手叉腰，另一只手拍着桌子，汗毛被嘴巴里呼出来的怒气吹得根根炸起。

“姑娘，你这个样子太……啧啧啧，叉着脚丫子佝偻着背。你看你的腿，撇那么大，女孩能这么撇腿吗？赶紧收回去。”老简说完，伸出一条大长腿轻轻磕了磕郝运香的凉鞋底子。

郝运香下意识地快速收回撇出去的右脚，想想老简提醒得也对——傅天爱从来都是一副又挺拔又曲里拐弯软塌塌的奇怪的样子。“你们男人就是喜欢会装死相的女人。”郝运香再次颓然倒进椅子。

“哈哈哈哈，你倒是会扣帽子。我来教你几招……”

“简陆，简陆，你在哪里啊？”楠楠娇俏的声音曲里拐弯又软塌塌地飘了进来。

老简应了一声，再看看郝运香：“要不跟我一块儿看片子去？一个人闷这也想不出什么新招儿。对了，你叫啥名字？”

“郝运香。”

“郝运香你好，我叫简陆。”老简微笑着冲郝运香伸出右手。这一瞬间，老简的脸显得那么熟悉，郝运香觉得自己肯定在很早很早以前就见过他。

简陆一出门，便被走道里的楠楠挽住右膀子。楠楠红艳艳的小嘴噘出恰到好处的诱人弧度：“你跑哪里去了，让人家一顿好找。快走吧。”说完拽着简陆拐进了制作室，完全无视身后的郝运香。郝运香看着楠楠挺拔却曲里拐弯的背影，禁不住也模仿起来，心里却止不住纳闷：楠姐怎么对一个场工如此亲热。

进了制作室，编辑小李和大壮早就等在里面。编辑台前摆了两把椅子，楠楠坐下后示意简陆坐在自己身边。简陆摇了摇头，表示自己坐了一天，现在只想站会儿，说完站在了郝运香身边。

原来是给市政府招商引资办拍的宣传片。郝运香这会儿完全没心思偷师学艺，“怎么办”三个大大的粗黑体字扑棱蛾子似的在她脑海里上下翻飞。

简陆轻轻咳嗽一声，用胳膊肘捣捣郝运香：“你是不是在想该怎么才能把你男朋友抓进结婚登记处？”

郝运香惊愕地点点头。

简陆坏笑着抬起手做个了擤鼻涕的动作，压低嗓门说道：“擤过大黏鼻涕吧？擤出来以后甩得掉吗？”

郝运香想想，摇摇头，又迟疑地点点头。

“怎么甩都甩不干净。这时候怎么办？”

郝运香再次摇摇头。

简陆露出一副“你真傻”的表情，刚假装擤鼻涕的那只手就势在腰眼处狠狠抹了几把，继续说：“擦身上啊。追男生，别把自己太当回事儿，就把自己当成他擤出来的大黏鼻涕，黏、缠、粘。记住这三字真经，你就是女如来，没一只男猴子翻得出你的手掌心。”

郝运香仔细思量了会儿，一片雾蒙蒙的脑袋里似乎投进些亮光，扑棱蛾子们追逐着这一丝光统统飞出了脑袋。她高兴了，嘿嘿笑着狠狠捶了简陆一拳：“有你的啊。”

楠楠坐在前面哪有心思看片子，脑门背后早就生出双眼睛，这会儿实在忍耐不了了，转过头，杏眼圆睁冲郝运香发作起来：“郝运香，你干什么呢？你一小行政，这里有你什么事情啊。赶紧的哪儿来回哪儿去。”

饶是郝运香脸皮厚，冷不丁被这么一训斥，不知如何是好，通红着一张脸钉在原地。周围一下子安静下来。

播放器里却恰好出现楠楠采访简陆的画面：“作为招商引资办有史以来最年轻的主任，您有什么成功的经验与秘诀分享给我们亲爱的观众朋友吗？”

郝运香尴尬中不免忐忑起来：主任？老简不是场工。这误会闹得，感情我抓了个主任跟我去抬盒饭，他要是记恨我可咋办？郝运香抬起眼睛，喘着粗气，怯生生看看楠楠，再怯生生看看简陆。

简陆开口说道：“哦，刚才小郝在跟我探讨一些有关样片的意见，她的观点还是十分专业的。再说，原本这个片子就是拍给群众看的，所以我们更需要像郝运香这样的群众的意见。这样吧，这个片子以后让她也参与进来。”

楠楠差点背过气去，但她看着严肃的简陆不敢造次：“她……她，我做不了这个主。”

“我会去跟她的领导谈。”简陆说完冲郝运香眨眨眼睛，坐到了楠楠身边。

郝运香的一颗心在这短短的十几分钟里像个皮球似的，一忽儿被踩进泥塘，一忽儿又被抛上云端，完全不受自己控制。她的一双眼睛盯着简陆懒洋洋的后背，充满了感激。

郝运香是个好学生，说干就干。从制作室一回到办公室，便制定了详细而又周密的计划。不就是黏、缠、粘嘛，这有什么难的。

能把任重捆进婚姻登记处吗？显然是不能。硬逼不得，那就百炼钢成绕指柔，织一张温柔的网，细细密密牢牢固固地粘住任重，让他想跑也没得跑。

温柔——是一门女性必修的课，是包括语音、语调、神态、姿势、身段、表情等各个学科的综合艺术。它的表达与传递的手段五花八门，评判标准却简单至极——是否能抓着耗子。郝运香以见过几面的傅天爱为主要模板，糅合了我、李姐、林晓萸、影视女明星等她认为管用的某些特质，创造出了自己的温柔形象。不过第一次运用时，她就将小耗子任重刺激得超水平发挥，一头便冲出了铁网。

为了投其所好，郝运香差不多每天都等在任重公司门口，将其约到咖啡馆等有情调的地方。任重每每纠缠不过，几乎被郝运香架着奔向打车的路边。

不等任重站稳，郝运香就开始表演，比如蛇手招出租、猫步进出租、狐式坐姿什么的，可惜都没引起老是处在心不在焉状态中的任重的注意。进了咖啡馆，郝运香百般引逗，任重的两眼还是管自发直。最后郝运香只好大清一声嗓子，重重地敲了敲咖啡杯，这才将任重的目光重新引到自己身上。她赶紧将什么媚眼如丝、黛眉轻皱、吐气如兰、莺声燕语全使将出来，只见任重的眼睛慢慢凸出眼眶，喉头缩成蚕豆般大小，最后索性调转脑袋，不敢直视郝运香。从那以后，只要一见她神态有异，任重便会紧紧闭上眼睛。

温柔这招好像对任重不起作用。

俗话说，好男不禁缠，那就变成一块牛皮糖。

这招很简单，不需要任何技巧，只要脸皮够厚。说白了就是抓住一切机会，利用所有条件，盯牢、看紧、粘住，让他一转身一回首一睁眼一迈腿都能碰见你，最后、最后、最后……你就住进了他的心里。郝运香嘴里哼着这首自编的歌，快乐地穿梭在人群中，随着人流奔往有任重的那个方向。

于是，郝运香利用所有她敢于并勇于从工作中挤出的时间约任重吃早饭中饭下午茶晚饭夜宵；在任重可能出现的任何地方，比如公司楼下、小区门口、任重家门口、任重常去的健身房等，制造绝无可能的意外邂逅。

终于，郝运香再也找不到任重了。任重除了接下她的电话、偶尔回下短信外，毅然拒绝郝运香所有的见面请求，声称自己真的需要时间与空间好好静一下想想将来。

今天已经是郝运香第七次守在任重公司的门口，直到灰蒙蒙的大袍子罩上天际，任重也没出现。早已认识并一直盯着她的传达室大爷实在受不住良心的煎熬，急步赶将出来拉住正无聊地来回踢石子的郝运香，气急败坏地嚷道："这公司有后门。"他边说边指了指不远处的一条小巷子。郝运香一愣，看看大爷，又看看巷子，转身踉跄地跑进漆黑的巷口，顺带回头喊了声"谢谢大爷"。大爷看着郝运香迅速远去的背影，摇头叹气，这黄毛丫头片子！怪不得小任塞我一盒信阳毛尖，让我一看见这姑娘就给他发短信呢，唉……

第二天，郝运香迅速调整战术，从任重公司前门溜达到后门，又从后门溜达到前门，三个来回下来，累得她手扶门口那大石狮子喘气。大爷又是健步闪出，嘴里连声嚷道："罢罢罢，姑娘，你别来回跑了，我眼晕呢。你找地方歇着，我帮你盯着小任，看他从哪个门出，完了我告诉你。"郝运香真是打从心底里感激大爷，转身瘫坐在石狮子背后。

就在郝运香即将进入梦乡之际，只听耳边大爷一嗓子："咳，后门，还有心思睡哪！"说时迟那时快，郝运香一个激灵弹起身来，嘴里道了一句"谢谢大爷"，头也没回，如风般向后门赶去。待她刮风一样赶到后门，恰好看见任重往出租车里钻。郝运香稍一犹豫，余光看见路边一个胖子正好截停一辆出租。她扭身上前，一把推开胖子，拉开车门，屁股还没坐稳，便对司机叫道："大哥，我有急事，麻烦你跟着前面那辆出租！"司机稍一愣神，待从后视镜里看见郝运香炸毛的样子，会心一笑，遂一脚油门车子绝尘而去，嘴里还不忘来一句："大姐，抓奸这行我拿手。"郝运香心里一阵苦涩，我要是能有抓奸的资格就好了。

其时正值晚高峰末期，任重的出租车闲庭信步，不急不躁，随着车流走走停停，两个红色的车尾灯隔几秒就调皮地眨眨眼，隔几秒就调皮地眨眨眼，哼着小调慢悠悠地由北二环奔向东四环。

再看后边心急火燎的郝运香的出租车，无良阴险地抢道，气急败坏地加塞，红头涨脸地并线，踉跄前行中引来骂声一片。车后座的郝运香眼睛紧紧盯着计价器，心里不停念着设问句："任重要去哪儿？废话，找傅天爱呗。任重要去哪儿？废话，找傅天爱呗……"最后嘴里都不由得喃喃念出："你要去哪儿？你要去哪儿？"

司机从后视镜里看见郝运香失魂落魄的样子，心里一阵发毛："大姐你念叨啥呢？"

郝运香心头好一阵烦躁："我不是大姐！"

"对不住，对不住，小姐，小姐。"司机连忙改口。

郝运香一听更不是滋味："我不是小姐！"

司机正踌躇间，任重的出租车终于停了下来，司机和郝运香双双都长出一口气。

郝运香一双手在包里胡乱刨着钱包，两只眼睛紧紧盯着前面任重的车，心里又痛又慌。痛的是钱，慌的是一拍脑袋追上来了，接下来该怎么办？正抓狂呢，任重已经结账下车。

郝运香先是看见任重一条长腿迈出车门，接着右手慎重地托出一大束鲜艳的黄玫瑰，然后整个人才钻出来走到一栋建筑门前的石狮子旁边，斜倚着站定。郝运香心里虽然已经明白任重要干什么，但是这一大束娇嫩的玫瑰还是像一把铁锤重重地砸向郝运香，使她不由得跌向后座，一身奔腾的气力刹那间像开了闸的洪水，瞬间一泻千里再无影踪。她心痛地想到不年不节的送啥花呀！这么大一束得多少钱呢！这束玫瑰打击得郝运香已然忘记自己还坐在打着表的出租里，愣愣地透过车窗盯着有点变形的任重。

忽然，任重整个身体亢奋地前倾，双耳竖起，两眼发光，紧紧盯着前方，像极了一只巴巴等在家门口且听见了主人回家的脚步声的小哈巴狗。顺着任重的视线看去，傅天爱在三位男士的簇拥下，袅袅婷婷地步出旋转门。任重一个箭步蹿上前，在傅天爱面前站定，多少带着点挑衅的意味环视了一下她身边三位男士。郝运香这会儿眼睛虽然酸酸涨涨地难受，但她已经醒过神来，一眼便瞟见了闪现着“98”字样的计价器，而且像示威似的，当着她的面嗖地跳到了“99”。

郝运香倒吸一口冷气，眼角余光看看司机正嘬着牙花子瞪着傅天爱流口水。她赶紧用手遮眼，低下头迅速盘算着。脑袋里霎时间一片空白，只剩下一个大字——跑！

她用手悄悄抠抠把手，“咔哒”一声，好，门没锁。要说在省钱的方面，郝运香从来不缺急智。她眉头一皱，计上心来，顺势用手遮脸，声音不大不小地抽泣起来。

司机正盯着任重跟几个男人掰扯呢，忽然听见车后座的嘤嘤哭声，头皮一阵发麻。他赶忙转过头说：“姑娘，姑娘，别啊。我这人最听不得女人哭。”嘤嘤声变成了呜呜声。“别啊，两条腿的蛤蟆你找不着，三条腿的男人你还找不着？咳，你看我这急得。”呜呜声变成了哇哇声。“别哭了，回头别人还以为我把你怎么样了。哎，姑娘，鼻涕别往座椅套上擦，我这有纸。”

趁司机低头找纸时，郝运香猛一运气，拉开车门，炮弹般射将出去，用包遮着脸，从傅天爱和任重他们身边蹭了过去，几秒之内就消失在她刚才在车里就寻摸好的一条小巷子里。

司机举着纸巾，只望见了郝运香拐进巷子里时甩出来的半拉脚后跟，心里是又惊又怒又叹服。他看着计价器上“101”的数字，脑子里快速算着这得合多少油钱，是否可以下去找那个嘴上没毛的小白脸付账……这半天还没寻思清楚呢，任重已经揽着傅天爱消失在了茫茫人海中。

郝运香扎进巷子后又发力足足奔了五分钟才敢回头，所幸身后除了一帮诧异的老头老太太，并没有想象中狂追不舍的司机大哥。郝运香一个急刹车，紧捣腾了好几步才算站稳脚跟。

彻底放松下来的郝运香漫无目的地走在小巷里。北京八月的夕阳合着粉尘将她的背影笼罩在一个奇妙的光圈中，朦胧而伤感，真实且呛人心脾。光圈中的郝运香嗓子眼猛地刺挠得厉害，一阵撕心裂肺地干咳之后，她咂摸咂摸嘴——跑渴了。抬眼一瞅，身边就一间小卖部，可乐汽水、奶油冰棍……懒洋洋坐在冰柜后的大爷锐利地捕捉到郝运香饥渴的小眼神，期盼地坐直了身子，左手搭在冰柜的推拉门上。

郝运香迟疑着向大爷与冰柜蹭去，两眼却不甘心地四处逡巡。当郝运香左脚迈上台阶，一声“大爷”刚出口，突然瞅见一座公用小井台上架着的一个锈迹斑斑的水龙头奇妙地缩在胡同拐角的凹槽处——要不是登上台阶还真看不到。

郝运香紧跟着冲大爷来了句“再见”，蹬蹬两步跨下台阶，跑到水龙头前，“哗哗”一阵猛灌。比可乐解渴多了，健康多了，郝运香美滋滋地想着，顺势撩起水柱呼撸了几把脸，这才满意地直起身子，左右打量起胡同来。在她身后已不见来时的路口，身前亦打量不到出口的痕迹。既来之，则安之，走走吧，生命在于运动。郝运香叹了口气，沿着巷子漫无目的地走了下去。

凉水带来的快感转瞬即逝，捧着玫瑰的任重和娇媚妖娆的傅天爱又双双萦绕在她眼前，心头顿时就沉甸甸的。在她身后，气呼呼的小卖部大爷提着一把大钳子，蹒跚着快步走向水龙头，边拧边扭头训周围的老街坊们：“说多少次了！多少次了！用完锁上，用完锁上！回头我就给你们拆了，看你们怎么办！”

第七章

翻转吧！生活！

铁军的父母来了不少日子，除了到达的第一天晚上制造了一个小高潮以外，此后便再无半点涟漪泛起。此外，老两口的作息也很是让人摸不着头脑。

我的工作单位离得远，每天五点半就得起床。除了第一个礼拜早上见过他们以外，我再没在早上跟他们打过照面。甚至有一天凌晨四点多我做恶梦被吓醒，去外屋喝水的时候，才发现老两口在客厅打的地铺已经整整齐齐地摆在沙发角，人不知去了哪里……

而等我晚上回来，七点左右吃完饭洗完碗，说看会儿电视吧，老两口又齐齐地哈欠连天，头都抬不起来的样子，恨不能立刻铺开被窝兜头睡去。导致我经常连澡也洗不上，就得跟铁军连滚带爬地滚回自己屋子里猫着，顺带还得提着尿桶。

客厅太小，有一天晚上铁军出去上厕所，一脚就踩在他爸脑门上，半拉脸蛋红肿了一个礼拜。从那以后，我们就只好在自己屋里解决了。可这一晚上，我们两人得尿多少啊！每夜，摆在床边的两公升的大塑料桶都是满的，一屋子的味道。弄得我早上起来无论怎么洗，都能从自己身上闻到一股子尿骚味。

我越想越憋闷，不由得就提高了嗓门：“你爸妈每天早上到底干吗去了？”

“估计看房子去了吧。”铁军肩膀一耸一耸地打着游戏，头都懒得回。

“胡说八道，有六点不到就开门的中介吗？”

“那也许那啥啥去了吧！”

“啥啥去了？”

“锻炼去了吧？”

“那这房子到底还买不买？”我故意又提高了点嗓门。

“谁说不买了。你吵吵什么？他俩都睡了。”铁军终于回过头，冲我使劲挤眼睛。

“睡睡睡，就知道睡！要睡回家去睡啊，厅里的地铺能有家里的火炕睡得舒服？”这一嗓子吼出来，门外的鼾声立马止住了。这一下搞得我也有点后悔，又拉不下面子，只好低下头尽量避免与铁军的目光接触。

铁军怒瞪了我一会儿，闹钟滴答滴答地响，再加上厅里的鼾声似乎犹豫了几下，又再次响了起来。他这才偃旗息鼓，说了一句：“媳妇，别闹。我这有正事。”

一提到铁军的这点正事，我心里那即将熄灭的火苗噌的一下又拱了起来。打游戏也叫正事？三十多岁的人，成天鼓捣游戏代练、升级、买卖点卡、写游戏攻略，半夜不睡，早上不起。好好的销售不正经干，跟他一起住“点心匣子”的销售小王早就买好了车子，今年也在通州买了房。再看看他，要什么没什么。

前段时间，他跑回来说得了一发财的好路子，硬是从我这儿磨走了一万块钱，要从一靠谱的朋友的朋友那儿批发十个游戏超级大号，说这超级大号是多么多么好，有多少人梦寐以求，甚至不惜以身家性命来换取！一个号转手最少都能卖五千块！结果钱给出去了，号却没能换回来。朋友和朋友的朋友都消失在茫茫网络汪洋中，警察叔叔绝没空去替我们捕捞。

这会儿，他又折腾了一帮人天天蹲一块儿没日没夜地练，说是要参加什么世界电子游戏竞技大赛。这日子什么时候才能是个头呢？我怎么那么倒霉，我为什么不再攥紧点裤腰带？我再攥紧点，就算找不到别人，销售小王那样的我还不轻轻松松一抓一大把啊。我的一万块钱啊，我的青春啊，全耽误在这个废物点心身上了。

一股浓浓的恨意腾然升起。我赤脚跳下床，一把扯掉了电脑的电源线，掐着铁军背心下的两撮肉："我让你打，我让你打。"

铁军被我吓得一激灵，翻转身下意识锁住了我的两只手腕子，压低声音："你疯了？"

"嗷，你弄疼我了。姓铁的，你敢打我？"

铁军连忙放手，盯着两眼血红的我，结巴起来："我，我，我没打你啊！"

我举起巴掌照着铁军的胸脯一阵乱捶，嚎道："你这个窝囊废，打女人，你还我的一万块钱，你还我的一万块钱。"

铁军这回不敢抓我了，可他也没地方躲。一只手招架我，另一只手护着脑袋，书桌上的游戏书噼里啪啦掉了一地，混乱中他口不择言，来了句"那一万块钱还不是我给你的"。此话一出口，铁军也意识到自己这是端出一大碗好油兜头就浇进了烧得正旺的炉子里。他刷的一声从凳子上站起来，瞪着泪珠夺出眼眶的我，下意识地一步步后退。

"你的一万块钱？你好意思？你的一万块钱，我跟了你多久，我过过一天好日子吗？我把人都给你了。我天天中午吃麻辣烫，从不要荤串儿。买衣服都只上动物园。我一心一意地跟你过日子，可你在干什么？你这个没良心的东西，还我的一块钱！"

我愤怒地扑向铁军，铁军踉跄后退半步，咣叽一脚就踩进了尿桶。这边厢我却已经扑到。铁军来不及抽脚，只好一脚踢掉尿桶，一手箍我进怀，一手掩着我的嘴，用力将我推倒在床上，用半边身子轻压着我，求饶道："媳妇，媳妇，你气傻了。我欠你一万不是一块，一万啊，我一定还你。你小声点。"我嘴里想笑，心里却酸楚得厉害，我到底是怎么了，嘴角上翘着，眼泪却流水般溢出眼眶。

"媳妇，咱不哭行吗？我真没瞎玩。我们组团练级是真打算参赛的。去年冠军奖金有十八万呢！"

"十八万够买个屁！"我小声怒喝道。

"十八万美金！美金！全给你！"

我心里一抖，嘴里却嘟囔一句："十八万美金够买个屁！"

"媳妇，相信你老公，我一定能赢这个奖，这是我从小的梦想。我准备了这么多年，我一定能赢！赢了以后我就拿这笔钱做启动资金，开我自己的游戏公司！"

"你不是说都给我吗？骗子！把你的脏腿从我身上挪开！"

铁军看见有缓，这才嘿嘿笑着放开我，站起身嘎吧嘎吧地捏捏拳头，许诺道："媳妇，你等着做老板娘吧，我将来的游戏公司一定不比盛大差，咱们就叫铁大！"

"笃笃"，铁军爸爸敲敲门，很有礼貌地吩咐我："小美，你开开门。"

"小美，你千万别开。你爸拿着菜刀呢！"

"你给我闭嘴。我今天非亲手剁了这玩意儿不可！越来越出息了，花一万块玩游戏，他这是在玩游戏？他这是在玩他老子的命！"

"笃笃"声变成了"哐哐"声。刚才似乎抓起头发就能飞离地球的铁军，这会儿缩在我身后，瑟瑟发抖。

"老头子，老头子你别作了，这是北京，这不是咱那旮旯！"

"你给我滚犊子，都是你惯的！"

门外一阵叮铃哐啷，伴随着铁军妈妈倒地的呻吟声。

铁军看是躲不下去了，心一横，拉开门，抱着脑袋冲了出去。铁军爸爸看见一腿尿渍、刺毛乱炸的儿子，一腔邪火满头乱窜，手里菜刀舞得呼呼生风，满屋追着铁军，嘴里骂着不把铁军卸成八块就对不起老铁家的祖宗们。

老人家腿脚不灵便，遇见障碍物躲闪不及，两个回合下来，就被地上的铺盖绊了个趔趄，人扑进了铁军妈妈怀里，手里的菜刀却直直飞向铁军。

我们三人吓得都失了声。好在铁军丹田里一声低吼，马步急扎，头一偏，恰恰躲过。菜刀“嗖”的一声扎进了木质窗框，兀自嗡嗡抖了半天。

铁军妈妈涕泪齐下，捶着怀里的铁军爸爸：“你要是那啥了我儿子，我跟你拼老命。”

铁军爸爸四肢划地，半天也没爬起来，突然间老泪纵横，扯着嗓子呜咽道：“要不是这个游戏，他能进不了清华？他能进不了清华吗？清华啊！”

最后，我只好挺身而出，赌咒发誓铁军没拿一万块钱玩游戏，只是借给了他的同事。他爸爸这才将信将疑地作罢，挥挥手算是饶过了铁军。

我俩精疲力尽地回屋，这边厢刚躺倒，“嘟嘟”，手机响了起来。铁军递过来，我一看，郝运香发信息过来：“我！要！自！杀！”

“我要自杀！”郝运香坐在老皮烧烤油渍渍的桌子对面，咬着一串烤大蒜，眼冒红光，幽幽地盯着我身后的某处地方。

“你要自杀？你是我见过唯一一个生命力比小强还旺盛的人。”

“再不死，任重就真跑了。”

“要是真想跑，你死了他不就跑得更无牵无挂？”

“你不了解任重。”郝运香一扬脖子灌进去一口小二，啃一口鸡头；再一扬脖子灌进去一口小二，再啃一口鸡爪子，“你知道我为什么喜欢吃鸡头鸡爪子猪下水吗？”

我迷惑地摇摇头，这话题的跳跃性实在有点大。

“你以为我天生就喜欢吃吗？你以为那些鸡呀猪呀活着的时候会以身上长了这些玩意儿为荣吗？难道他们不是以长了鸡翅膀鸡大腿

猪臀尖为荣吗？”郝运香瞪着远方的暗夜，手控制不住地敲起了桌子，“一宰鸡，一杀猪，这些玩意儿就都归我，从小啊，从我长牙开始，我弟抢都抢不过去；一宰鸡，一杀猪，我弟就捧着鸡大腿猪臀尖哭啊，哭得那叫一把鼻涕一把伤心泪。我爸，下死力气炖，炖出来的鸡杂碎猪下水比王守义十三香还香。我能不好这口吗？你说！”

“以后谁再让你吃这些玩意儿，咱就跟谁急。”我拍拍郝运香的后背，鼻头有点发酸。

“不，谁不让我吃我跟谁急！”郝运香甩掉我的手，“别拍，想吐。只有任重不让我吃，我才不跟他急，嘿嘿。哎，你知道我为什么缠着任重不放吗？”

“你爱他。”

郝运香不置可否：“我们班大二那年校运会得了个集体二等奖，我们一帮人就出去庆祝，吃好吃的。坐在桌子上，一看见鸡头鸡爪子猪大肠，我就控制不住自己，筷子都是自己伸出去的。等我反应过来，一截猪大肠就进肚子了。任重刚好坐我旁边，看我尽吃这些玩意儿觉得奇怪。我就跟他讲了。讲完以后，任重啥都没说，直接把我那一盘子的鸡头猪大肠都给我倒了。可把我心疼坏了。这还不算完，他愣是从我们班那群狼手里抢了两个鸡翅膀、三个鸡大腿全搁我盘子里了。两个鸡翅膀，三个鸡大腿，那可不容易抢。可味道真不如鸡头，它不进味儿，你知道吗？”郝运香点着脑袋瓜子，咂摸着嘴。

“这就是你缠着任重的原因啊？”

“嘁，打那以后，只要我们有机会在一起吃饭，只要任重能挨着我，不，只要我能挨着任重，他就不叫我夹鸡呀猪呀活着的时候也绝不会炫耀的那些部件，尽帮我抢他们生前引以为荣的那些部件。嘿嘿嘿嘿。”

“这能说明什么？说明任重喜欢你！”

“错！他要喜欢我才帮我抢这些，那还不稀罕了呢！稀罕就稀罕在他不喜欢我他也帮我抢。这说明什么？这说明什么？你说！你也说不出啥来。这说明他有一颗金子般的心。不对，金子太硬。他有一颗天鹅绒般的心，软的、热乎乎的，还带光芒的，金色的温暖的光芒！你懂了吗？”

“哈哈，”我被郝运香逗笑了，“不就是心肠软，不忍心拒绝你，对吗？”心里不由得对郝运香有点刮目相看，她挑男人挑得是有眼光有计划有步骤有目的的。

郝运香见我面上表情复杂起来，酒话便收敛了：“他还是喜欢我的。我又那么爱他，所以我只能自杀了！”

“怎么说了半天又绕回来了。你不是还有最后一招没使吗？那招欲擒故纵，使完再死。”

“这招绝对不能用了。一纵就再没机会擒了。慕容四少看尹静琬的眼神你还记得吗？就那个《来不及说我爱你》。”

“哇塞，那能忘记吗？帅气、霸气、深情、柔情，恨不得一口吞了静琬进肚子才安心，又怕弄疼她的眼神，只有我家小哇才使得出来。”

“任重就是使这眼神看傅天爱的，比小哇的还深情还柔情，而且绝对舍不得吞掉傅天爱，只会为了她把自己吞进肚子里的那种深情。”

我倒吸一口凉气：“有这么严重？”

郝运香郑重且严肃地用力点了点头。

气氛莫名沉重起来。从没有一个男人像慕容四少那般盯着静琬似的盯过我啊！同样的哀怨在我跟郝运香的两颗脑袋里冉冉升腾起来……

此时，沿着老皮烧烤所在的小巷往东走个三百来步，看见红绿灯左拐再走个一百来步，过了人行天桥，端端正正跨进世贸百货二楼某国际大牌珠宝专卖店，任重已经在钻戒柜台趴了将近三个小时，一直陪着笑脸的专柜导购心里的白眼都快将脑袋抵在闪亮玻璃台面上四枚钻戒前的任重的心肝剜了出来。

趁任重没抬头的空当，导购撇着嘴，肚子里深深吐出一口气，嘴巴里说道："先生，其实这个钻戒倒不在大小，大小都是一颗真心。尤其是我们家出品的，颗颗都能恒久永流传。"心里却号叫着："买得起买，买不起快走！"

任重"嗯"了一声，眼前浮现出傅天爱一双白嫩的大手——傅天爱从里到外连毛孔都散发着美，只一双苍劲有力的大手略煞风景——上面明晃晃地闪烁着一枚大钻戒，目测足有两克拉。虽说跟半高干子弟的婚事黄了，但钻戒还在。任重在她的梳妆台上见过一次。一念至此，任重一嘴钢牙咬紧："小姐，把那个1.21克拉的给我拿出来看看。"导购本一百个不愿意拿，见任重脸色有异，只好将柜台拉开，用戴着白手套的右手将1.21克拉的钻戒捧了出来，心里哀叫着："小李这会儿都给第二枚钻戒开票了，我真是见鬼了。"

任重捧起了1.21克拉的钻戒，眼睛搜寻着价格牌。价格牌恰到好处地在显示价格的地方微妙地折了一下。任重只好转过钻戒，将牌子翻了过来，待看见价格，嘴巴一抽，心里号叫着："怎么才重0.21克拉，价钱却贵了这么多！"

专柜导购阅人无数，一双眼睛毒到能从你露出来的袜子边边儿分析出你有几个银行账户、每个账户多少存款、透支额度有多少。看见任重往下一撇的嘴巴，那火气真是按耐不住了，她忍不住开口："先生，一早就跟您说了，钻戒是克拉数越大，价格越高。尤其上了一、克、拉以后。别以为1.21克拉才比1克拉大0.21克拉，从保值角度讲，价值就大了去了。"

任重在吼声中镇定地放下1.21克拉的，举起了1克拉和85分的端详了半天，又端起75分和55分的端详了一会儿，目光最终定在75分的价格牌上。但傅天爱那只戴着两克拉钻戒的大白手适时闪过，任重下定了决心，抬头问了一句："这1克拉的能分期付款吗？"

导购忍了两个半小时的白眼，终于闪电般射向任重的额头，鼻子里哼了一声，气得话都说不出来了。

任重倒也不在乎这个："我就要这 1 克拉的，戒圈要四号半的，给我留着，明天这个时候我来取。"

此时，沿着柜台迈出珠宝店的大门，过了天桥朝右一拐，走个一百来步，看见红绿灯往西一拐再走个三百来步，回到老皮烧烤的摊子前。

"原来你是想用假自杀这招挽回任重啊，管用吗？"

"对别人不敢说，对任重多少能管用。"

"任重又不傻，真想死假想死还看不出来吗？"

"那就做到让他看不出来。"郝运香拽过我的耳朵，如此这般这般如此地安排一番。

"嗯，此计甚妙！"我与郝运香对视一眼，仰天长笑。

老皮烧烤冒出的青烟滋滋啦啦沿着路灯的光柱盘旋飞升，人声鼎沸，热闹非凡。

第八章

尘埃里的恶之花

真想死是个态度问题，决绝甩过脑袋，整个世界都在背后，只剩下爹妈痛哭流泪。

“假想死”是个博弈过程。满心的执念纠缠，得不到又放不下，理不清还剪不断。远远近近的，不论希望有多小，心里的火苗都熄不了。所以得死给你看。这“死”不是重点，让人看着死才是重点，让看的人真真儿地吓怕服软，更是重中之重。

郝运香骤然间停掉与任重的一切联系。自从大二吃完任重抢来的鸡大腿后，郝运香单方面不主动联系任重的时间从没超过一个星期。

两个星期后，任重开始出现幻视幻听等强迫症的症状：挽着傅天爱好端端地走在马路上，一抬头便看见披头散发向他飞奔而来的郝运香，正待仓皇躲藏，前路却又了无人踪；眼前明明是上司喋喋不休的脸，耳朵边却响起了郝运香捏着嗓子叨叨菜价的声音；隔半个钟头不把手机邮箱微信 QQ 翻一遍就浑身不自在……任重左手掐住想给郝运香发微信的右手腕，心头却压不住疑惑——郝运香没事吧？

郝运香开始忙着在朋友圈和微博里铺排，各类文章由面及点开始有计划有目的地狂轰乱炸：“从儒释道三家详述人生的悲哀”“另类解读六道轮回的苦与乐”“穆罕穆德眼中的悲惨世界”“释迦牟尼为什么不怕死”“爱情算个什么东西”“生亦何欢，死亦何苦”“论一百零八种无痛苦自杀方式”“今天，你死过吗？”……

从大兴丰台两区毗邻处的一家民营网吧里，滋生出了郝运香制造的悲观厌世的黑色藤蔓。它们张牙舞爪地随风扩散，一路咆哮着北上，先是搭乘运通145路公交抵达花乡，舍命钻进地铁十号线首经贸站，蹚过南护城河，与美丽的玉渊潭公园擦肩而过，到了该下车的知春里站，却昏睡了过去，两站后才从西土城路气急败坏地挤出来，反方向攀爬两站回来，躲过任重家楼下的保安，这才由门缝钻进了任重家的客厅。一天折腾下来，正待喘息，眼前的一幕，却着实被气得恨不能立刻原路返回了才不丧眼。

乳白色的皮艺沙发里，慵懒地盘着傅天爱。手边小茶几上搁着一杯红酒、一盘芝士，双脚浸在咕嘟作响的电泡脚盆里，盆边蹲着任重。任重手里捏着一把拔眉毛的小镊子，正一根一根给傅天爱拔腿毛呢。他拍一下，拔一根，毛孔处吹口气，顺手再把拔下的腿毛粘在屁股旁边的湿纸巾上，接着再擦一把脸上被溅上的水花。此一套程序有条不紊，周而复始，其乐融融。

傅天爱体毛重，任重舍不得她用蜜蜡整片地扯下来——太痛；又舍不得她用脱毛膏——化学品伤身体，于是便想出这招。

这时，我非常不识趣地给任重打了个电话：“任重，我好几天没联系到郝运香了，手机也不接。今天打到她办公室去，她同事说她没去上班！”

郝运香是天塌下来都会去上班的那种人，任重不由得紧张起来，一镊子连毛带肉就从傅天爱腿上拔了下来。“哎呀，好疼啊！”“呼呼呼！”任重心疼得又吹又揉，电话却没撂下。

“这段日子，郝运香朋友圈里发的文章你看没看？”

“我看了点，从各个角度谈论人生苦短。”

“你没觉得不对劲？哎呀，快看，她又发了一篇文章，《永别了，我爱的和爱我的》。任重，完了，郝运香关机了！”

任重一只手将手机都快攥烂了，腾地站起身子：“我这就过去看看，确实不对劲。”

沙发上的傅天爱一直冷眼旁观，看着跳起来的任重，丢出一句：“出什么事了？”

“籁籁，我有个……嗯，同学，叫郝运香，你见过的。她有可能出事了，我现在必须赶过去看一看。”

傅天爱心里跟明镜似的，这阵仗演的，真能出事才奇怪呢！

“她家住哪儿啊？”

“大兴西红门。”

“这点儿你开过去？”

任重左腿停在了裤子里，是啊，这点儿哪儿开得过去啊，等开过去不就直接收尸了。

“给 110 打电话，他们三分钟就能出警。”

任重霎时醍醐灌顶，抄起电话直接按下了“110”。

郝运香那边也接到了我的电话，虚掩了房门，左手握着一把苯巴比妥，右手端着一杯白开水，蹲在床边，拉好大网，只等任重。

楼梯间里终于响起了奔跑的脚步声，郝运香幸福地闭起来眼睛，一把将苯巴比妥塞进嘴里，杯子端在了嘴边——任重，我爱你！

出警电话里的事件紧急，大兴区西红门派出所的民警小谢带着两名 120 急救人员冲上了郝运香家六楼，气都没喘，看见假装紧闭的大门抬脚便狠踹上去……不消说，连人带担架直接撞飞了床边的郝运香，半空中的郝运香飞起一脚正中民警小谢，一杯热水兜头全浇在 120 急救人员的脑门子上……

凌晨四点，郝运香还三孙子似的蹲在大兴西红门派出所里，接受民警小谢的再教育。小谢的声音在郝运香的耳边嗡嗡缭绕着越飘越远，一阵阵喀啦喀啦的脆响却从胸腔深处越来越清晰地传出来——郝运香知道，那是自己的心在一点一点地结冰。

凌晨四点，太白金星挂着一团毛边边端端正正地悬在正东方，打出一束软软的橙黄色光圈，照着路边小径处蹒跚急行的一前一后两个身影，后面的赶着前面的，前面的只管甩开了腿脚跨大步。

“老头子，你走那急噶哈呢？”

“噶哈？你说我能噶哈？”

“你也抬头瞅瞅！今天的星星像个大姑娘刺棱着的毛呼眼，浪得很。”

“就你欠儿蹬。”呵斥完，前面的还是滞下脚步抬头望了望星星，吭吭两声咳出痰，“呸”一声吐出去，又嘿嘿了两声，“再浪浪得过年轻时候的你？”

“你个死老头子，老没正经。”

前后两团影子合成了一处，不一会儿工夫，又分做了两团。

“死老头子，你走那急噶哈呢？”

“噶哈？你说我能噶哈？”

凌晨四点半，我畅快地奔跑在油菜花盛开的空无一人的原野里。忽觉小腹发紧，我心想蹲下即可，给大自然做点贡献。哪知一蹲下便听到一阵阵急促的拍门声：“还有完没完？我们等了好久了！”这不是油菜花地吗，怎么又回到望春园了？心里越急越尿不出来，肚皮一边使劲，眼睛一边环顾四周。昏暗的灯光下，我挤坐在蹲便器上，双脚踩在洗脸池下方的排水管道上，使劲收紧膀胱，无奈却什么都挤不出来。小腹处一阵紧似一阵，门外却助威般轰响着男女声合唱：快点吧！好久了！快点吧！好久了！

砰的一声巨响，我浑身冷汗，睁开双眼，两手颤抖着摸向小腹，还好，还好，原来膀胱并没有爆炸。头顶也没有床板，只有灰蒙蒙的天花板。

原来是场噩梦。

“搬出来了，放心睡吧。”身边的铁军咕噜着翻了个身。

这哪里还睡得着呢？我从床上一跃而起，忘记了尿桶，直直奔向卫生间。我坐在马桶上，小腹处的胀痛感却涓滴不剩。回过神后，我蹑手蹑脚地进了客厅，又看见了沙发边整整齐齐的两卷花铺盖。这两人，又没影了，房子买是不买？

“铁军！铁军！！铁军！！！你给我出来——！”

“大晚上的你嚎什么？我爸妈还睡着呢！”铁军趿拉着拖鞋，从里屋气急败坏地冲出来。

“你自己看。”

“我寻思多大点事儿呢，锻炼去了呗。”

我都懒得跟他废话，直接指了指挂在墙上的钟。时针停在四上，分针停在七上，秒针滴滴答答一圈又一圈地转。

铁军也纳闷：才四点半，这两人整什么幺蛾子去了？

凌晨四点半，学名“西苑万泉河商品市场”、小名“西苑早市”的农贸市场里，早已星火昏暗汗气蒸腾，一派繁忙景象：清货架的、码瓜果的、剁肉的、调秤的、往菜里喷水的、往鸡鸭屁股上打针的……真是看不见半个闲人。

独独贩卖生鲜水产的建阳人老黄蹲在自己摊位前笃定地眯着两眼抽着烟，他的面前堆着十几个泡沫塑料箱子，不时传出噼里啪啦鱼尾巴拍水的声音。老黄是个不像福建人的地道福建人，在西苑早市扎了根，从最初的蔬菜瓜果肉包子豆腐脑、鞋垫袜子胸罩秋衣秋裤一路卖到了生猛海鲜。

那天，铁军爸爸挨到老黄摊子跟前，跟他打听要人不要人。听着老铁一口文绉绉的东北话，再看看他四个兜的老干部服，老黄打心眼里又腻歪又好笑，正待挥挥手打发他走，李淑香同志适时出现在老铁身后。李淑香一张小小的四方脸上嵌着一对发黄的杏核眼，像极了老黄过世多年的老婆子。老黄将压在嘴边的话硬生生咽了进去。

“两人，一个月八百块，上货、洗鱼、卖鱼、打扫。一个人不雇。”

“一千成不？”老铁还了个价。

“一千吧，大兄弟。”李淑香附和道。

老黄低着头，“嗯”了一声。

这雇佣关系算是达成了。老黄也过上了当老板的日子。为了那多出来的两百块，老黄心里也憋着劲儿，是能动嘴就绝不出手。老铁两口子虽不是偷奸耍滑省力气的主儿，却也实在不是干活的料。

忙起来时，老黄气压丹田没少吆喝。吆喝老铁还成，有一回吆喝了一下李淑香，老铁摔掉手里的鱼，提刀站起来，皱着眉，瞪着老黄磨牙。那样子委实有点惊着了打架敢下狠手的老黄。

从此，老黄的吆喝便只管招呼在老铁一个人头上——

“捞鱼捡游得蔫儿的先捞！捞的时候手腕子转着使暗劲，翻出的水花儿就大，买鱼的人就看不清你捞的是哪条了！”

“你边捞边跟买鱼的聊天，他就盯不住你！”

“去鳞，不是刮皮剜肉，使巧劲儿，巧劲儿！苦胆，苦胆，再洗破扣钱……”

第九章

第一类永动机

办公室里日子照旧，一天又一天。

郝运香却打不起以往的精神了。她从八岁早熟那一晚开始，便像一部开足马力的永动机，朝着人上人的目标，轰轰隆隆跑了二十来年。

最早定下来的达标手段是：学好数理化，走遍天下都不怕。摩拳擦掌盼到了初中，仅两个液体压强与浮力公式就让她人仰马翻。这边还没爬起来，酸性物与碱反应生成物便张开两只大脚踏住她左右腰眼，饶是顽强如胶皮糖般的郝运香，也是半点动弹不得。

到了高中文理科分班的最后一晚，郝运香才从堆成山的物化习题集里钻出来，伤心欲绝地选择了文科班。

她妈倒是对女儿的这一选择大为赞赏——学好文科，将来成为像妈一样的诗人。郝运香的妈这辈子就写了一首诗，一投便被当年县里的《红太阳报》加了署名并发表。

郝运香哀怨地扫了她妈一眼，定下了次之的达标手段：背！文科嘛，算啥嘛！语文、政治、历史、地理、英语——拢共十本书，郝运香睁眼背闭眼背白天背黑夜背，都能倒背如流。

临去北京上大学前，郝运香定下了自己的第三个达标手段：成为不了北京人，就要成为北京人的女人。

任重可是有北京户口和四环边三室一厅学区房的人啊。一想起这，郝运香牌永动机咣当一声便停止了运行。

林晓萸进办公室都快半个钟头了，郝运香还坐在椅子里，双眼只管盯着电脑发呆，完全忘记了红枣枸杞菊花茶。平常一份十几页的会议记录，听她锵锵锵锵不过半个小时便能打好，顺带校对完再分门别类存进被塞得快要吐出来的巨大的文件柜里。现如今半天过去了，只听电脑无精打彩地滴滴响，却只是停在第二页起头那一句，便再也没有任何进度了。

李大姐观察郝运香好几天了，抽冷子瞄她的电脑屏幕，发现她正搜索“挽回爱情的三十六计”，料准她是失恋了，而且是被甩的那种失恋。想起郝运香无偿给她敲了那么多文件，李大姐决定得好好开导下眼前这只小蔫鸡儿。

“香香，哎，香香，茶都不泡了？”

郝运香噌地站起来，蹿到林晓萸桌子跟前，却发现林晓萸早就一杯茶喝完出门了。

“香香，你最近可不对劲得厉害啊。制作部都不去了。有什么事跟大姐说，大姐给你做主。”

郝运香长长叹了口气，却又不知从何说起。

“大姐是过来人。一看你就是失恋了。”

“李姐，你咋看出来的？”

“还咋看出来，都写你脑门子上了。跟大姐说实话，跟那男的睡了吗？”

郝运香蔫是蔫了，脑子还没坏到要跟李姐坦白这事儿，说给她听还了得，遂快速坚决地摇了摇头。

“这就好，损失不大。你要是再年轻点儿，那就是一点损失没有。但是你再不能耽搁了，女人一老哪儿还值钱啊。老想着过去的，百分之一百影响现在的。赶紧打起精神继续找。”

还去哪儿找任重这样的男人啊，郝运香惆怅着问：“李姐，你说爱情究竟是个什么东西？”

“爱情？”李大姐愣了愣，“爱情能是什么？说白了不就是嫁汉穿衣吃饭生娃吗？除了这些个，扯别的什么都没用。听李姐一句话，女人这一生啊，成也男人，败也男人，却又离不了男人。你走了张三，还有李四呢。就怕忘不了张三，错过了李四，等王二麻子过来人直接就不要你了。”

“为啥王二麻子就不要了？”

“你傻啊，耽搁老了，王二麻子要嫌弃你生不了孩子啦。”李大姐恨铁不成钢地戳了郝运香脑门一指头，又补了一句，“女人就活个子宫，子宫！”

李姐这番直白的提点恰似当头一棒，将郝运香停转的脑袋激活了。是啊，忘不了张三，就错过了李四，等王二麻子来了就看不上我了。不对，是看不上子宫了。哎，子宫这个东西倒算公平，到点儿了能捣乱就捣乱，该罢工则罢工，甭管你美丑贫富……等郝运香咂摸清楚李姐这句醒世恒言，已然到了中午的饭点。

办公室里空无一人。

郝运香决定打起精神。她掏出包里的方便面，思量着泡了后就着自己带来的烙饼吃，提起暖瓶却发现没水了。公司前段时间搞节流，各个科室的纯净水热水器全撤了，要开水就得去锅炉房自己打。

郝运香提起暖瓶出了门，穿过异常安静的走廊，看见走廊尽头通往贾总办公室的两道大门紧紧关着，心说这些人又通通出去吃饭了，真拿钱不当钱。待她打满两壶水从锅炉房出来的时候，想起红烧牛肉面就烙饼的香来，心情都快能称得上愉悦了。

郝运香迈出锅炉房，只一眼便看见了从贾总专用通道里拐出来的面色潮红的林晓荬。郝运香愣住了，林晓荬也愣住了。只愣了一下下的林晓荬隔了三米多的距离深深地看了一眼郝运香，面色沉静，一言不发，从郝运香身边掠过，径直走进了办公室，五秒后背着包又走了出来，聘婷的背影拐进了电梯间，再也没看郝运香一眼，消失了，一下午都没有再出现。

贾总办公室套在秘书室里，一共有两道门：一道打秘书室进，所有拜访贾总的员工们走这门；一道需穿过与锅炉房并行的一小截过道进——而这个门只有贾总一个人有钥匙，专供他一人进出。

“咣当”一声巨响，郝运香手里的暖瓶砸向了水泥地，飞溅的开水泼了她一脚面，也没觉出个疼来。

老铁跟李淑香的日子倒是过得按部就班，一切均超计划行进着。浑不知儿子小铁疑心已生，憋足劲儿一探就里呢。

李淑香跟着老铁几十年，冒过尖也触过底，浮浮沉沉几十年算看明白一点——人活一辈子，走哪儿就唱哪儿的山歌，别把自己太当回事儿，也别把自己太不当回事儿。假如日子需要你去当太太，那就抿光溜头发好好坐着喝茶打牌嗑瓜子；假如日子需要你去卖鱼，那就挽起袖子好好拔鳃刮鳞算清楚账。她不像老铁，老铁期期艾艾的，还有点抹不开面子，她不消两个礼拜的工夫，便跟西苑早市里上上下下打成了一片。捎带手挤掉了河南来的老林，从市场管理部小张手底下抢来了收市以后打扫卫生的活计——一个月又是八百块。老铁啊，咱离目标越来越近啦。

早起一入市，“吃了吗”的问候声便围着李淑香此起彼伏；晚来一收市，东家塞几把小白菜，西家来几根葱姜蒜，菜钱基本都省了。老两口得着空儿就开始算账。每个月老铁退休金三千五百六十八块七毛四，李淑香退休金一千八百四十五块三毛八，儿子给的菜钱是一千二，卖鱼得一千，打扫得八百，两人退休金加起来乘以四点五，菜钱乘以四再减去最初两礼拜花掉的三百八十九块六毛四，再加上卖鱼的三千五、打扫的两千四，拢共三万四千六百七十三块九，这样下来再差五千三百二十六块一就够四万了，再干一个月，不但储够钱了，还有的剩呢。

“有的剩你就买点肉。天天白菜大蒜炖大葱，儿子的脸都绿了。儿子不说啥，那小美心里能不嘀咕？还以为咱俩黑钱呢。”

“吃吃吃，就知道吃。吃肉重要还是我孙子的学区房重要？吃肉重要还是我孙子的未来重要？”

“吃一顿耽误不了你孙子。再说下个月咱就储满了，今天礼拜六，你买点好菜。”

“等我跟卖肉的老孙拉唠唠去，看能不能顺一块儿。”

“你可给我拉倒啊！”老铁威胁着，打心眼里腻歪李淑香跟菜市场里的各路人马咋咋呼呼的样子。

懂什么啊，李淑香在心里顶了老铁一句，突然想起来：“不对，你个老东西，昨天我数过钱，咋只有三万四千六百六十八块两毛二啊，可少了五块六毛八呢，钱呢？”

老铁心里暗骂这老娘们，一到算账的时候脑子比猴子还精，嘴里却哼哈着“我哪知道”。

李淑香放下手里的活儿，走过来蹲在正洗鱼的老铁面前，两只眼睛只管上上下下打量。老铁故作镇静地哼着二人转，手里的刮刀却一下一下尽拣着草鱼肚腹处肉厚的地方打转，胳膊肘下意识地挡在了岔开的两腿中间。说时迟那时快，李淑香一把攥住了老铁的裆部，捏了几捏，里面果然揣着一盒烟。

“你又抽上了？”

“你撒手，像什么样子。”

“我撒手，你以为我稀罕你那玩意儿？临出门前咱俩唠得好好的，都白唠了？一盒烟不算啥，十盒呢？五十盒呢？还不算啥？”

“哪有五十盒，我来这四个多月了，就这一盒。”

“有了一盒就有第二盒、第三盒。老铁，你抽的不是烟，你抽的是你孙子的未来，未来！”

“你咋恁能瞎咧咧呢，我一盒五块的哈德门，关我孙子未来啥事？”

“咱先不唠烟钱，你的肺跟肝一个是黑的一个是紫的，你还不戒！将来孙子来了你不稀罕你不带？再说了，咱要是把身体养好了，省了药钱不说，现在这营生咱就能一直干着。你算算，一个月下来咱俩的退休金加上卖鱼打扫的钱得七千来块呢！零头去掉，一年下来就是八万四千块啊，咱要是再干十年，你算算多少钱，你自己算。”李淑香的两只眼睛“咻”地便冒出两道黄亮黄亮的光，直直刺进了老铁的心里。

老铁暗叫一声，乖乖，八十四万啊！我今年才六十八岁，再干十年也才七十八岁，完全干得下来。哎！这老娘们算账还就是不得不服。戒了，坚决戒了，连烟屁股都不拣了。

老黄看见两人跟那又嘀咕又捏咕，心里老早就不得劲儿了：“你俩干啥呢？客人等鱼等了半天了。”

“这就来了，这就来了。”李淑香知道她这一番话已经彻底让老铁清醒了，便放心地继续干活了。

两人算账的空儿，铁军溜达进了西苑早市，一路沿着卖衣服袜子的小摊慢慢逼近了菜市场。自从周三发现老铁两口子四点来钟就消失了以后，铁军心里就不淡定了。先是害怕两人中有谁得了重病，早起是去大医院抢号，再仔细观察又觉得不像。每天晚上睡觉前，两人都红光满面，拿着十几年前铁军上初中时用过的计算器按得啪啪响。

打算早起盯梢吧，闹铃一响肯定打草惊蛇，震动又震不醒自己和小美，往往一睁眼，二老早就没影儿了。思前想后，再综合两人的表现，铁军觉得有点像是出去打工的样子。起那么早，除了菜市场早点铺，还能有哪儿。再加上最近吃的菜皱皱巴巴的，摆明了这些菜不是被卖掉的，是被扔掉的。铁军便把目标直接缩小到了菜市场。离家最近的就是这儿了，可越接近菜市场铁军心里就越刺挠得厉害，又想找到父母，又害怕在这里找到他们……

那边买鱼的顾客不干了。老铁把鱼肚子刮毛边了也没注意，直接包进塑料袋递给了顾客。这顾客偏是个仔细的主儿，按说老铁捞鱼洗鱼他都不错眼珠地盯着呢，最后放进塑料袋了还得再提溜出来看一眼，这一看就发现鱼肚子是花的，嘴里嚷着“奸商奸商”就开始不干不净起来。

老黄现在是老板的身份了，跟这样的人一般见识有失身份，便打发老铁应付。退休局长老铁哪是为人仔细买菜扒惯了尖儿的中年男顾客的对手，几句下来就堵得他心口疼，嘴巴哆嗦着讲不出成句的话。李淑香一看这哪行，赶紧出来打圆场。

“大兄弟，实在对不住，我们真不是故意的。再说这也就是鱼肚子那块刮花了，也没掉肉，也不影响吃。”

“哎，你说这话我可不爱听了。首先，你是不是故意的我怎么知道？你说你不是故意的就不是故意的？再说，这鱼肚子是刮花一点吗？花了好几道，你看这肚肉槽儿翻的。我看你们得刮下去三四两肉，留着干吗？这次刮我三两，下次刮他三两，几次下来你们就回家搓鱼丸子去了是不？第三，吃鱼吃的是个卖相，你当我吃什么。我这是要清蒸了请客的，你给我条烂肚子鱼，我这招待人失了礼数，礼数你们懂吗？乡下人！”

李淑香扯住了要发飙的老铁，嘴里应道：“大兄弟，别生气。给你换一条，换一条。”

“换一条？我就看好这条你们给我洗坏了，换哪条？哪条都不如我这条。”

“那，那你再挑一条，挑一条。这条算我们送给你的，算我们倒霉。”

中年男顾客一听不干了，指着李淑香鼻子骂道：“你说谁倒霉呢，我这倒霉劲儿的，我买条鱼买这一肚子气。老子缺你这点鱼钱？老子吃鱼的时候你们还在乡下吃土呢。”

老铁一把拍掉中年男点着李淑香的食指：“你再点一个我看看？”

中年男哪被卖菜的拍掉过锋芒，这下一把揪着老铁的领口便撕扯起来……

铁军寻着人流也过来了，看见一中年男胖子一手揪着老铁衣领子、一手点着李淑香脑瓜子骂骂咧咧，血噌地就冲上了脑门。他一步赶到男胖子身后，探手扣住其抓着老铁衣领的右手腕，硬生生将男胖子掰得半弯着腿，倒进了自己怀里。男胖子一边“哎呦”一边骂人，待看清铁军凶神恶煞般的模样，马上闭上了嘴。

铁军凑近了，鼻子对鼻子盯着他：“道歉。”

男胖子虽不是善茬儿，却也识时务。铁军的气势别说看，闻都闻得出来那是要拼命。他龇牙咧嘴思考了两秒，嘴里挤出一句：“对不起。”铁军也懒得跟他废话，手一松就势一推：“滚！”男胖子一个踉跄绊出几步，又蹭回来捡起掉在地上的鱼，嘴里嘟囔着“算我倒霉”，消失了。

人群围着老铁、小铁和李淑香一家三口，小铁双眼冒火盯着讪讪赔笑的老铁两口子，牙缝里迸出一句“回家”，掉头从人缝里挤了出去，顺势用肩膀揩掉了挂出眼梢的一滴泪。

第十章

命运的升 C 小调急板

他们进门时我正在卫生间刷尿桶，心里无名火是噌噌乱蹿，听见大门被甩得咣咣响，冲出去打算借机也吼几声泄泄火，却看见铁军面色铁青地坐在沙发上，老铁和李淑香一前一后站在铁军旁边搓着手赔笑，我便闭嘴也站在了一旁。

铁军开口了："你俩坐，小美你也坐，咱们一家四口今天好好聊一聊。"铁军的口气自带一股不容违抗的严肃，我们三人赶紧各就各位，围着他地上地下错落有致地坐了一圈。

铁军不开口，两眼盯着老铁和李淑香，耐心等着。李淑香看看儿子，再看看老头子，心里还想蒙混过去："哎呀，没啥大事。我跟你爸是闲得难受，刚好那天溜达到菜市场，跟卖鱼的黄老板叨咕了几句，稍带手给他帮帮忙的。你别想太多没用的。"

铁军仍是闭紧了嘴巴，目光坚定瞅着老铁俩。

老铁性子急，哪受得了儿子这般模样："你小子也别这么瞅，事情是我老铁一人做下的，如今还连累你妈跟我一起受苦……"

李淑香狠狠踢了老铁一脚，接了一句："受什么苦，卖卖鱼有啥苦的？每天跟玩儿似的，还能弄俩零花钱。"李淑香边嚷嚷边赶紧藏好自己两只红肿皴裂的手。

铁军瞟见了她妈的动作，问了一句："你们俩缺钱？"

"缺啥钱，不缺！不过能多挣几个干吗不挣，谁还能嫌钱烫手。"

"你们这样挣来的钱我嫌烫手，也不准你们再挣。一定要挣，就回老家挣去，我眼不见为净。"

"铁军你这是干什么？出什么事了？"

"我爸妈这段时间一直在西苑早市卖鱼打工。"

铁军这话一出口着实得惊得我下巴快砸到脚面了，我转过脸看着老铁老两口，半问半埋怨道："叔叔、阿姨，你们这是干什么啊？"

"你俩收拾下东西，我给你们买票，明天就给我回铁岭！"

听铁军这么说，我们三人全急了，异口同声叫道："回什么回？还得买房子呢。"喊完，我们三人对视一眼，因为喊得过于整齐，不由得不好意思起来。

"不想回去就跟我说实话。"

老铁跟李淑香对视一眼，知道今天是瞒不过去了。老铁咳嗽出一口痰，再咽回去，然后开口了："怪我，太贪，该出手时不出手，想出手时出不了手，结果眼瞅着这房价跟驾着筋斗云似的，咱之前看好的三室一厅，现在连厕所都买不到了。我这一着急就犯了糊涂。"

"这也不能怪你爸，当时的股市不也跟架了筋斗云似的涨疯了。咱隔壁的那个老王头，一天就能挣一万。我们想他都能挣，我们还不能挣？谁知道，唉，进去没几天就跌了，一路跌到现在。"

"这人倒霉的时候，喝凉水都塞牙。股市跌了，黄金可巧不巧得又涨了上去。以前看林子的小李子，就那话都说不利索的，也是一天挣一千，一天挣一千的……"

"结果你爸一进去又开始一路跌……"

"手里剩下的钱要是不翻一番，那真是啥事儿也不顶。我就托人四处打听，托到我以前老领导那儿，人家也是好心，介绍我去集资造林。按说这是既挣钱又挣功德的好事儿，没人介绍你拿着钱去人都不要。谁知道又没成。”

李淑香开始抹眼泪了：“说好给你们三十万的……”

这一席话听完，我浑身的力气刹那有如洪水被导入泄洪渠，奔腾而去不再复返。

诡秘的安静溢满了我们这间小小的屋子。

李淑香见气氛如此沉重，赶紧抹掉眼泪：“小美、军儿，没事儿，活人哪能被尿憋死。爸妈有钱，你们看……”她奔向躺在客厅一角的大包袱，从里面掏出一个小花布包摊在茶几上，一一展示逐个介绍，“这是个二十万的存折，这是个六万的存折，这是我俩退休工资的存折，这是这几个月攒的钱，一共二十九万四千六百六十八块两毛二，下个月咱就有三十万还多点呢！我跟你爸身体都硬朗着呢，没病没痛的，你俩还年轻又有文化，咱们一起挣。先把西边那个大开间的首付交了，咱可不能再耽误了。”

两个两分的钢镚儿趁着李淑香拿钱的当儿滚落下来，一枚滚到我脚下，一枚滚到铁军脚下，叮铃铛啷声煞是刺耳。

“铁军，听你爸一句话，钱没了咱们可以再挣。但是志气没了人就废了。我也知道，人活着没个爱好没意思，可这爱好不能占了正道。就说你这打游戏吧，适当打打也就罢了，一味沉迷进去那就是玩物丧志，一事无成，这辈子就毁了。”

铁军坐在沙发上，打从他爸开口以后，入定了似的再没动一下。这时，他叹出口气：“爸，一事有成的一辈子是什么样子的？”

老铁冷不防儿子这么一问，张口结舌了半天：“一事有成，你当年不迷游戏，不就能上清华的线？那就叫有成。你要是不打游戏，安心工作，你看跟你一起进公司的销售小王，人家……”

“买得来房子车子就叫有成，房子越大车越好就越有成，对吗？”

老铁沉默了，我们都沉默了——觉得人生有成好像不该这么简单，又好像就该这么简单——否则又能拿什么证明有成？

“这些钱哪儿来的？”铁军问道。

“你管这些干吗？总之就是有钱，赶紧买房子。”李淑香插了一句。

“到底哪儿来的？”屋顶都被吆喝得抖了几抖。

“唉！我们把老家的房子押了二十万，亲戚朋友凑了六万。这不离说好的三十万还差四万，我们心说过来再想办法。你看，还是北京好，一来就找到了营生，没几个月就攒了快四万。嘿嘿。”李淑香眼睛都笑成月牙儿了，老铁也跟着直咧嘴。两人的高兴还真不是装出来的——我们还要给儿子挣八十四万呢！老铁和李淑香自信地对视着。

“明天你们就给我回铁岭，房本赎回来，亲戚的钱还了，自己挣的钱自己想怎么花就怎么花。我一分都不要。”

“你这个讨债的玩意儿，房子你不买了？婚你不结了？你是不是想气死我们？”

“房子我自己买，婚该结就得结。”

“你拿什么买房子？”我瞪了铁军一眼。自己爸妈的钱，虽说来得不易，但谁家钱来得容易，先把房子定了，心也就定了。钱大家一起慢慢还嘛。

“我拿什么买？”铁军笑了，牙齿咯吱咯吱响得怪吓人，“我拿我的玩物丧志买。”说完他便蹿进里屋，乒呤乓啷砸掉电脑，掰折了所有的游戏光盘，又从厨房拿来和面用的铁盆，烧掉了自己写的游戏稿和攻略。烧最后也是最厚的那一沓时，他明显放缓了速度，但也只犹豫了一下，便狠心扔进了火盆——那是他为高中生设计的专门学习历史和地理的一沓益智类游戏稿，历史和地理是铁军最喜欢的两门课，但为了学好数理化走遍天下都不怕，最后都放弃了。

人啊，越年少，越容易被烙上印记；而那些纠缠在记忆深处的烙印，越艰辛便越难以磨灭。否则，追溯起来为什么每一个可怕的连环杀手九成九都有一个悲惨的童年？人的性格基本定型在童年结束的那一刻——渴望而不可得，不可得又舍不得。有了这种明晰的纠结感后，你便无法阻挡地走向了成熟。

与才砸了电脑、掰了游戏碟、烧了游戏稿走向成熟的铁军比起来，郝运香都快熟透了。

郝运香每天惶惶然，瘸着一只脚赶来上班时嘴里都不自觉地哼着歌，一开始她也没注意，待回过神来发现自己哼哼的竟然是《唱支山歌给党听》，尤其那一句“鞭子抽我身，母亲只会泪涟涟”，反反复复，原本哀婉缓慢的曲调在“鞭子抽我身”这一句突转为铿锵有力。这么多年的流行歌曲全白听了，真正到了火口刀尖需要全副精力拿出来拼搏时，给自己加油鼓劲的号子，还是只记得几十年前的那一首。

小时候，每到节庆日献礼演出的时候，郝运香从不敢奢望自己能成为舞台上那个调皮而快乐的挑水小红军，或者是站在众人腿上两手高举成托日状代表“奇迹般崛起的座座金山”的坚定的小改革家。但是那一年排的是《唱支山歌给党听》，郝运香的机会来了。

排舞的男老师叫小丁，他双手在髋骨两边翘翘地张开，风摆柳般绕着学生们一圈又一圈地兜，嘴里不间断地喊着：“同学们，同学们，重点在表现力度，力度，绝对不能软弱！双眼要先喷出仇恨的火，再射出无边的爱。”郝运香别的没有，力度可不差。她劈空怒甩出去的两鞭子仿佛能将人能抽得魂飞魄散。小丁老师冲着她大叫一声：“好！太好了！就是这个感觉，郝运香，你站到中间去。”

幸福来得这样突然又是这样随心顺意，郝运香喜得不知如何是好。练，不间断地练！她给自己表了决心。每天只要一有空，便站在高脚凳上，冲着家里高高挂起又小得可怜的一面镜子练——高举、猛转、怒瞪、狠抽、喷火、射爱……

临演出前一天，郝运香转得太猛，一跤从凳子上摔下来，胳膊断了。郝运香哭得一脸的鼻涕眼泪，去找小丁老师，表示自己还能跳！小丁老师叹了一口气，说："郝运香，你力道用过头哩！"说完想摸摸她的头以示安慰，结果手都伸出去了，看见郝运香一脸鼻涕眼泪，又缩了回来，告诉她下次还有机会。

郝运香在家哭得直跳脚，哀号下回哪还有什么机会呢？哪里还有《唱支山歌给党听》这样简直为她郝运香量体裁衣出来的歌曲和舞蹈设计呢？她妈白了郝运香一眼，清醒地来了句——人轻没好事，狗轻一泡热稀屎。

怎么会哼这首歌呢？真不是个好兆头。这从天而降如馅饼般的好工作简直就像当年担任《唱支山歌给党听》里的主角一样那么突然，随心顺意地掉进了郝运香的嘴里，她太轻狂了，太轻狂了……这会儿可不是从凳子上摔到地下那么幸运了，这简直是从凳子上一跟头折进了万丈深渊，都不用等掉到底儿就灰飞烟灭了。

我怎么这么轻狂呢？吃什么方便面，怎么就那么馋呢？光吃烙饼的话哪会去打开水呢？我让你吃，这下馅饼儿没了，就等着热稀屎吧！

郝运香恨不得跪在林晓萸面前，任她随便几个耳光或者多少鞭子抽翻自己，再踏上几脚，只要解气了就好。郝运香又恨不得刨出心肝给林晓萸看一看，上面要明明白白用宋体刻上这样一行大字：我绝不会说出去！如果你还不放心，我立马就当你面把嘴缝起来。

可郝运香一丁点儿表达忠心的机会都没捞到。

林晓萸消失了一个下午后，第二天便照常上班，该干吗干吗，像是从来没有跟郝运香在走廊里意外相遇过，也从来没有深深地盯过郝运香那一眼似的。

林晓萸本就不爱笑，话也不是很多。但这会儿在郝运香眼里，不爱笑和话不多全都有了别样的意味。比如她低着头琢磨什么事情的时候，郝运香就觉得她是在琢磨该怎么处置自己；比如她面色略严肃地吩咐郝运香去干点什么的时候，郝运香就觉得完了，这一脸怒色恨不能化成刀剑刺过来，可见林晓萸有多恨自己；比如她面色略和缓地吩咐郝运香去干点什么的时候，郝运香就觉得那淡淡的笑脸上刻着“治你还不是小菜一碟”这么几个大字……

郝运香简直比热锅上的蚂蚁、风箱里的耗子还痛苦难受。林晓萸这个样子叫她怎么张嘴去赔小心表忠心？人家从贾总专用通道里拐出来算得了啥？人家面色潮红喜笑颜开又算得了啥？你把人没穿裤子直接堵在床上了？即便你把人没穿裤子堵床上了，你又能怎样？轮得到你堵吗？给你几个胆子你敢堵？不能再想下去了，越想越黑暗，越黑暗越多魑魅魍魉聚拢起来打算活撕了她郝运香。

失去这份工作比失去任重还不可接受，真真是能要了人的命。失去了任重，总能找到个李重、王重，即便比任重差得天高地远，不过郝运香自觉也不是什么九天的凤凰。她妈常说金花配银花，西葫芦配南瓜，她个西葫芦非去攀金花，活该攀个两手空空。失去了这份工作，如果失去了这份工作……该怎么形容呢？郝运香木着脑子想了好几天，终于想出一个恰当的比喻——要是失去了这份工作，那就跟失去子宫一样，再没有可能得到另外一个了。

对林晓萸的忠心一定、必须、绝对要表出来，郝运香下定了决心。公司没机会，外面不方便，只好堵在家里表了。堵在家里有个好处，左右都表不出林晓萸原谅的话，那就声泪俱下地跪下！郝运香笃定只要自己眼泪鼻涕一把地跪下，怎么可能拿不下林晓萸！

可林晓萸住哪里，郝运香不知道，不知道也没关系，跟着她就知道了。结果发现林大小姐下了班后从没坐过公交，只是往马路牙子边一站一扬手，坐进出租车便绝尘而去。鬼鬼祟祟跟在后面的郝运香实在没这个气魄——谁知道她这一扬手回去的到底是家还是哪儿？才五点来钟买菜逛街泡吧会贾总都有可能。再加上这五点来钟的公共交通，堵死你没商量。那得多少钱，没一两百甚至三四百能下来？就算这么多钱下来了，还没跟到她家，忠心没掏出来不说又搭上打车的冤枉钱……

郝运香回到家后反应过来，狠狠给了自己一个嘴巴子——这节骨眼儿上还心疼一百两百三四百呢！不让林晓萸吃上定心丸，子宫都要没了！甭管明天林晓萸是打车还是打飞机，哪怕打宇宙飞船，你也得照样子打了跟上去。

第二天，郝运香跟在林晓萸后面打了车，两辆车绝尘而去。二十五分钟后，一前一后拐进北四环边一个高档小区。郝运香鬼鬼祟祟地躲在各种她能利用的遮挡物后面，盯着林晓萸的背影运气，随时准备着冲出去。

可这口气怎么都运不顺，直憋到林晓萸在其中一栋楼下站定，掏出磁卡，嘀地一刷闪身进入了一扇堂皇的大门。糟了，郝运香无声地呐喊着，这大门是带锁的！她一个箭步从垃圾桶后面扑出来，只来得及闻一闻空气中行将消散的林晓萸的香水味。

郝运香抬头看着直插入乌云中的三十几层高的建筑欲哭无泪，她站在门边紧张地思索着。怎么办？回去？那是绝对不可能的。进去？倒也不难。等下一个业主回家一块儿蹭进去就行。可进去了怎么才能找到林晓萸？这三十几层高的楼，少说也住了一百来户。一家一家敲门？对，那就一家一家敲。

郝运香下定决心后，人反而轻松起来，得空欣赏一下高档小区里的小桥流水假山亭榭，还有那婀娜的大叶铁线莲，看够了转头便开始研究起那扇挡在她赎罪大道上的门。好一道生铁铸就无坚能摧的深绿色屏障，黄铜浇铸出的狮子状门把手鬃毛虬结，张开的大嘴里叼着一个明光铮亮的大铁环。郝运香一下一下拨拉着铁环，嘴巴里念念有词："人家叼一个是用来提醒主人开门见客的，你叼一个算怎么回事？我把你拍烂了，也没人能出来给我开个门。"

正胡乱琢磨呢，身后有人礼貌地拍了拍她的肩，一个浑厚的男中音同时响起："同志，您忘带钥匙了吗？"

"是啊，是啊。"郝运香惊喜地转过身，穿着铁锈红短袖衬衣的贾总笑容可掬地站在她身后。

郝运香嘴巴渐渐张开，先是塞得进一枚六星的和田枣，接着便塞得进一只小尺寸的沙田柚。贾总伸出右手食指遥点着郝运香的面门："你，你，你是……"贾总的"是"字还半吞在喉咙里，郝运香一个冲刺便消失在渐渐拉开帷幕的夕阳中。那速度，只有天边蜿蜒的闪电才追得上。

郝运香一口气奔出小区，拐入人行道，跑出了她人生中再也无法超越的速度。

没有经过训练的瞬间喷薄出的爆发力难以持久，且很伤身。郝运香刹住脚步后，立即吐了起来。狭窄的人行道无法给路人提供足够躲避的空间。经过她时，行人纷纷侧目侧身跳上路边的绿化带。郝运香本就不是一个很在乎别人眼光的人，尤其在今天这个倒霉关口。她稀里哗啦吐了个够，才掏出电视台女厕牌卫生纸擦了擦嘴。而她竟然用两张三层厚的卫生纸擦了嘴！可见这次事件的杀伤威力无异于一颗原子弹在她体内自爆。

郝运香双目圆睁、嘴巴微凸、肩膀下耸，大脑一片空白地在人行道上晃悠着，脸部肌肉连带着鼻子眉毛都好像被突然变强大的地心引力拽到了脖子上，嘴里无意识反复哼着"鞭子抽我身，母亲只会泪涟涟"，从人行道爬上天桥，飘过了人声鼎沸的三里屯，像一片早衰的叶子，被夏日的晚风扫进了美梦一般灯火辉煌的世贸天阶。

突然，任重的声音在她耳边柔和地响起，郝运香用两个大力的耳刮子帮助自己清醒过来。一抬头，发现任重巨大微红的脸蛋出现在梦幻天幕的大荧幕里，双目深情地凝视着自己。他说：

"亲爱的，我知道我即将说出的话会很傻，但我可以向你保证，他们是最真实的。亲爱的，仿佛从我生下来的那个时候起，我就在等待这一刻的到来。第一眼看见，我就莫名地喜欢你，说不出理由。慢慢地，我发现自己爱上了你。还是说不出理由。爱是什么？我无法用语言准确地表达。我只知道，你笑，我就开心；你哭，我会心疼；你在我身边，苦的也会变甜；你不在我身边，甜的也会变苦。从此，我的怀抱只属于你，我的心里只住着你。无论未来的路途如何高低曲折，我都希望它没有终点。因为，你跟我在一起。我将用我的一生来证明，你会成为我见过的最幸福的女人。亲爱的，嫁给我吧！”

一瞬间，郝运香觉得整个人似乎都变轻变薄了，仿佛背后生出一对白色的翅膀，“唰”的一声飞入八月的星空——什么天蝎座、飞马座、北斗七星座全部擅离职守，围在她身边上下翻飞，扭起了欢乐的大秧歌。

她旋转着，大喊着：“我愿意！我愿意！”

广场上密集的人群迅速在离她四步半远的地方围出来一堵厚厚的人墙。

郝运香啪的一声从星空中直直跌了下来，吧唧一声，面朝大地摔了个结结实实。她死命掐了掐自己的大腿，拿出吃奶的力气也挤进了人群。

任重左手捧着玫瑰花，右手举着钻戒，单膝跪在傅天爱面前。一个用白玫瑰围起来的大大的心型包围着他们。旁边站着一支弦乐四重奏小乐队，两把小提琴，一把中提琴，一把大提琴，合奏着来自《费加罗婚礼》中的唱段《你再不要去做情郎》，刚劲、有力、诙谐、明快。

郝运香眼前发黑，你是要造掉多少钱啊，任重！

与此同时，在南五环边上一片正等待拆迁的破烂小区里，铁军将手拖行李打算离开的我围追堵截在了一小片垃圾山前。他从后面紧紧箍住我，他说：“小美，不要离开我！我错了！我去挣钱！房子车子我都挣得来，你想要的一切我都挣得来。给我点时间。”

他的呼吸热热地裹着我的脖子，双臂勒得我喘不上气，耳边蝉鸣蛙叫声一片。他喃喃地说道：“小美，嫁给我。相信我，我会让你成为我见过的最幸福的女人。”

夜色阑珊，广场上狂欢的人群、任重、傅天爱全都心满意足地回了家，只留下了郝运香，兜里揣着个顽强地嘀嘀叫个不停的手机。

她叹了口气，按下了通话键，她妈的哭声响起：“运娣，出事了！来来，郝运来他借了高利贷，要命的。运娣，运娣啊……”

运娣，郝运香爹妈给她起的原始名字，“运香”是她考上高中后自己给自己改的。

第十一章

相遇与别离间的哲学地带

许多大人物都用不同的遣词造句方式告诉过我们同一个道理——人这一辈子啊，就是由许许多多段相遇别离、再相遇再别离组合而成的。

开头遇见的是美的，离别时也许就是丑的；下一个开始也许遇见的是丑的，不过离别时说不定就是美的；保不齐再下个相遇是美的，分开时还是美的；又或者干脆相见时丑别亦丑；而一段美的开始也许会纠缠进下段丑的结束；下段丑的离别又可能夹缠进下下段美的开始……起起落落，纠纠缠缠，周而复始。然后，再然后，我也无法确定那终点究竟就是单纯的终点，还是下一个过程的起点……

老黄用了两个晚上的时间也想不出个究竟，为什么他想给老铁和李淑香搞一场送别酒？想不出来干脆就不想。他拣几只卖剩下的螃蟹蒸了，煎了条活鱼，炸了盘花生米，切了盘猪头肉，炒了盘小白菜，开了瓶老窖，把老铁和李淑香请进了摊子后面的斗室。

酒桌子上看得出老铁好这口儿。他人一上桌，筷子不动，先举杯，敬完一杯，马上又添一杯。他半眯着两眼，先将那不值钱的老窖放在鼻子底下深嗅，再小心凑上去“刺溜”抿进半杯，在口腔里涮几涮，再含那么一会儿，这才依依不舍地咽下去，半天不说话，只顾着咂摸味儿。看他的样子是恨不能在二十五厘米长的食道里插二十五根挡板，好大大延长一下酒入肠胃的过程。不过两杯下肚，他是打死也不再喝了。老黄也不勉强，三人有一搭没一搭地聊着，一桌子菜见了底后，老铁和李淑香起身告辞。

月光合着灯光，将老铁和李淑香离别的背影拉得又斜又长。老黄站在门口目送着他们，依然听得见李淑香唠叨着不愿意离开北京。老黄在心里默默喊了句：再见。

吃完饭，铁军坐在空荡荡的游戏桌前发了半天呆，突然起身说要去迎一迎晚归的父母，然后出了门。我知道这是个借口，其实他是想一个人待会儿，不过正好我也想一个人待会儿。我需要静下来想一想，因为我要做一个决定。虽然我知道这个决定的答案一定会是——是的，我愿意。但我还是想，再想一想。

铁军沿着小区边上的工地，溜达了挺长一段时间。夜晚的工地异常安静，塔吊守着没盖完的楼房缠缠绵绵。铁军晃了晃脑瓜子——不想了，不就是跟往事干个杯嘛。回头爷们儿有了实力把杯子再重新端起来。作为爷们儿，一口唾沫一个钉。今天完了就完了，明天该干吗干吗！

此时，林晓萸站在自家二十三层高的窗口前已经快半个小时了。她打算迎接一个人，并且一定要亲眼看着他掏出磁卡，刷开下面的大门，然后她才会系上围裙，打开电视，坐在沙发上，等他进门。这个过程对林晓萸来说是一个仪式，在今夜，她一定要分毫不差地完成。她要向过去六年中，每一个他来过的理不直气不壮的夜晚做一个理直气壮的告别——今夜，老贾将作为一名单身男士正式搬进来。他会提着几个箱子进门呢？林晓萸平心静气地思考着这个问题。

始终合不上眼睛的傅天爱无法辗转反侧，因为任重紧紧地搂着她睡得很香。傅天爱很奇怪，她的两只耳朵不知道为什么烧得厉害——左边是那种小火慢炖的烧，右边却像是烈焰蒸腾的烧。耳朵上两种不同的火烤得她心烦意乱，她很想起来去客厅喝杯红酒放松一下，可她又不敢从任重的怀抱里钻出来。她怕弄醒他。这会儿，傅天爱非常不希望任重醒过来。数羊吧，傅天爱对自己说道。

"数羊吧。"患有慢性失眠症的半高干子弟简陆对自己说道。同时，傅天爱的声音在耳边奇异地响了起来："轻轻地闭上眼睛，对，不能使劲闭。好，从你的大脚趾开始慢慢放松每一块肌肉。自己感觉，想象一束热乎乎的光从脚底板钻出来，爬上小腿、大腿、屁股……咯咯咯咯……"

简陆感觉到似乎有一只手从自己的脚腕处开始，有力地蜿蜒而上，抚过大腿，攀上胯骨，沿着肚子，在心脏处停了下来，按了按。"这是一个重点放松的地方，不过最难放松的地方在哪里？"那只手快速地提了起来，在他的天灵盖上重重地拍了一巴掌，"记住，这里才是最难放松的地方。你有没有发现，睡不着的时候你的脑子是提着的？所以，当你在数羊的时候，一定要强迫自己的脑子沉下去，放松。脑袋里只允许出现一个画面——记得小时候看露天电影，大白屏幕上不是会跳出黑圈吗？里面套着粗黑的三、二、一。那么，当你数羊的时候，你的脑袋里只想着这个大白屏的黑圈里蹦出来的全是不会叫的白绵羊，一只一只又一只……强迫自己除了这个画面什么都不想，一旦想了，就从头开始数起。不消两次，包你睡着。"

傅天爱咯咯地欢笑着，嘴里迸出的气流喷到了简陆脖子里。刺挠的感觉是如此真实，简陆浑身的汗毛根根炸起，弹起身子，抓了抓脖子。他没有扭头——傅天爱绝不会躺在身边空出来的那半张床上。

黑暗中，简陆穿戴停当，拿起车钥匙出了门。

长安街上某个五星级酒店十九楼520号总统套房里，赤条条的郝运香在一面铮亮的镜子前站定，她打算好好地端详端详自己。从小到大，她都没得着时间空间以及勇气端详一下这副真真正正属于自己的躯壳。过会儿，她就打算将这副躯壳从十九楼的窗口那儿扔出去。她从任重那里要来了这套婚房的钥匙，理由是今生无缘在一起，就让她一人在他的新房里住一晚暖暖心。任重心软，便将钥匙给了她。郝运香死死盯着镜子里的自己，心说此时再不看，以后是没得看了。即便以后有机会再看，还不定一副什么赤橙白黄黑紫兰的惨淡样子，那真是不看也罢。

镜子里的郝运香扭着脖子，双目大张，瞪着镜子外的郝运香：两条筷子眉乱糟糟竖着；双眼皮打在娘肚子里就没好好长，一内一外一大一小，近年来更是大的愈发大点，小的愈发小点；鼻梁算挺，鼻头却又过大，就像院里架子上吊下来的青丝瓜；嘴巴算是郝运香最满意的地方了，线条流畅，颜色大小都适中，可上面偏生出一圈浓密的汗毛，无论噘起来、弯上去或是撇下来，汗毛都牢牢把守在上面败兴。

唉！郝运香深深叹了口气，心里怒斥了一番傅天爱明媚的五官。脸也就这样了。

郝运香对着镜子托起了自己的乳房，一松手，啪，掉落下去，下坠成两坨不规则的扁三角形，自惭形秽似的左右各自分开——要不是扭不过自然规律，恨不能双双躲进背后。侧过身看看——前凸后坠。镜子里的郝运香臊眉耷眼地叹了口气——这副皮囊自己看着都觉得寒碜，好意思凭它出去跟傅天爱争吗？对得起北京人任重吗？

郝运香转过身子，眼睛不得不由着身体的长势，溜到了自己一直回避却又渴望端详的小腹与大腿根的交界处。那里有一扇郝运香最熟悉却也是最陌生的大门。十二岁之前，只知道它是拿来小便的；十二岁以后，发现它似乎有很多用处。究竟能用它来干什么？郝运香问过她妈。当她妈看见惊慌失措一裤子初潮的郝运香，精神状态立马崩溃。从此以后，郝运香只能自己研究它究竟还能拿来干什么用。

通过这么些年尚算辛勤的探索，郝运香得出自己的结论——它是用来关住好男人的。要想关紧关严好男人，让自己的下半辈子有依有靠——这扇门一不能推早了，二不能推晚了，三不能被错的人撬开。唯这三点恰到好处结合到了一块儿，再推开，那才是人生志得意满欲仙欲死的极乐佳境。

郝运香一头扑倒在足有两米四宽的豪华大床上，翻滚哀嚎，大声发泄着……

好你个林晓荑，早不出晚不出，偏等着我打好了开水你才出来；好你个贾似道，早不来晚不来，偏偏我去的时候你来。你们这是诚心跟我找茬儿啊你们，你们摘了我的子宫你们知道吗？我饶不了你们！

好你个郝运来，你挑的好时候，早不欠债晚不欠债，我子宫都没了你倒借上高利贷了。你欠多少不好，你欠十五万？我有十五万八千块钱的积蓄你怎么知道的？你个小贼，你剜了我的心肝你知道吗？看我饶得了你！

好你个傅天爱，你狐狸精似的找谁不好，你霸着我的任重。他是我的下半生你知道吗？你个狐狸精放股子骚气，得有多少披金戴银的下半身围着你。我可就这一个！你个狐狸精毁了我的下半生，我饶不了你！

好你个任重，好你个任重，好你个冤家啊！

郝运香哇哩哇啦连滚带嚎，骂到狠处，反而镇定过来。她翻起身，拽过床边的一个大双肩包，先是掏出一张放大了的任重的照片，摆在床头；接着掏出一卷裹好的婚纱，从头到脚披挂妥当；然后掏出了两个信封——一个写着“礼金，任重、傅天爱收”，里面装了一千四百元，这意思是要死了；一个写着“丧葬费，爸、妈、郝运来收”，里面塞了四千七百元，这意思是死去了。郝运香狠狠地想着，我的十五万八千块啊，都给你们，都给你们。我就给自己花了一千九买了套婚纱，其余的你们花吧，我看你们怎么花。

放下信封，她又掏出了一把削皮器、一根粗长的黄瓜，默默地给黄瓜削起了皮，一抹酱紫的红晕悄悄爬上她铁青色的脸。削好后，她躺在任重照片旁边。任重从照片里看着郝运香，只见她拿着黄瓜在两腿根中间比划了半天，始终是不得要领也难以下手。郝运香重新坐起身，盯着任重照片里的俊脸，将黄瓜塞进嘴里，嘎吱嘎吱嚼得一点儿没剩。

最后，她从双肩包里掏出一把专划各种玻璃的金刚石刀。她来前打听了，别人告诉她星级酒店的窗户都打不开。嘿嘿，这能难倒我？郝运香举着金刚石刀阴森森笑着走到巨大的落地窗前，认认真真聚精会神地画起一个长方形——这简直就是神笔马良的笔嘛，画起来多顺手，随画随开。郝运香有点得意地想——我从这扇窗跳下去，看你傅天爱还怎么睡进来。

爱情不是你想甩，想甩就能甩！郝运香恶狠狠地哼着改编的流行曲。

第十二章

与大运相撞

长方形划好了，方方正正，大小适中，一股沉沉的夜风迫不及待地挤了进来。

郝运香眯起眼，踮着脚尖从长方形里探出了半个身子——嗯，高了点，一会儿得搬张凳子摆下面；伸出手摸了摸长方形的边边——哦，有点拉手，可惜没带砂纸，一会儿跳出去兴许会刮坏婚纱，得小心点。

她边想边耸起鼻子狠狠吸了一口窗外的空气——里面有从内蒙古阿拉善草原远道而来的粗粒沙子，有从河北张家口裸露耕地彻夜奔袭而来的细土坷垃，有从撒够欢的车屁股后喷出来的化合物——此时已然与一氧化碳、二氧化碳亲密结合，互相搀扶着扭成一根蓝色的绸带随风摇摆。夜空里弥漫着的气流带着质感与重量散发出一股铁锈味。

真好闻，郝运香咳嗽了几声。

一辆路虎停在街边，简陆提了瓶红酒从里面钻了出来。他斜靠在霸气的引擎盖上抬起头凝视着面前的大厦——里面有一间屋子即将成为傅天爱的婚房。

突然，简陆懒洋洋歪着的身体绷直了，两眼冒出探照灯般的光束，射向大厦的某一扇窗户——一个女人，穿着婚纱，双手把着窗户沿，撅着屁股探出大半个身子，面向苍穹长发飞舞，嘴巴一张一合，似乎在大喊着什么。

简陆右脚大力蹬向引擎盖，左脚顺势飞跨出乔丹才迈得出的距离，摆脱掉来自地面和鞋底的巨大的咆哮着的摩擦力，嘶喊了声“籁籁”，消失在大气中。

郝运香一站上椅子，就觉得脚下的大理石和头上的天花板玩起了乾坤大挪移，一会儿你在上面我在下面，一会儿你在左边我在右边，弄得她头晕恶心。要不是两只手下意识地把住玻璃框，她真会晕过去。岂料，两只手一抓住窗框便再也不听指挥，大脑都急得咆哮“松开啊”，双手却装痴卖傻似的牢牢把着毛玻璃框。僵持了一会儿，大脑累了，决定休息会儿再跟平常让干吗就干吗的两条胳膊恶斗。

处于无意识状态的郝运香双手死攥着窗沿儿，撑住自己探向空中的大半个身体。为了保持平衡，屁股不得不一边翘起来一边坠下去，类似于梁羽生大侠描写过的“千斤坠”身法。

门外，简陆踹开520号总统套房的大门。穿过门厅，扑到窗前，奔至郝运香撅起的屁股处，抱紧了——“嗨”一声发力，没拔下来；再“嗨嗨”两声发力，还是没把郝运香拔下来。最后，他只好一手揪紧郝运香的裙子，一脚踹倒凳子，这才算把郝运香从窗框里拔下来，一把揽进自己的怀抱。

他喘着粗气搂紧了自以为的妙人儿，下巴不停地摩挲着怀里的妙人儿的头皮，嘴里还念叨着：“籁籁，你这是要干什么？不带你这么胡闹的。你要跟我赌气，你干什么都行，就是不许拿自己的生命开玩笑。”简陆越想越后怕，双手不自觉地摇晃起怀里软软的身体。

郝运香经这一摇，那条本打算在胃里安眠的火龙被摇醒了，它猛地蹿上喉咙口，压迫得郝运香一抬头，哽了哽脖子，哗啦啦吐了简陆一身。

简陆一把推开郝运香跳了起来：“你是谁？”

郝运香摇摇晃晃抬起脑袋，抹了抹嘴：“我是谁？你是谁？你管我是谁？”

简陆大吃一惊：“郝运香?!”

再看看周围，椅子翻倒，压在一块刚好与窗户破洞尺寸一般大小的玻璃上，旁边摆着一把金刚石刀，任重的大照片驾在正对着窗户的小酒台上，洒下暖暖的微笑，一地散乱的外衣内衣与黄瓜皮。

郝运香两只手鲜血淋漓，还不停地擦嘴抹脸，弄得一张脸上黄的白的红的稀的浓的稠的完全搅和在一起，披头散发，龇牙咧嘴。简陆明白是怎么回事了——还以为是籁籁跑来自杀，自己太自作多情了。籁籁是那样的人吗？要是那样的人，这会儿你就不会对她念念不忘。不过这也太巧了，敢情我的前未婚妻要跟郝运香的前未婚夫结婚？简陆不可置信地摇了摇脑袋。

眼看这场面不管不行，简陆脱掉被吐脏的外衣，再脱下里面的细棉布衬衣，撕成条儿，跪在郝运香面前给她包扎。简陆拱起的肩胛骨肌肉线条十分醒目，一动一动像两只肉鼓鼓的小耗子。郝运香觉得十分有趣，情不自禁地戳了戳。

简陆抬起头，被郝运香的形象吓了一激灵，他伸出手在郝运香眼前晃了晃：“郝运香，还认识我吗？老简。”

“别晃了，再晃我又想吐了。”

简陆赶紧停手：“你打算玩空中飞人？”

“不，我要给他们点颜色看看。”

“是，你现在的颜色确实挺有得看。”简陆去卫生间拿了条湿毛巾，“还是擦擦吧。”

“不擦了，我歇会儿，一会儿我还得跳。”

“还跳？别跳了，真想跳，刚才早跳了。再说你跳得下去吗？就你把着窗框的手劲儿，阎王爷站在窗户外面都拉不出去。”

郝运香看看自己包扎好的两只手，一脸无辜，自己也挺纳闷的：“我真想跳的，真的。刚才一站上凳子，就看见一大片土豆花，紫的红的，开得像着火了似的那么艳。还有一大群蜜蜂嗡嗡的，搅成一团明黄色的云在花上来回飞，忽左忽右，忽前忽后，忽上忽下……真好看，就是看着眼晕得厉害，只好抓着窗框。”

简陆笑了笑：“多大点儿事啊？值得玩这么大。你知道吗，跳下去什么样儿到了地底下就什么样。你想想自己顶一颗开花的脑袋，胳膊腿也摔折了，成天跳霹雳舞似的在地府里蹦跶，阎王爷看着都糟心，还能给你好日子过？”

郝运香清醒了点儿，打个了冷颤：“可我在这里也没好日子过——我什么都没了，什么都没了。”

“你不还有你自己吗？”

“可我的心肝、子宫、下半生都没了！”

简陆被这声喊弄迷糊了，心肝和下半生没了好理解。子宫也没了？宫外孕被摘除了？

“你子宫哪儿去了？”

郝运香扬了扬手，表示这你不懂，懒得跟你解释。

简陆盯着郝运香：“你是任重前女友吧？”

郝运香吃惊地瞪着简陆，见了鬼似的：“你怎么知道的？”

“还没认出来我是谁？”

“你，你，你是谁？”

简陆将脸摆在郝运香眼前：“老简，傅天爱的前未婚夫。”

郝运香听到傅天爱三个字，一个虎扑上前，对着老简开始胡乱抓挠：“你，你就是傅天爱的男人？我恨死你，你为什么不看好自己的狐狸精，她把我的下半生掳走了，你知道不知道。”

简陆抓住郝运香的两只手，拍拍她的脑壳，嘴里轻轻安慰着：“好了，好了。”

简陆的手像是有魔力，郝运香安静下来：“你、你、你也是来跳楼的？”

简陆哈哈大笑，笑得腹肌都快融化了才停住：“你就当我是来跳楼吧。我建议咱俩为这能死到一块儿的缘分干一杯。正好我带了瓶好酒。”

幽幽的蓝光缓慢揭开了黑沉沉的夜幕，月亮的银盆大脸眼看着瘦了下去，最后连轮廓也一点一点消散了。一抹柔和的霞光镶着一圈儿黄色的光晕悄悄爬上了天的尽头。大地抖了抖胸肌，神采飞扬——来吧，孩子们，尽情碾压我吧，不要害怕，我是你们最坚实的后盾。

郝运香靠在简陆的怀里沉沉地睡着了。

自杀就跟背后被枪杆子抵着不得不上战场的逃兵似的，冲锋号一吹，两眼一闭冲出去，第一拨子弹没将其扫死，所有勇气立马衰竭，就地倒下，鸵鸟似的一头钻进死人堆里，再不做他想。

郝运香现在就是这样，寻死的勇气一丝不剩，好赖活着的信念重新燃起——再差还能差过在地府里阎王爷眼前嘴歪眼斜断手折脚地跳霹雳舞？

郝运香背着自己的大书包，站在办公室门口时已经是下午一点三十分了——她翘了一早上的班，没请假。反正死猪不怕开水烫，老娘可是从真自杀现场回来的，要敢摘我子宫，我、我就敢……哼！敢干什么暂时还没想清楚。她大力推开门，又“砰”一声撞上门，双眼朝天，鼻孔外翻，“咚咚”走到办公桌前，背包“啪”一声甩在地上，左脚勾出椅子，一屁股把自己的身子砸进去——来吧，老娘谁都不怕！

半晌，身边悄无声息，只有郝运香自己的心跳声——先由“咚咚咚”的不规则长重音变成“砰砰砰”的间歇性短重音，接着变成了“扑通扑通”的断续音，最后“滴滴滴”几声消失在周围无边的沉默里。郝运香抬起头环视了周遭——一个人没有，只有林晓萸桌上茶杯里袅袅升腾的水汽显示出一星点活气儿。郝运香颓然靠向了椅背。

不知过了多久，林晓萸进来了，后面跟着咕咕哝哝说着什么的李大姐。两人瞧见了眼神直勾勾的郝运香，安静下来，分别坐进属于自己的位置。

“郝运香，你过来一下。”林晓萸开口了。

郝运香站起来，浑身笼罩着豁出去的绝望气息，径直走向林晓萸的办公桌。站定后，她双眼不争气地盯牢桌上的茶杯——差点没管住自己的双手，端起地上的热水瓶给她续点热水。

林晓萸开口了：“你上午怎么没来？”

郝运香死盯着茶杯，就是不张口。

“我们刚才开了一个简短的会。”林晓萸停顿了一下，看郝运香没有反应，接着说，“是关于今年的员工能力与素质考核以及下阶段各科室的人员调度与任免的会议。”

郝运香心里有主意了，她端起林晓萸的茶杯试了试水温，待会儿泼向她的时候不能太烫，烫伤她还得付医药费——钱是大风刮来的吗？

“咱们科室也有比较大的调整。”林晓萸有意识地在“比较大的调整”这几个字里加了重音与停顿，看着郝运香，并等着她的反应。

郝运香端起了茶杯，将其送至嘴边，大大抿了一口——泼向林晓萸之前最后确认一下——泼出去的将是我八年来的进退有度、我的梦想、我的青春、我的子宫，代价够大了，不能再往外掏钱了。不烫嘴就烫不伤脸，泼出去就行了。

“咱们科室将合并进总务行政科，分管一切有关于公司重大决策文件的上传下达以及管理、整合、归档，并配合协调各科室日常工作，确保公司整体的行政运营能力良好高速高效运转。”

郝运香端起茶杯，战前的心理与生理准备同时做好。

“我要离开总务科去制作部。郝运香，恭喜你，你将接任我的工作成为总务行政科科长，李大姐是副科长。这份文件你拿回去看一看，然后签名，并草拟一个工作计划给我。”

“哗”，满满一杯茶泼向了林晓萸。郝运香愣了仅仅四分之三秒，八抓鱼似的扑向林晓萸，擦拭着她头上、脸上以及身上滴滴答答下落的茶叶梗子、枸杞子、菊花沫子、水珠子……

郝运香奔出办公室，奔下八楼，奔进七楼的卫生间——奔进了她本以为将永久消逝的美梦里。

在七楼的卫生间，她一把一把揪着手够得着的自己身体的任何部位，用头一下一下撞着厕所并不坚固的隔板，一边笑一边任由泪水汹涌，她对自己说：子宫，你好！你回来了！

十分钟后，郝运香出来了，趾高气昂的——以后我就是科长了，哈哈哈哈哈……

第十三章

弯弯月影儿里的伟大前程

今夜，于我们是一个值得纪念的日子。

今夜，将是游戏小铁转向销售小铁的起点。

今夜，也将是我们这个小家奔向幸福生活的开始。

为此，铁军和我决定小小地庆祝一番。

铁军举起一瓶辽宁三沟，冲我晃了晃："我们必须为这个伟大时刻的姗姗迟到干一杯。去，给我炸盘花生米。"

铁军滴酒不沾。同事同学朋友聚会没少被笑话——你一个东北爷们儿不喝酒，还叫什么东北爷们儿？每次看见铁军在酒桌子上左推右挡，恨不得钻桌子底下的样子，我就觉得很尴尬——有这么躲酒的爷们儿吗？

有一回他们公司年终聚会，所有的销售围着老板杯杯见底，只有他远远地稳稳地坐着，一口接一口地吃。老板的兴趣偏偏被他吸引了，端了一大杯过来非要敬他不可。这酒能不喝吗？铁军站起来一饮而尽，接着便摔进了桌子底下，一晚上再没爬出来。从那以后，老板见了他不知该哭该笑——我的酒，不能喝硬喝，算是识相；这酒都不能喝，怎么陪客户，怎么签单？

“你不是不能喝吗？”

“我那是装的！”

“你为什么要装？”

“我讨厌酒，更讨厌喝了酒的人。”

“那现在怎么不装了？”

“媳妇，你见过不喝酒还挣钱的销售吗？”铁军冲我咧了咧大嘴，“去，乖乖给老公炸盘花生米，咱俩边吃边唠。”

就着花生米，吹着老三沟，铁军给我讲了一个故事。

老铁有个青梅竹马的相好，是他们村里最漂亮的姑娘。老铁还穿开裆裤的时候就发誓非此姑娘不娶。两人浓情蜜意到了十八岁，姑娘的父母把姑娘订给县城里吃商品粮的一个黑胖子。

老铁不服，十几次上门十几次被打出来。他心目中认定的老岳父一边挥舞着炉钩子，一边大声嘶喊着：“你个虎哨子，你也配！人家踩着俩轱辘吃皇粮的，光礼钱就给了九百八！你浑身上下除了屁股蛋子，二两油你都刮不出来。再敢见天儿毛三愣四往俺家跑，看我不油炸了你！”

姑娘开始还坚持着，泪汪汪的，躺炕上不吃不喝。她爹绑着她进了趟城，坐在俩轱辘的自行车后架子上，一路铃声清脆。黑胖子带着她逛了百货商店，下了馆子，看了电影，临了还塞给姑娘一大包上海产的奶油话梅糖……

回来后，姑娘伤心地嚼着话梅糖，摸着衣料子，眼前放电影似的滑过一幕幕大县城的繁华场景，就把老铁约到村后的高粱地里。

她给老铁塞了一大把话梅糖，然后说：“撩开吧，咱俩就这么算了吧。”

老铁冲着话梅糖大力啐了一口，头也不回地转身走了。

从那以后，老铁由嘻嘻哈哈的毛头小伙子变成了满肚子钻营心计的闷嘴葫芦——不就是吃商品粮吗？以为老子吃不上？

因缘际会，老铁一路扶摇直上，竟然升进了县政府大院。如果不是那个雨夜……老铁现如今绝对不会只是从局长的位置上退下来。

那个雨夜，老铁去丹东出差，酒桌子上把领导伺候舒服以后，老铁自己也喝得迷迷糊糊，三转两转就转进一条昏暗的小巷子。

暗影里冲出来一个妇女，抓着老铁的手，贴近老铁的耳朵："大哥，大哥，五十一次。"老铁有点蒙圈儿。妇女看老铁不吭声，着急了："大哥，三十，三十一次。您一看就是好人，我给您便宜点儿，走吧，包您不后悔。"

喝大的老铁被半拖半拽进不远处临街的一个小屋。妇女拉亮了电灯，卷吧卷吧床上凌乱的被褥，把搁在上面好几天没刷的碗塞进床下，这才把老铁按坐在床上。自己转过身开始脱衣服，边脱边跟老铁唠："大哥，你也是个辛苦人，这快过年了还不回家歇着。劳碌命啊。妹子今天好好伺候你！大哥，脱呀，客气啥啊！"

老铁看着面前的妇女——原本的鸭蛋脸浮肿着成了大冬瓜，在五瓦的灯光下散发出青黑色的光芒。

老铁的五官扭曲了，脑袋里好像插进了一万根细小的钢针。他大张着嘴，一句话都说不出来。是她？是她！秀丽的轮廓还在，老铁梦里不知道出现过多少回。

妇女此时也认出了老铁，慌乱中一转身狠狠撞到墙上，顾不得疼，跌跌撞撞捡起地上的衣服遮住身体。

两人一坐一站，静默着。屋外雨声唰唰唰一阵紧似一阵。

妇女平静下来，她穿好衣服，梦魇似的呢喃："怎么是你，怎么是你？我，我这是第一回。我家那口子下岗了，公爹又病了，孩子不能饿肚子，还得交书本费杂费，一共三个。我是第一次。"

妇女哽咽着，一下跳了过来，狠狠捶打着老铁："怎么会是你这个冤家！怎么就是你这个冤家！啊啊啊！"

老铁下意识地推开妇女，拉开屋门仓皇而逃，身后一串泼天大嚎死死撵着他散乱的脚步。

从那天以后，老铁又变了——由满肚子钻营心计的油嘴葫芦变成了嬉笑怒骂一口疯话的敞口漏斗瓢子，还添了有事没事来两口的新喜好儿。此新喜好儿发展迅速，没两月就由被动拍马式的喝变成主动享受式的喝最后变成习惯自虐式的喝。

老铁喝酒讲究个文喝武闹。家里悄没声儿一杯一杯滋儿滋儿抿。喝够量了就疯虎般窜将出去，逮着人就开骂，上至领导下到身边同事无一幸免。如果恰好赶上下雨或临近年关，那更是了不得——连骂带唱连说带演，一个人一台大闹天宫是绝对扛得下来。闹够就地一躺，等着李淑香和小铁把他拖回去。

拽回去还不算完，只要醒了就还闹着喝。李淑香死也不给，老铁就往死了打。稍大点铁军知道护娘了，老铁就连着小铁和李淑香一起往死里打。

铁军初二那年，看着老铁手脚齐动，又开始下死力气连扇带踹蜷在地上的李淑香。小铁一声没哭，他铁青着脸奔进厨房一口气灌了一瓶烈性老三沟，举着菜刀来到老铁身后，一刀狠狠砍进了老铁上下快速耸动的肩胛骨！老铁流着血倒下了……

小铁吐着白沫倒下了……

李淑香哇哇大哭着站了起来……

说到这里，铁军一口干掉了瓶底的三沟，停了下来。

“后来呢？后来呢？”

“后来？他不喝了，我是一闻着白酒味就恶心得厉害。”

“那个女的呐？你爸的相好。”

“据说回去找过，不见了。”

我一把抢过了铁军手里的空酒瓶：“以后不许你再喝酒。”

铁军摸了摸我的头，顺手又擦掉我挂出来的鼻涕：“傻媳妇，我不是老铁，你放心。他是拖着我们往奈何桥上喝，我是拉着你朝阳光大道上喝。从今往后，我一礼拜一喝，一瓶起喝。我看以后酒桌子上谁还敢跟我叫板！”说完，他便滑进桌子底下。

今夜，于郝运香更是一个值得纪念的日子。

明天，太阳一升起，她便会接替林晓荚成为电视台总务行政科科长，这简直是一个可以载入老郝家史册的伟大升迁。可郝运香的心里有点焦躁——一把来源不明、势头挺旺的小火一直灼烧着她那颗不肯安分的心。

郝运香吃完酱油面条，抹抹油渍全无的嘴巴，压住舌头下面泛出的股股酸水，在窗户边入定般站了许久，直到一轮弯弯的下弦月攀上头顶。

郝运香没有任何零食可以解馋，瓜子都坚决不买。她的账户里现存六千一百块。别小看这六千一百块，这是个起点啊，只要有了起点还怕到不了两室一厅的终点？距离再远，只要活着，爬也能爬过去。

前段时间，郝运香牌永动机发生故障。经过一系列紧张忙碌的自我检测、调试与抢修，“咣当咣当”重新开足马力上了路。

郝运香昂头挺胸立在斗室内的窗户前，眼睛睥睨着楼下的土路——一大群鼻涕长流、面孔脏兮兮的小孩，在飞扬的尘土里尖声嬉笑着，在见缝插针胡乱停着的车轱辘底下快乐地钻来钻去；身后不远处跟着穿秋裤的光头男、头上挂满了卷发器的睡衣女、光膀子穿西裤运动鞋的大爷，还有秃了头皮脚皮踩着拖鞋的大妈……

郝运香斜着眼睛收回视线，复又仰望着苍穹——朵朵流云变戏法似的划过小小一块四方天空，一会儿化作头悬梁锥刺骨的苏秦，一会儿化作光头小沙弥朱元璋赶着一群牛，一会儿化成了彻夜苦读的郝运香。

谁说寒门难出贵子？郝运香一股豪气自丹田处蒸蒸而上，新官上任三把火，这第一把火得把公司上上下下每个部门的关系炖通畅喽。每天有事没事，没事找事，也得把人事科、财务科、市场部、商务部、制作部等部门溜一遍。脸上挂着的笑容得在镜子前斟酌好——不能太亲热，好歹是科长，挂出下贱样败兴；不能不亲热，省得别人说你芝麻大点官就吊尾巴。还要配合以及协调各科室日常工作，确保公司整体的行政运营能力……听听，多重大的责任！

第二把火，得把自己科室焖顺乎喽。林晓萸提点过，李姐年纪大、资历老，要不是忙她儿子的事情脱不开身，否则……说到这里林晓萸恰到好处地打住。郝运香心里跟明镜似的，“谢谢林科，谢谢李大姐”，这两声谢谢真的是发自肺腑。跟李姐话不能说明了，但意思得表达到位。文件爱敲不敲随你高兴，晚来早走早走晚来只要顾着点同事的嘴、大领导的眼，郝运香绝对不会多一句话。时不时地，还得给李姐通个风、报个信、打个马虎眼、端茶倒水递递报纸杂志什么的。要把李姐心里的那点不甘不愿、那点让你小子白捡便宜的不忿如水蒸气般炖入太虚。

然后呢，这第三把火呢？实在想不出这第三把火该往哪里烧。郝运香不禁陷入沉思。不知为什么，贾总指着她的那根粗大食指以及挤在一处的巨型“川”字眉头不合时宜地跳入脑海。郝运香的上下牙齿又控制不住地撕打在一处。

她想：我就算把个总务行政科烧成老君爷爷的炼丹炉，这时候再来个张姐、王哥、刘叔啥的，背景比李姐还厉害，我还不是得乖乖卷铺盖走人。这个地界的火是个人都能烧，换上李姐张姐王哥，哪个都不会比我郝运香烧得差。蹲在这里，能指望贾总冲你笑出洛阳红牡丹吗？挤出一朵苦菜花还差不多。

郝运香盯着昏黄的月牙儿，那股子豪气消失无踪。影影绰绰的月影里，郝运香似乎看见自己手里舞动着两根红绸子正扭得欢实的时候，一只来无影的大脚冷不丁儿将她狠狠踹了下来。

然后呢？我该怎么办？

奶奶沟壑纵横的脸适时压在窗框边，豁牙嘴巴里蹦出来的每个字都铿锵有力：“女子啊，可不敢小看手里的这根锄头，它就是你的脊梁骨，有它撑着，走到哪里肚子都饿不着。你看你妈，墙头高的厚本本书一读一捆，然后呢？心瓢了，脑瓜也坏了。再看看你爸，硬是把颗驴头攮进马槽里，看着是头顶瓦片脚踏砖，可一到年关，还得来求你奶。为啥啊？哄不饱肚子啊。这人饿着肚子，那脊梁骨能抻直溜吗？他们笑话奶奶锄头倒了认不得是个一字。锄头就是锄头，管它是个啥字。拄着它，奶奶我一辈子没有冲人弯过腰。”

郝运香啊郝运香，你是要低头哈腰地舞着红绸带，还是要直溜着脊梁拄着铁锄头，你自己可得想清楚啊。郝运香渐渐打定主意——我不烧三把火了，我只烧一把火，非得把贾总脸上的红牡丹烧出来不可。想到这里，她整个人说不出的神清气爽。她两步抢到西墙处，伸手摘下上面的那副对联，对联后面的墙皮掉得斑斑驳驳，大笔一挥，将其改成——进无不可进能前进就前进，退无不可退当不忍则不忍；横批——进退岂有度。

第十四章

地道女英雄

我有个秘密，从没对任何人讲过，包括铁军。其实是不好意思讲给别人——郝运香是我心目中地地道道的英雄，我崇拜她。

现如今崇拜明星的人多点，崇拜英雄的人少点，这也好理解。明星是批量制造的，数量多，这个隐没了下一个立马替补上来，目标多，容易选择，我也崇拜。不过崇拜完心里隐隐有那么股不忿不平，你们能干的那些事儿哪件我干不了？哪件我都敢干！不就是皮相强点儿，这是爹妈给的，这是命，命好。

英雄可没法批量生产，经常一年也碰不到一个。好不容易出一个，也不见媒体连篇累牍地追踪报道，转眼又想不起来了。不信你们现在撂下手头的事，掰着自己的手指头，看自己能数出几个当代活英雄的名字，又能数出几个当代活明星的名字？

英雄干的那些事，不用好皮囊也不用好命，哪件我都能干，可哪件我都不敢干！我在心里暗搓搓地崇拜那些敢做我不敢做的事情的人，比如郝运香。

她不知道什么是恐惧，从没想过什么是生而为人的恐惧，所以她什么都不怕。她就像一个盘踞在生活对面的大风箱，无所依傍又不知轻重。无论生活刮过来什么，一概张开大嘴满口吞下，转眼便化作能量，帮助自己生生不息永不枯竭。

她从没想过要掩饰或者抛弃那些无法在人生前行路上给她任何助力的东西——低微的出身、贫弱的家庭、瘪瘪的钱包、爱吃的大蒜、喜欢占的小便宜、动不动要出来的小心计……就算她爸妈给她吃鸡脚猪大肠，她也牵挂他们，他俩一个县小学老师一个无业游民，她不帮他们谁帮他们？她不削尖了脑袋钻营拿什么帮他们？我就没有这个胆量，我爸退休了还帮人看大门这件事情连铁军也不知道。

郝运香鼓胀的野心——成不了北京人，也要成为北京人的女人——简单而明确，从不思考意义在哪里，只坚挺于心间，空虚而永不枯竭。所有大大小小的挫折，如风般，越鼓动，野心越炽旺。从某个角度讲，她是我见过的最接近“虚而不屈，动而愈出”状态的人。

郝运香一夜无眠，第二天的太阳还没升起来，她便乘着早班车来到单位。进了科室后，她径直走到林晓荑的桌子跟前，仔细打量起来。说来也奇怪，这张摆在东墙角的桌子，大小材质跟郝运香和李姐的一模一样，可不知为啥偏就散发出一种高贵的金红色光芒。

再说这椅子吧，往上一坐，那叫一个视野开阔，一目了然，不怒自威，这感觉实在太好。郝运香两只手深情地摩挲着光润的桌面，慢慢地闭上眼睛，耳边似乎响起一个恭敬的甜腻声音：“郝姐，喝茶，枸杞菊花的。”

“哈哈哈哈。”郝运香不自觉发出的大笑将自己吓清醒过来。不行，得赶紧起来，这椅子和桌子简直就是蜘蛛精幻化而成的，再坐下去怕就起不来了。郝运香屁股使劲拔了几拔，终于将自己从椅子里拔了出来。这个时候，林晓荑也进了门。

郝运香赶忙迎上去，很着急地怕自己反悔似的，将林晓荑堵在过道里便说了一大堆。一道微光从窗户格子里钻进来，横在两人中间，郝运香的唾沫星子在里面画出小小彩虹。林晓荑安静地听她说完，只问了两个简短的问题。得到郝运香肯定的答复后，她冲着郝运香点了点头。郝运香如释重负地喘出一口粗气，欣欣然又惶惶然地坐回自己的座位。

林晓荑提着自己的零碎物件出去很长时间以后，郝运香还在怅然若失中——开弓没有回头箭，一条道走到黑吧，谁后悔谁是怂货。

郝运香舒了口气，一个人把那四个自打出生起便没打扫过个人卫生也没排泄过的巨腹文件柜收拾得焕然一新，顺带灌了个肠。郝运香一个人跑上跑下，忙前忙后，末了得空坐下，文件都敲出了《土耳其进行曲》的旋律。

正忙得欢欣鼓舞的时候，一条大黑影冷不丁杵在桌子前，她抬头一看，老简。郝运香心下尴尬起来，前天晚上自己的腌臜样子被他看了个光不说，末了还倒在他怀里睡了一觉。想出声喝斥走吧，猛地想起这位爷可不是什么场工。听楠姐采访里那意思，这位可是政府招商引资办有史以来最年轻的处长。想到这里，郝运香一个鲤鱼打挺从座位上蹦起来，原本一张紫茄子脸瞬时挤出一朵流香淌蜜的红牡丹："你……您怎么……您来了。快坐快坐。"

简陆将一脸的揶揄坏笑藏进肚子，绷出一张老成面皮："坐哪儿啊？"

"我这里、我这里。"郝运香将座位让给简陆，自己弯着身子站在边上，"您喝点啥？"

"茶。"

郝运香忙活起来，拿出杯子直奔林晓荑办公桌，心说来杯枸杞菊花茶吧，走到跟前才想起来人家才把东西都搬走。李姐的茶叶都搁柜子里锁着呢，自己是连茶叶沫子也不肯买的人。最后，只好奉上一杯白开水："您慢用。"

"这是茶？"

"嗯嗯，专家说了白开水是世界上最健康的饮料。"

"你手没事儿了？"

“去看过了，医生说没啥大事，就是挺长时间不能动水。谢谢您的关心。”

“哈哈，你怎么跟变了个人似的。得了，别那么绷着，你坐吧，我又不是黄世仁。再说，咱俩啥关系。对了，你怎么洗澡啊？”简陆一只眼睛促狭地冲她眨了几眨。

郝运香面皮一红，心说这纨绔子弟真有本事招人生气，赶紧把他打发走吧，嘴巴里应承着：“您放心，我擦擦，每天都擦擦。您今天是有什么业务？”

郝运香一肚子的心思都明明白白写在脸上，简陆看着十分得趣，心说你越想让我走我偏就越不走：“我今天是专门来给您道喜的，祝贺您升官。”

“你怎么知道的？”郝运香纳闷了，这昨天才公布的消息。

“我这人眼毒，耳朵也灵。看你收拾文件柜和敲打键盘的劲头，掐指一算就料到你升官了，呵呵。”

“嘿嘿，那您这回还真是料错了。”

简陆眉毛一扬，这怎么可能，才从陶姐那儿得来的消息：“领导变卦了？”

郝运香舔了舔嘴巴：“是我变卦了。”

简陆坐直了身子：“你要干什么？”

郝运香也是心里的话憋得太久，不知为何冲着简陆全都倒了出来：“我不想当总务行政科科长，想去节目制作部。我跟林晓萸——就我的领导谈好了，她同意带着我一块儿去制作部，但只能从最底层的场记做起。”话说完，郝运香觉得自己那颗沉甸甸的心也轻松不少。

简陆伸出手试了试郝运香的额头：“没烧啊。你是不是还存着自杀的念头？我可没工夫再救你第二次。”

看着简陆吃惊的样子，郝运香心里不禁有点小小的得意，不知不觉抬起半个屁股蹭坐在办公桌上，半蹲半站着时间长了实在有点累。可要问为什么，其实郝运香自己也说不清楚。难道在简陆的心里，不当科长的举动就跟自杀似的？他一个从没愁过吃穿的蜜罐儿里泡大的人儿，能懂我这不敢挥舞红绸子、只敢拄着铁锄头的顾虑吗？他能明白贾总的一根手指头就能压得我永世不得翻身吗？

郝运香梳理着自己的思量："这科长听起来好听，但要是我当上，那就是只没脚蟹，是只白皮猪，半点儿不中用。除了敲敲文件搞搞关系，我啥真正的让人没爪子扒拉我的本事都没有。回头一到年关，我就得弯着脊梁骨到处求人。可这世上有太多的东西不是你去求人家就会给的。"林晓萸家楼下那道直插入九霄的大铁门以及自己用玻璃刀刻出来的自杀门晃悠到眼跟前，郝运香打了个寒颤，继续说下去："不想动不动就给人踹下去，我就得抓根铁锄头自己站得稳稳的。"

"当了场记就扛上铁锄头了？"

"嗯，算是做好扛的准备了吧。"郝运香坚定地点了点头。

简陆不傻，他完全明白郝运香的心思，不禁对眼前这个看起来大咧咧愣呼呼的女孩刮目相看起来——郝运香身上的这股子野草般的劲头，恰恰是简陆最缺乏的。他早就习惯了怎么方便怎么轻松就怎么来，太久没有碰到过郝运香这样怎么困难怎么拧巴就怎么来的主儿了。郝运香身上这股子劲头为什么那么的熟悉？她像谁呢？

两人一时间沉默下来。

低头沉思的简陆两排长长密密的眼睫毛一忽闪再一忽闪，像极了一头小鹿。郝运香盯着他眼睑下的两道阴影，心说长这么一对毛毛眼，那心眼得多花。

"简陆，你怎么又跑这儿来了，让人家这顿找。"楠楠拐着弯儿的声音里醋劲十足。

郝运香吓得跳了起来，转头看见楠姐眼睛里的妒火，却十分不解。

楠楠趁着空当，狠狠瞪了一眼郝运香。待简陆抬起眼睛，却只看见一对明媚的杏花眼。简陆站起来，略抻抻腰腿：“刚好经过这儿，顺带就跟她聊了几句。咱走吧，你不是说要补几个镜头吗？”

楠楠本想拽起简陆就走，心想得给这丑丫头提个醒儿，别看见块肉就想张嘴，也不寻思寻思这是谁的肉。她走上前挎起简陆的一条胳膊，黑眼仁儿却低低压在下眼眶边剜着郝运香：“补完镜头我带你去一个好地方。”简陆说：“好啊好啊。”

郝运香眼看着简陆的胳膊在楠楠胸前的山峰间蹭了两蹭，顺势便陷了进去，嘴巴里轻声叹息着：“哎，才出狐狸窝，立马又掉进盘丝洞。这些纨绔子弟……”

也能算作纨绔子弟的任重可半点儿也没觉得自己是掉进了狐狸窝，他浑身上下每一个毛孔都在日日夜夜欢歌着。

真真把求婚时的誓言扎扎实实地落在实处的，只有任重。若说任重对傅天爱的承诺，就好比八月伏天里插秧的老农脊梁骨背后的汗珠子——密密麻麻，单这密密麻麻里的一个，就足以让人噘着牙花子跳着脚羡慕。

比如，任重前脚带着傅天爱出了婚姻登记处的门，后脚就领着傅天爱进了海淀区房产交易大厅的门，掏出房本递给面前的一张扑克脸：“你好，同志，请帮我在房产证上加个名字——傅天爱。师傅的傅，天下的天，爱情的爱。”

为了加这个名字，好孩子任重平生头一遭忤逆了自己的姆妈。婚礼前一个月，任重拨响了家里的电话，婉转而坚定地向姆妈表达了房产证一定要加进傅天爱名字的理由。

姆妈苦口婆心地劝了儿子两个多小时，未果。最后，儿子发狠了：“各么给你立张借据好伐啦，房子钱算上利息钱按月还给你。”姆妈攥着电话筒的手都抖了起来：“毛头啊毛头，你哪能各副样子气姆妈，姆妈心口痛，哦呦，好痛。”心口痛就是任重姆妈的治世利器，一旦使将出来，任重爸连着任重立即俯首帖耳，贴地称臣。

可这回利器失灵了。姆妈边呻唤边支起耳朵，听筒里传来任重几声粗长的呼吸，随即咔嗒一声，电话挂了。第二天，快递送家里一张任重亲笔签名的借据。收到后他姆妈立即挂了个电话给任重："侬一个人签名哪能可以啦？左边口袋掏出来塞进右边口袋里啊，叫傅天爱也签上自己的名字呀。"第三天，第二份借据送来了，任重名字后面填上了傅天爱仨字儿。任重姆妈捧着这三个字研究了半天，越看越可疑，越可疑就越可怕，越可怕就越可恨。想了半天，又给任重挂了个电话："毛头啊，结婚证签定了再去改名字呀，侬记清爽呀。"

最后，他姆妈还能讲什么呢？唉！女大不中留，儿大不由娘，抱上了新娘哪里还记得起老娘，终究是养出来给别人的。暗自伤怀也只一会儿，老太太是现实主义行动派，豁出三天没去老年模特班，没跳广场舞，一头扎进网络搜索出上百个夫妻争产案，嘱咐任重他爸用大大的字体打印出来，自己红黄蓝水彩笔准备停当，划重点、做批注、记心得……末了，又将当年买完房后塞床底下的存款凭证、转账记录一一搜出来，银行里开了个保险箱，安安稳稳放进去，心里才略略定下来。

这其中的拉扯纠葛，任重一个字儿也没跟傅天爱提。这根本不是籁籁——傅天爱本名傅天籁——该操心的事情，籁籁操心下包包衣服样式，操心下节假日出去哪里玩玩，再能操心下他的衣食起居，最好再操心下宝宝优生优育问题，啊哈哈哈哈，任重睡梦里都笑得浑身打颤——十七岁那年就飘进心窝窝里的一朵九天上的云彩，如今扯下来温温柔柔地裹进了怀里。

此刻，任重才是他见过的最幸福的人。

可惜，任重从来没搞清楚过傅天爱真正想要些什么，虽然他离谜底不远，可也不近。说实话，傅天爱自己也没搞清楚自己真正想要些什么，她离谜底的距离甚至比任重还要远一些。

午夜来临，人都睡过去了，长明小地角灯视线外的物件们全都醒了过来。浴室的水龙头"嘀嗒嘀嗒"兀自呱噪，但凡欧式雕花梳妆台“吱呀”一声，斜对面的美式乡村贵妃椅必“嘎吱”回一嘴，头顶处的天花板暗影幢幢，摆在老式红木床头柜前的印度大象灯怪异而响亮地打了个嗝，傅天爱啪地睁开了心灵的窗户。

黑暗中，她在任重的怀抱里翻了个身，细细打量起躺在自己身边的男人。任重侧躺着，左臂横过来搭在她的腰部，手里还攥着她的睡衣角，不重也不轻；右手小胳膊呈四十五度角向上弯曲，手却拐出九十度插进自己蓬松的头发里。他睡得呼呼的，活像一只超大号的小老虎。

这张脸在还笼着一层淡淡绒毛、浑身散发出青草气的时候便跟在她身后。需要的时候，拐棍似的如影随形；不需要的时候，路灯般前方拐角处暖暖亮着。他究竟喜欢我什么呢？傅天爱半是困惑半是懊恼——不出意外，这张脸将会在她身边一伴三五十年，渐渐皮松肉赘、嘴巴干瘪、眼角发红，最后大肠小肠一起萎缩，顶出一股子腐败的绿黄色气体，重重裹住爬满蜘蛛网的额头面颊。傅天爱恐惧地关上了心灵的窗户。

后脑勺下半部正中间，与颈椎骨连接处那一块人字形的缝隙中，一簇天蓝色小指甲盖般大小的火苗噌噌冒了出来。一股焦热朝上舔着脑仁儿，朝下一路燎进胸腔、肚腹，渐渐蔓延进四肢百骸。身体内部炙烤得如同久旱的大地，一片片卷边皴裂，裹在外面的皮肤却乍起一层鸡皮疙瘩。傅天爱一个冷颤，心烦意乱，从任重的怀抱里挣脱了出来，塞给他一个枕头，自己下了床。

她在漆黑的客厅里来回疾走，望着窗外乌蒙蒙的夜色，不知该如何平息浑身上下的燥意。“这丫头脑袋后面长着反骨，哎，不知道好还是不好？”妈妈摸着傅天爱的脑袋瓜，表情复杂地说道。妈妈手搭着的那个地方，恰恰就是傅天爱火苗蹿起的地方。好还是不好？到底好在哪儿？到底哪儿不好？傅天爱一遍一遍问着自己。

“请客啊？傅主任，傅大美女，下个礼拜企宣部的任命书就下来了。我们可是打听好了，就是你。”同事起哄的声音在暗夜里轰响。

企宣部主任？企宣部主任……傅天爱后脑勺那一簇火焰由天蓝渐变为金黄复归橘红，最后残喘成一小点暗红色，摇了两摇，熄灭了。

第十五章

张三李四王二麻子啊，你在哪里？

子宫算是被安安全全揣回肚子里，可光干揣着也不行啊？回头功能再揣没喽。李姐的话可谓字字珠玑：“想想吧，你走了张三，还有李四呢。就怕忘不了张三，错过了李四，等王二麻子过来，人直接就不要你了。”现如今张三已经走了，再嘬牙花子他也不会回头。不能再错过李四了，否则等到王二麻子那个时候就老了。李四能自己撞过来吗？可能性实在太小。我得主动出击。

周六到周日，郝运香牌永动机还是轰隆轰隆地不得闲，不是奔波去各大公园的相亲角，便是奔波在城市各个角落与相亲对象约会。常言道两手抓两手都得硬，可别搞得职场得意情场失意，李四能那么容易从天上掉下来吗？

不想活了的六天后，郝运香便穿梭在玉渊潭的相亲大会上，小蜜蜂般辛勤而欢欣，嗡嗡嗡地自己给自己演奏着那首旋律简单、主题明确、从未跑过调的野心之歌。

迎宾路上两排高大的银杏树闪着柔和的金光，凉爽的秋风挟着明快的气息扑面而来，一声声清脆的鸽哨穿破车流的隆隆声回绕在青天白云间。厚厚的银杏叶子，由脚下漫漫铺开来伸向远方。各种颜色明快的黄层层叠叠，渐渐交织出一抹由浅入深的坨红，铺出浓浓的醉意。

郝运香踩着扑簌扑簌的落叶，抬起头，微微眯起了双眼，张开鼻孔享受着风穿过胸腔的快感，满怀信心走进玉渊潭公园的大门，走进位于公园一角的相亲大会。

长廊里、小桥下、流水边、草地上……攒动着一颗颗花白的头颅，机警地支起耳朵，左右摇晃；皱纹包裹着的一双双眼睛精光四射，眉毛高挑着四处逡巡；一张张嘴巴开开合合，叽叽喳喳，声浪如夏末的蝉鸣，不知疲倦，一浪更比一浪高。

有人练摊似的沿着路边小径坐了一排，脚下摆着颜色大小形态各异、写满了字的纸板，揣的是姜太公的心态，却摆出了孟姜女的姿势；有人沿着纸板或蹲或站或溜达，两眼快速浏览着纸板上的信息——时不时从口袋里掏出老花镜仔细阅读。感兴趣的停下攀谈起来，不感兴趣的站起来揉揉膝盖继续前行；有那不愿坐等、生性积极的，手里端着、拎着，甚至好几位脖子里挂着，或者头上顶着纸牌子，在人群里四处溜达，打听别人的，介绍自己的；有那把对方看对眼的，对方又没跟他看对眼的，就撕撕拉拉起来；有那奇货可居的，站在高处挥舞着手里的纸板子待价而沽——不要最好的，只求更好的；有那双方都看对了眼的，四只布满皱纹的眼睛兴奋而暧昧地碰撞着火花，携手急急脱离纷扰的人群，遁入萧萧秋林中……

嗷嗷兴奋的，哈哈大笑的，啧啧称奇的，嘘嘘不满的，哼哼鄙夷的，嗤嗤冷笑的，哀哀叹息的……好一片老而弥坚的亢奋的海洋！一个猛子扎进去的郝运香，满眼里充斥着“女！女!!女!!!”——困惑而张皇地四下远眺——男人，你在哪里？

不远处花坛上站着一个中年妇女，两腿八字型叉开，竭力维持着身体的平衡，手里挥舞着雪片似的一把纸条，泰山压顶般俯视着身下一片嘈杂的人群，唾沫星子子弹般“哒哒哒”射将出去。

“名校博士啦，国家部委的工作哎，北京户口哟，三十六岁哦。”

人群咆哮着：“男的？女的？”

“男的，男的！不要挤，不要挤。后面来的，看清了牌子再投条。”

人群咆哮着：“牌子呢？牌子在哪里？”

妇女从人群的脚底板下奋力抽出牌子，左右也寻不到可安置的地方，最后索性腿一分，将其夹进两腿间，弯下身子用力戳着牌子：“超过三十岁的，谈恋爱两次以上的，低于一米六五的，没有正式工作的，这些别给我递条子，递了也白递啊。优先考虑北京有房的——和父母同住的不算啊，国家中央直属机关工作的，没谈过恋爱的，家族无遗传病史的……”

人群里一时嘘声、口哨声、欢呼声、骂声四起，啐一口闪身走人的有，浑身上下摸纸条的有，阴阳怪气看热闹的有，义正词严大力斥责的有……

郝运香踮着脚尖在人群外研究了下那牌子上的内容，觉得自己除了没房子以外，其余的条件简直像是为她量身定做的。她深吸一口气，抓起海神波赛冬的三叉戟，戳开人海，奋力前行。离神坛只一步之遥时，一个瘦削的背影定海神针般阻住了她的脚步。

郝运香使劲扒拉了一下那个背影：“大姐，让一让。”

一张架着大眼镜的刀条脸转过来，法令纹括弧一样抱着蒜瓣鼻子，对方扬起眉毛上上下下打量一番郝运香，开口道：“首先，郑重声明，我不是大姐。其次，我为什么要让你？先来后到不懂吗？为什么你们这些中国人这样没有素质。”

郝运香岂是怕事之人，她双掌一拍额头，各种鄙夷不屑的笑瞬时聚集在脸上：“哪里跑出来的母野猪，把自个儿都不要的黄瓜脸一劈两半插鼻子里就以为自己是大象呢！啧啧啧，我们这些中国人？你有本事你去美利坚找老虎伍兹去呀，他有素质，就他能满足你。你看看你那一脸欲求不满的沟沟坎坎，我看哪一道都是美利坚男人给你划下来的伤心太平洋。”郝运香边骂，边不忘掏出纸条写下了自己的联系方式，伸长胳膊打算递给花坛上的中年妇女。

刀条脸嘴巴剧烈哆嗦着，几乎快把架在鼻子上的大眼镜晃了下去。郝运香骂人不带脏字，话里句句带钩，好似拽着她裸体游了趟街。她手里原本写好的纸条这时候递也不是，不递也不是，看到郝运香冲哄笑的人群频频点头，她伸出手迅猛地刮了郝运香一个重重的耳光。

人群呼啦一下自动将两人围起来，简陆也站在最外圈，看着脸都扭曲了的郝运香，忍不住笑出了声儿，他旁边一个瘦瘦的黑衣男青年一脸的不耐烦。

这边厢郝运香下意识地捂住了脸，手里的纸条缓缓飘落：“你敢打人？”

“打的就是你这种没有素质的害群之马。”刀条脸脑子不比手慢，一打量郝运香的身板，就知道在这个泼妇似的女人手下讨不到便宜，一击得手迅速转身跑路。

这一巴掌，拍出了郝运香心中积蓄已久的所有委屈：好啊，什么阿猫阿狗都敢欺负我，你一个豆芽菜似的老眼镜也敢打我？你凭什么?！我不打回来，让我这辈子都找不到男人！郝运香暗下重誓，冲刀条脸的背影大喊一声：“你个泼妇，给我站住！”

一个梳分头、面庞黝黑、身材矮小的男人从花坛后面的一棵大国槐底下冒了出来，冲着两人一前一后奔跑着的背影意味深长地笑了笑，随后捡起郝运香和刀条脸掉落在地上的纸条，瞥了一眼，分别塞进了怀里，顺带给站在花坛上的中年妇女使了个眼色，水珠滚入大海般重又消失了。

刀条脸眼疾手快，就连奔逃的背影都显得那么有素质——一声不吭，两胳膊成九十度角端起，在肋条处小幅度摆动，腰板直直挺着，屁股轴承般倒着两条腿似风火轮般旋转成一团影儿。眼瞅着跑得不快，却与极速前进的郝运香始终保持半条手臂的距离。两人一前一后翻草地、跨沟渠、过人墙，沿着樱花大道跑出了玉渊潭，跑进了迎宾路。身后，简陆迈开长腿紧紧相随。

郝运香边追边着急，这要是让她跑进地铁站躲起来，可就不好找了。誓都发了，这一巴掌刮不回去，真变孤老了可怎么办？一念至此，潜力无限升腾，只听她“嗨”的一声凌空跃起，叉开五指，打排球般击倒了前方的背影，随后自己也跌落在厚厚的落叶上。马路边的另一波人群迅速将两人围住，圈出一个天然的小擂台。

郝运香这回学乖了，她知道刀条脸动作迅速，一个侧滚翻翻到刀条脸身侧，伸出巴掌就刮。刀条脸跑路时也下定了决心，今天死都不能让泼妇扇回这巴掌。你让我递不出条子，我让你难受一辈子！此时，她来不及爬起，眼见着郝运香的巴掌带着劲风从侧面横扫过来，情急中一个鹞子翻身，撅起屁股。“啪”一声，郝运香的巴掌结结实实地呼上去。人群中轰地喷出一片笑声。

郝运香一击不中，哪肯罢休。两人就势搂抱在一起，一声不出在地上翻转腾挪，拼尽全力你挖我来我揪你，我拽头发你咬手，一个要扇回来，一个拼死了不让扇回去，一时难分胜负。人群里有那看不过眼的，想出来搭把手，但看两人默剧似的搏斗，实在搞不清楚缘由，又不敢贸然出手。

刀条脸无心恋战，眼珠一转，“唰唰唰”几声，撕开了郝运香的衬衣，趁着她低头掩胸的当口，一招神龙摆尾挣出了郝运香的虎爪，劈开人群，消失了。留下发愣的郝运香，骤然失去对手，好不失神落寞，不知道接下来该干什么。人群见戏已散场，慢慢地唏嘘着也退了。

一只大手伸到郝运香的跟前：“还坐着干吗，戏演完可以谢幕了。起来吧。”

郝运香一抬头，是简陆坏笑着的脸，阳光下树荫里一半明一半暗，他懒洋洋歪着的嘴角挂满了揶揄。她没好气地打开简陆的手，自己爬了起来，上上下下拍灰。瞥见简陆猫般的双眼睁大，盯着自己的胸部，这才“啊”一声双手掩胸。

“别遮了，哪遮得住。给你，把这件披上吧。咱中国人可不能这么没素质。”简陆脱掉衬衣，裹住郝运香。自己身上只剩下一件白色紧身背心，小麦色的肌肉随着步伐一跳一跳。

郝运香转过身，一瘸一拐顺着迎宾大道自顾自走了。

简陆看着她的背影，跟了上来：“郝运香啊，打架是要用脑子的。你一看就不是刚才那柴火妞的对手，不是实力不如她，是你的脑子不如她。她知道自己力气不如你，先是卖个破绽吸引你的注意力，紧接着稳准狠地撕开你的衣服。这一系列动作是有思考有步骤有目的的，为的就是摆脱你好跑路。”简陆紧赶几步，超过郝运香，面对着她，比画起来：“来，我教你几招。女生打架一般都是近身肉搏型的，这时候用一些相扑的技巧是非常实用的。比如她刚才半边身子压着你，你应该先单手架住她的腋下包括背部，利用其发力方向，顺势把对手向一侧放倒，抓住她的腰带，把她扔出去，这叫‘寄切’。看你的身板，你使得出‘寄切’的力量。扔出去后，你一定不要放松，迅速扑过去，单腿将其压住，左手虚招攻向其胸部。这时，人体直接的反应就是向前方勾起头，双手护胸。趁这个机会，你一巴掌呼上去绝对扇得中目标。然后……”然后，简陆闭嘴了，两颗大大的泪珠从郝运香的眼眶里掉落。

“你哭什么？自杀那天都没见你掉眼泪。”

郝运香眼泪流水般溢了出来，不自觉地大声抱怨出来：“新买的衬衣，被那个二球撕破了，两百多呢。”

“哈哈哈……”简陆实在没忍住，一阵仰天大笑，末了看着郝运香的样子实在可怜，安慰道，“别哭了，下次找机会撕回来。照着我跟你说的好好练，不出两个月，仨刚才那样的大姐一块儿上，你都撕得回来。看你的哭相真是挺瘆人的。哎，你别说那大姐还真是个好人，给我们这些围观群众发一那么大红利。”

郝运香停下来，不解地盯着简陆。

简陆眯起双眼：“那么大的胸在咱祖国妇女中可是很少见的。是原装吗？要是原装确实值得庆祝一番。”

郝运香气得哭都忘记了：“你好歹也算我的熟人，没说帮我一把。打完了，也打输了，你跑出来说风凉话，占我便宜。”

“我一男的怎么帮？两妇女滚在一处，我扑上去，弄不好就成耍流氓了。对了，你干吗来了？怎么跟位大姐吵上架了。”

郝运香没好气地说：“我来找男人。”

简陆被郝运香的直白震惊了，结结巴巴地说：“你上礼拜天晚上才为了男人自杀，这礼拜六你就撒开了找男人。你，你，你……”

郝运香心说你一个有钱少爷懂什么，嘴巴里抢白一句：“你管得着吗？再见。”

简陆望着郝运香倔强的背影，喊了一嗓子：“哎，你，留个微信，回头还我衬衣。”

郝运香头也不回地报出了一串数字，末了想起什么似的站定，转过身子盯牢简陆：“你怎么知道我要扇那个女人的耳光？”

简陆的腹肌又一次笑得快要融化掉了：“还衬衣的时候再告诉你。”

看着郝运香倔强的背影，简陆突然想起来郝运香这野性子像谁了——她像简陆的爷爷。

第十六章

爷爷

郝运香走得都没影了，简陆才算收住了满脸的笑意。那个一直跟在他们身后的黑衣年轻男生皱着眉走上前，拍了一下简陆："还看！有什么好笑的，一傻大姐。"

简陆拍拍年轻男子的肩膀："走吧。"

两人肩挨着肩，拐进钓鱼台国宾馆。

一进钓鱼台的包房，黑衣男小巩满腔憋着一股酸气，梗着脖子，斜斜依靠着床脚，甩给简陆一个充满怨气的大后背。简陆沉默着，大大咧咧躺进靠墙摆着的贵妃椅，掏出一盒中南海。

小巩侧过身，大大的眼眶里一汪水，眼珠子沿着下眼眶死死剜住了简陆："为什么不接我电话？为什么？为什么？为什么？七天七夜啊！整整一万零八十分钟，我给你打了一百六十八个电话，每小时一次，你就忍心这样对我？我做错什么了？"

简陆嘬起嘴，一个大大的烟圈悠悠然升腾了起来，慢慢化成一颗扁扁的心形，一根笔直的烟柱穿心而过。简陆弯起一条腿，大小肌肉群在薄薄的牛仔裤下立马小帆似的鼓了出来。他眯着眼睛，长长的睫毛在眼睑下挂出一片阴影，看着烟圈由小变大，变形，变淡，最后雾蒙蒙的消散在秋日午后橘红色的光线里。小巩控制不住脸上的笑肌，眼睛刚弯上去，嘴角又撇了下来，奔向窗边，后背一耸一耸地哭了起来。

简陆看着小巩抽动着的后背，僵硬的脖子以及左一下右一下擦眼泪的胳膊，眼神渐渐发散——太像了！

他叹出一口气。黑色的背影慢慢叠化出一个抽动着的穿着旧军装的背影，肩膀两肘处打着层层补丁，上面缀着蜈蚣般粗大的针脚。

简陆是爷爷带大的。三岁那年，他才第一次见到爷爷。之前，因为简陆他爸坚拒了老爷子给聘好的老家大凉山的农民女儿，私自娶了瘦弱美丽的资本家女儿，老爷子跟他断绝了父子关系；后来孙子出来了，老爷子刚有松动的意思，简陆他爸再次违抗了老爷子的意思，坚决跟不肯与自己大资本家父亲划清界限的简陆妈离了婚，老爷子又一次跟自己的儿子断绝了父子关系。

三岁那年，简陆他妈下放去北大荒，他爸要进内蒙军区，简陆便被他爸带进了爷爷家。简陆躲在爸爸身后，悄悄探出半边脸，盯着站在窗户前的一件旧军装。那件军装肩膀两肘处打着层层补丁，上面缀着的针脚蜈蚣般冲着简陆张牙舞爪。

简陆爸爸开口："我明天就走了，我不可能带着简红军去内蒙。"

旧军装岿然不动。

简陆爸爸接着说："陆依杨同志昨天下放去了北大荒，这是她自绝于人民，自绝于党，自绝于伟大的……"

旧军装猛地转过身，两眼高射炮般扫向简陆爸爸，他爸后半截话立马滑进肚子。简陆嗖的一声躲进爸爸的背后，又被他爸一把扯出来，抵挡着迫近的旧军装，还不停地逼着他叫爷爷。

旧军装一拐一拐地走过来，他冲着简陆弯下腰，一道粗大的紫红色伤疤深深刻在黝黑的面庞上，由左耳底紧擦着唇角边狰狞地翻出，沿着脖子消失在紧扣着的衣领里。旧军装冲简陆呲呲牙，像是笑了一下。随后，一只骨节粗大蒲扇般的巨掌伸向简陆的头。简陆咧开嘴巴放声大哭。

旧军装重重哼了一声，站直身子："你个龟儿子啷个有资格参军？"

"我为什么没有资格参军？大院里的子弟基本都走了，北京、上海、天津，最差的也去了郑州。我为什么没资格？"

"你个龟儿子，自己的堂客都狠得下心抛掉。你当兵也是个逃兵，老子的脸让你丢尽了。"

"要不是你，我用得着去内蒙？你除了拖我革命的后腿，你还会干什么？"

"我拖你的后腿？老子今天不把你的两条后腿全砍下来！"简老爷子边吼叫边解皮带。简陆他爸抱头鼠窜而出，留下满地打滚、嘶喊着"妈妈"、哭得即将晕过去的简陆。

老爷子重重叹了口气，喊了声："小高！"一个红脸蛋勤务兵应声出现。"把这个焉皮达寡的小东西抱走。"小高一把抄起小简陆出了门。老爷子边系皮带，边止不住地骂儿子："龟儿子不得听老子的话，娶个纸片片女的，生个瓜哒哒娃儿，唉。"

从此，三岁的简陆在爷爷家过上了幸福的军旅生涯。每天五点半三声军号准时起床——出操。两声号响吃饭，一声号响结束：吃不完不准继续，吃剩了下顿没得吃。上厕所喊报告，尿床了自己在院子里顶着晒干再回来。晚上三声军号一响，无论简陆野在大院的哪个角落，都兔子般弹起，天空中掠出一道灰线，人便气喘吁吁进了家门。

有一回，三声军号响起两分半钟后，简陆才回来。他爷爷二话没说，提起一身泥巴的小简陆直接扔到凳子上，让他站半个小时——打上背包，单手托天，金鸡独立。简陆哪敢不站，爷爷拎着皮带凳子下踢正步，站得不好就是一鞭子。小简陆站在凳子上睡着了，一跤跌进爷爷的怀里，睡梦中感觉一把锉刀磨了磨自己的嘴巴和鼻子。

跟着爷爷，简陆没穿过新衣服，没吃过零嘴儿，没下过馆子。可小孩哪有不贪嘴的。别人吃蛋糕，他闹过——站十分钟；别人吃糖人儿，他抢过——站二十分钟；哭着不穿带补丁的衣服——站半小时。他爷爷没钱，又不准他短了志气吃别人的。爷爷所有的工资、补助、津贴、粮票、布票、油票基本都寄回了老家。

爷爷只打过简陆一巴掌，为了吃。

一天下午，简老爷子领着简陆在院子里溜达，迎面走过来老上级。简老爷子没甩开，被老上级一把拽住。老上级亲切地摸了摸简陆的脑袋，掏出一把巧克力塞给他："小伢子，吃，美国巧克力。"老上级塞过来的，简老爷子不好意思像往常那样一掌击落，眼睁睁看着小简陆贪婪地抓进手里。

老上级瞅瞅脖子梗得硬梆梆、当年跟他一起出生入死的老下级，欲言又止，最后还是开了口："小简，你这个臭脾气啥时候改一改？"

老小简脖子一梗一梗，小小简拆开了美国巧克力。

老上级又说："你管住你的嘴，给你家简长兴、简红军积点德。要不是你，伢子能跑去内蒙？"

简红军盯着手里颗颗黑得发亮的巧克力张大嘴。

老小简嘴硬："莫要跟我提那个龟儿子，莫得出息的，给老子爬得越远越好。"

小小简将五六颗花花绿绿来不及拆包装的巧克力一把塞进了嘴巴里，翻着白眼猛嚼，此时不吃再莫得机会吃了。

老小简低头看见小小简的没出息劲儿，气得灵魂出窍，一把提起不断吞咽的小小简，大步流星往家里赶去。

老领导在背后扯着嗓子喊："你个宝货下手轻点，细伢子哪个经得起。"

简陆赶在他爷爷将自己提上凳子的那一瞬间，拼命把最后一口巧克力咽了进去——只从嘴巴里抠出几团包装纸。简老爷子脸上的疤气得跳起了探戈，他解开皮带手抖了半天也没抽下去，最后对着简陆的屁股，一掌将其精准地抽进旁边的木质沙发里：“老子让你吃美国鬼子的东西。”

夕阳底下，抽着烟袋锅子的简老爷子眯着眼睛打量身边举着木头枪四处扫射假想敌的脏兮兮、精精瘦、一脸泪痕的小简陆，心里翻出点点愧疚。

爷爷把小简陆拽过来呼撸呼撸脑袋：“瓜娃儿，我们每天吃得肚儿圆圆，已经好幸福了唆。你老家的二爷、四爷、五叔，还有好多小娃儿，饿得站都站不起来。全中国人民见都没得见过的东西，咱们啷个好意思吃噻。”

小简陆吞了吞口水，保证道：“爷爷，我以后不吃那些东西了。”

“这才是我的乖孙儿，来爷爷身上算算数嘛。”

老补丁解开怀，搂过小补丁。小补丁边吃手，边开始数爷爷身上的伤疤。从头到脚，大大小小的枪眼连伤疤一共四十九处。这就是爷爷给简陆上的数学启蒙课，简陆直到七岁那年才数明白。

爷爷在小简陆的心里一直是一个超级大英雄。不过，简陆见这个大英雄偷偷哭过三次——无声的背影，面朝窗户，脖子僵着，后背一抽一抽，擦眼泪的胳膊左一下右一下地抬起来，两肘双肩处的补丁格外醒目。第一次是一九七四年十一月底的一个黄昏，天色阴沉，北风呼啸；第二次是一九七七年七月中的一个午后，风清爽，树婆娑，艳阳如火；第三次是一九八九年五月的一个夜晚……

在小高的故事里，爷爷是大刀架在脖子上、枪管子捅着腰眼、不打麻药就掏弹头眼睛都不会眨一下的狠角色。看着爷爷哭泣的背影，小小的简陆浑身不自在，替爷爷臊得面红耳赤。

时隔多年，每每想起爷爷，音容笑貌浑然模糊，只剩下一个穿着旧军装抽动着的背影在简陆心底里深深扎根，无论怎样使力气也拔不出来。

简陆叹了口气，回过了神来，眼前仍然抽动着的旧军装背影一圈圈深下去，终于变成了黑色。简陆从贵妃椅上爬起来，走向黑色的背影，揽住他的肩膀，心里轻轻地念叨着："爷爷，不哭。"

小巩转过身，就势将头埋进简陆厚实的胸膛，呜咽着："我从十八岁那年就爱上你了。呜呜唔……"

小巩十八岁那年？哦，那是一九九八年。简陆闭上眼睛，就是爷爷去世的那一年。爷爷临死前拒绝再见自己大腹便便的儿子简长兴，并把简长兴送来的所有高级保养品通通扔了出去。

弥留之际，老爷子拉着简陆说了三句话："瓜娃儿，你要做一个正直的人。把爷爷的骨灰送回大凉山，撒进老屋后头的坡地里。主席，红小鬼简永生——向您报道！"

听说简老爷子不要住八宝山，要把自己洒回大凉山，简长兴鼻子里的气浪简直要掀翻头上的屋顶："食古不化，一辈子食古不化。不是他拖我的后腿，我能有今天？放着好好的八宝山不住，回什么大凉山！笑话！"

简陆打从十四岁起就没跟他爸消停过，现如今根本懒得跟他争辩。火化当晚，他用早早准备好的一坛子草木灰把简老爷子的骨灰换出来，抱着爷爷坐上了川航。

两天后，风尘仆仆的简陆跨进大凉山，找到老屋后头的坡地，沿着地垄细细撒下爷爷的骨灰。抬头时，远远看见一个穿着旧军装的背影，脖子僵着，后背一抽一抽，两条胳膊左一下右一下擦眼泪，肩膀两肘处依稀打着针脚粗大的补丁。

简陆不禁倒吸一口凉气，硬咽下几乎跳出嘴的心脏，冲着背影狂奔而去。跑到近前，背影转过身，一张年轻黝黑的脸，泪水横流。

简陆一跤跌倒在地，问道："你是谁？为什么在这儿哭？"

年轻的小巩对着跌坐在地上的陌生男子敞开心扉，他实在也是憋坏了。他伤心地回答："我是小巩，我考上了大学，可家里凑不出学费。"

简陆好歹喘出一口气："多大点事，我给你凑。"

"真的？"

“真的。”

那一刻，十八岁的小巩眼里飙出紫霞仙子看见至尊宝时的点点星光。

“小巩啊，这是感激。”

简陆将小巩轻轻推开，心底里没来由地蹦出一个背影，那是郝运香的背影。

简陆不知不觉中露出笑意。

第十七章

没有合同的临时工

我害怕思考，普通人究竟该不该思考，这个问题一直困扰着我。快乐的时候，我不需要思考；悲伤的时候，我没有时间思考。只有当我既不快乐也不悲伤的时候，我才迫不得已开始思考。

当我控制不住开始思考的那一刻起，我发现自己站在快乐与悲伤这两种情绪的中间地带——站在这里，我失去了一切的情绪。

犹太人有句格言，说是人类一思考，上帝就发笑。可是当我思考的时候，却没有任何笑声传至我耳边。只有一片麻木平淡的灰白从印堂间汩汩流出，越来越多，集结成好大一团湿乎乎的雾气，将我安静地重重地裹挟起来。郝运香说这是我想了太多不用想的事情，想得脑花都自动溶解了。可我该有这么多的脑花吗？如果我有这么多的脑花，我还需要这样痛苦地思考吗？

其实我明白，我思考的问题过于简单，所以耳边才不会响起哪怕是最轻微的笑声。

那么让我把思考的问题形而上一下，比如说我究竟为了什么而活着？尼采曾经说过："知道为什么而活的人，便能生存。"现下，我是足可以生存的，但我并不知道为了什么而活。这因果关系一旦不成立，伟人的话在我这里便失去了逻辑，从而也没有借鉴意义。

思来想去，为了避免活着思考的痛苦，而又不能让自己陷入无边无际的悲伤，那么我的“为了什么而活着”的最诚实的答案就是——为了快乐。可这答案一经明确又是那么的形而下，让我自己都脸红。因为，现下于我最快乐的事情，无疑是嫁给有房子的铁军。那房贷呢？贷款额度是多少我才能继续快乐下去而不再思考？我思考的步伐只行进到这里便无法再继续下去，因为我的脑花再次流淌开来。

看着我的样子，郝运香停下手里的筷子，叹了口气，说：“你跟我妈一样，用我奶奶的话说，就是无用书读得太多，脑子都瓢了。让我奶奶来给你们治一治，包管啥毛病都没了。”她用筷子使劲敲敲自己的碗边，里面颗颗饱满的白米饭粒儿粘在一起纹丝不动，“看见了吗？你就是为了这碗饭活着，它也是为了你才活着。你吃它，或者它被你吃，就是你俩最大的快乐。有些人图方便，这碗饭一辈子就搁桌子上，手一伸就能吃到嘴巴里；有些人嫌这样吃无聊，偏要架在墙头上踮着脚尖吃，虽然累，可只要吃得进嘴巴里，别人谁也管不着；有那些心太野的，非得把碗甩到天上去，可自己又长不出翅膀，这时候吃不着你能怪这碗大米饭吗？这时候你以为就你自己着急呢，被你甩出去的这碗饭比你还着急。别想那么多了，坐下来跟我一起好好吃。我今天可是为了你特意蒸的东北大米哎。”

我坐下端起这一碗好米，问郝运香：“你打算怎么吃这碗饭？”

郝运香嘿嘿乐了：“我就打算端稳了吃，甭管这碗饭搁在哪里。”

“你不说甩到天上去就吃不着了吗？”

“那我就长出翅膀飞上去，先抓紧它，再端稳了吃。”说完她便捧着碗，一大口，一大口，十分香甜地吃了起来。

我的胃口也被郝运香带动起来，边扒拉东北大米边忍不住想，假如这会儿是尼采他老人家坐在郝运香身边，不知道这碗饭他吃得下还是吃不下。想到这层，我的困惑莫名其妙地消失了。

其实这会儿郝运香心里很明白，自己才是心太野，非把好好一碗饭甩到半空中去的那一位。至于长得出长不出翅膀，她自己心里也没底。没底也要吃！郝运香一旦下定决心，十匹骡子也拉不回头。

事实上，这碗饭吃起来委实没有那么轻松。

首先，郝运香失了身份。这就好比家养宠物狗与野外流浪狗的巨大区别。以前待在秘书室是台聘，虽说差着事业编十万八千里，可那对郝运香来说可算得上是一只金饭碗。来到制作部从场记干起，她就只能算作临时工，还没有合同。

第一天上班，林晓萸跟郝运香简短地交代了一下工作内容，她说："制作部不养闲人，也没有专门的编导带你。任何一个编导有需要，无论他们的需要是什么，你都得顶上去。现在我还不能跟你签合同，只有在试用期表现合格，我才能跟你签。"

"试用期有多长时间？怎样才算表现合格？"

林晓萸抬起头略考虑一下，说："试用期一个月。一个月后你独立编个片子，通过全部门人的审核后，你的表现就算合格。"

三十天？林晓萸向来说一不二。郝运香脚底的地板开始晃动，她的脑袋跟着地板的节奏左右摇出个"不"字来，耳朵却听见嘴巴说："好。"

出了林晓萸的办公室，郝运香的脖子僵得厉害。之前的台聘合同就像是那狗脖子里拴着的链条，主人那头牵着，自己这头才跑得舒畅；如今失了这根链条，简直一条丧家之犬嘛，脖子都不会动了。郝运香翻着白眼，双手攥拳猛砸颈椎，心想：不就编个片子嘛，屁股上磨得出茧子，后背就生得出翅膀。三十天后，废物脖子里才拴不上链子！

整理编辑们桌子的时候，郝运香发现一张旧社会学徒工的契约照片，上书：立字人XX，因家贫人多，无法度日，情愿送子XX到XX铺面当学徒。从此擦桌扫地，只许东家不用，不许本人不干。学徒期间无身价报酬，学满之后身价再议。如有违反铺规，任打任骂。

投河奔井与掌柜无关。空口无凭，立此为据。

看完后，她止不住地羡慕——这好歹是份合同嘛。

要想做个好场记可比当个好学徒工难得多，你得有骡子的身板儿、弥勒爷爷的心、孙猴子的脑袋、观音奶奶的手。不定点儿开工，不定点儿放工，随时随地得化身巧媳妇儿做出无米炊。

大汪要拍法制节目。凌晨六点接到线报，郊区河边发现一具尸体，作案手法绝对推陈出新，有卖点！六点半，衣衫不整的大汪和郝运香奔将过去，却已是尸去河空，只留下一地的稀泥脚印和几个看现场的协警。

这咋办？现场不能不拍，没有尸体叫什么大案要案？

"去，郝运香，扮尸体，躺下给我摆出个吸睛的姿势。对，就照着河边那个人形那样式的。"

郝运香抬起眼睛望望脚下的黄泥汤儿，再端详端详不远处协警们黄线圈出来的那片场地，里面有块勉强能看出人体形状的印记。她牙一咬眼一闭，翻身躺倒。

大汪驾着机器围着郝运香转，让她一会儿仰面朝天一会儿俯卧冲地；两条腿一会儿让劈成个横"一"字儿，一会儿让合出个竖"一"字儿。郝运香哼都没哼一声儿全部照办。刚躺下那会儿，协警们还起哄："妹妹，这个姿势不吸睛啊。"等郝运香爬起来的时候，协警们眼圈都红了，纷纷嗟叹这电视台真不是人待的地方。

小李要拍社会广角，这集的主题讲的是一个大龄单身女武疯子如何在社区的大力关爱下，由武变文，重新恢复理智。到了地儿，小李和郝运香立时便被一大堆花枝招展的大妈们包了饺子。

听说电视台要来人，还有上镜机会，大妈们提前半个月开始憋着准备——穿什么、化哪种妆、谁能上谁不能上、谁该说谁不该说、谁该多说几句谁该少说几句……简直活脱脱一场波澜壮阔的"暗战"，事先准备的台本根本派不上用场。小李见势头不妙，逮个机会从大妈们的包围中钻出，找个地方猫着抽烟。留下郝运香扯直了嗓子，一会儿安抚妆没化好的张大妈，一会儿又得撕扯开闹别扭的李大妈和王大妈。好不容易把大妈们的镜头都拍完了，太阳已经悬在了西天。

正主呢？正主还一个镜头没拍呢。“我在这里呢！”角落里轻轻踱出一个头发花白、面带沉静微笑的瘦小大姐。被大妈们吵得脑浆都炸裂的小李，一下便被正主的温和气质折服，赶紧走上前来将大姐扶到镜头跟前，面带微笑轻声细语地叮嘱大姐该做些什么。

刚才还乱成一锅粥的大妈们瞬时安静下来，彼此交换着意味深长的复杂眼色。

赵大妈停下补妆的手，瞪一眼王大妈：“你没跟他们交待花花得的是什么病？”

王大妈明显紧张起来，拽住身边的李大妈口吃起来：“我，我，我说了啊，要是男青年来的话，只要不冲花花笑就没事啊？”

李大妈一把推开王大妈：“你说了？你说给谁了？这小伙子不但笑了，都上手啦！”

举着大灯的郝运香不禁忐忑起来，她望向小李，小李一脸温柔地笑着，将将才把自己的左手从大姐肩头收回到镜头上。随着小李手的离去，镜头前的大姐身子挺得板直，扭了几扭，两只眼睛滴出水润的桃花，一丝儿涎水挂出嘴角。

大妈们齐齐屏住呼吸，“快，快”两字还没出口，瘦小的大姐闪电般扑向小李。她一把推倒小李，翻身骑了上去。小李惨叫连连，却硬是翻不起来……

大妈们面面相觑，却没有一个敢上前帮助小李。张大妈哀号着：“完了完了，被花花骑上去了，不来几个练家子是拽不下来的。小伙子，小伙子，谁让你冲着她笑还摸她的呀。造孽啊……”

小李拼死抵抗着，冲呆愣的郝运香吼起来。

这哪能行，小李可是编导，林晓萸说过编导有什么事她郝运香都得顶上去。郝运香扔下大灯，深吸一口气冲过去。花花姐只一拳抡过来，郝运香一只眼眶乌青，鼻血横流，一个三百六十度后滚翻便摔到墙角。郝运香缩在墙角里略定定神，忍住剧痛，再次爬了起来。突然，她想起上回在公园相亲角的时候，简陆教过她打架是用脑不是用力气，否则那刀条脸断不能在自己手下占上便宜。

这回得换个招数。她转身制止住大妈们的叫嚷，蹑手蹑脚来到花花姐身后，急伸猿臂，一把将花花姐箍紧，整个身体死死压上去，双脚攀上花花姐后腰，猛一发力，与花花姐双双滚倒。

大妈们也算机灵，一边齐声喝彩，一边冲上来自动分成两拨，一拨将地上的小李拽出屋，一拨压倒在郝运香和花花姐身上。被压在众人下面的花花姐突然开口了："你们在干什么？为什么全压在我身上，我喘不过来气了。"众人赶紧纷纷起身，花花姐气定神闲地坐起来，很是不解。

花花姐被从后门请出去良久，小李这才壮起胆子从前门溜进来。进来看见一屋子的大妈，实在是鼓不起勇气再来第二趟。不是武疯子转文吗？文的镜头刚才好歹拍了几个，这武的……眼一转看见眼眶乌青鼻血长流的郝运香——得，连妆都不用化。

"郝运香，你，你上，武疯子。"

好吧，郝运香呼撸两把头发，扯开三颗衬衣扣子，掂起大妈递过来的两把菜刀，呜哇呜哇着冲出街道办事处大门，冲进已然亮起街灯的小巷。小李则扛起机器，一瘸一拐地急追出去。身后的大妈们眼圈都红了——这电视台真不是人待的地方。

回到台里，还没得着空去洗鼻血，小汪提溜着一个U盘骂骂咧咧地进门："非贪便宜找在校生翻译，语句通不通顺不提，错字还不少。什么玩意儿！"

郝运香赶紧凑上去："咋啦？"

小汪正要张嘴，忽然想起来郝运香正是那位贪便宜压经费的新主子带过来的，眼珠一转，话到嘴边立转风向："香香，你不是想当编导吗？这可有一份正经编导的活儿，你干不干？"

郝运香两只招子顿时放出光芒："干！"

小汪开始吩咐："去把这U盘里的稿子的语句改通顺喽，一个错字都不许有啊。完了再找七七把字幕拍上，送审。"

郝运香抹抹鼻血，心里这叫一个满意，这才是编导该干的活儿嘛。她大声回答："好嘞，得令。"抢过小汪手里的U盘转身上了编辑台。

小半个月过去了，郝运香基本没着家。吃食堂，睡机房，人足足瘦了二十斤不说，荷包里的六千一百块分文未少——没地方花啊。郝运香心里这叫一个美。

瘦下来的郝运香浑身的筋骨线条莫名地柔和起来，连那倒青瓜大鼻头也自动缩小下去。

这天，抱着播出带奔跑在走廊里的郝运香被李大姐一把拽住："咋地，香香，当了编导就不认识李姐啦？"郝运香停下脚步，忙不迭地赔礼道歉。李姐打量一番郝运香，上身一件不灰不白看不出颜色的T恤，下身一条九分不到七分长点的牛仔裤。再稍微靠近点，一股酸臭味直冲鼻子。李大姐着实动了恻隐之心："香香啊，可不能这样下去了。捯饬捯饬吧，啥张三李四都得给你熏跑了呀。"

李姐的话有道理啊。俗话说听人劝吃饱饭，这两手抓两手都得硬，是时候打扮打扮自己了。郝运香看着身边花骨朵似的女编导们，不由得自惭形秽起来。说干就干，今天手头刚好没事儿，早点儿下班直奔动物园，来几套合身份的，回头相亲的时候用得着。

才出电视台大门，就看见楠楠从一辆灰头土脸的大吉普上下来。郝运香赶紧迎上去，楠姐长楠姐短地将她送进大门，心底里打定主意，就照着楠姐这身去动物园淘换。

正打算往公车站走呢，路边那辆灰头土脸的大吉普按了一下喇叭，车窗缓缓摇下，简陆的大白牙从窗口呲了出来："干吗去？哎，你脸怎么啦？"

郝运香说："拍节目时被一个大姐打了。"

简陆皱了皱眉头：“什么大姐下手这么黑？你下回小心点。你干吗去？”

郝运香说：“我要去动物园。”

简陆说：“这都几点了，你让动物们下班吧。”

郝运香笑了：“是卖衣服的地方，不是看动物的。”

简陆说：“是嘛，还有这么一商场？我怎么不知道。上来吧。”

郝运香问：“你也要逛？”

简陆回答：“嗯，缺几件衬衣。反正我也没事儿，顺带逛逛。”

郝运香也没再客气，打开车门一屁股坐进去：“那走吧。”

简陆打量几眼坐在身旁的郝运香：“你怎么好像变漂亮了？就是乌鸡眼有点煞风景。”

原本听了前半句话郝运香的嘴巴都咧开了，这后半句又硬生生给闭了回去。

简陆问：“到饭点儿了，你打算吃什么？”

郝运香说：“我带着呢，回头你要饿了分你点儿。”

简陆开到地方，让郝运香先下车，他去找停车的地方。

进了动物园批发市场，简陆拔开层层人流，看见郝运香。只见她左手端着一个灌满凉白开的矿泉水瓶子，右手举着一块自制煎饼，眼睛骨碌碌转着四下搜寻着简陆。在她斜前方不到一只胳膊的距离，一位老太太正高举着一个哭成花猫脸的小男孩对着垃圾筒解决大小便问题。

郝运香大口大口嚼着煎饼，丝毫不为所动。她看见了简陆，兴奋地挥着手：“我在这儿。饿了吧？来吃。”

简陆的喉头一阵发紧，心说怪不得陀思妥耶夫斯基他老人家把人定义成为“可以习惯任何事物的种群”。

第十八章

贫瘠的凉薄与凉薄的贫瘠

任重已然实实在在成了郝运香的过往。

每个人都有过往，每个人面对自己的过往时都会有不同的态度。在郝运香的心中，过往是小时候第一次见到的那颗烂掉的桔子，过往是一种即使你再撒泼打滚也无法吃进嘴巴里的好东西。

郝运香六岁那年，她妈犯了癔症，跑了个无踪无影。老郝下班回家，背上两岁的郝运来，揣了三个馒头，领上哭叫着要娘的郝运香走出家门。

顺着村里那条小道往东走不到二里，往西走不到一里，便是一大片黄土高坡。站在村道上，老郝犯了愁，不晓得该是往东还是往西。郝运香小手指指东边，说娘跟她提过，往东一直走一直走便能走回娘的老家胶州，娘应该是冲这个方向跑掉的。老郝点点头，将郝运来往肩背上方颠了颠，边朝东走边扯着信天游的腔调喊她娘做闺女时的小名："窈窈儿——窈窈儿——"尾音拖得长长的，消失在黄沙漫舞的天边。

走着走着，一颗亮黄亮黄扁圆形的小球儿躺在前方不远处的一个土坑里。老郝先看见，兴奋地嚷了声"桔子"，赶紧奔过去捡起来。郝运香眼巴巴地看着这个桔子，心说真漂亮，上半部分像个小月亮，下半部分像毛茸茸的青萝卜。老郝捡起来才看见桔子下半部分已经彻底霉烂长毛，咽下口水叹息道："啧啧，可惜长毛了，要不然就能吃了。"说完，手一扬又将桔子扔回土坑。

听到"吃"这个字，郝运香的眼睛一下瞪圆："爸，爸，别扔，我要吃，我要吃。""不能吃了，吃了要闹肚子。"郝运香哪里在乎这个，拼命甩着手，想要挣脱老郝紧握着她的大手。两岁的郝运来对"吃"这个字也极其敏感，配合着郝运香一起在老郝身上死命扭动，想要挣脱下去捡桔子。两人闹得老郝十分的烦躁，腾出左手给了郝运香一个爆栗子，右手狠狠掐了一把郝运来的屁股："吃吃，就知道吃，娘都没了。"

老郝单手能提起一只百多斤的肥活羊抡着玩儿，这一爆栗子的力度可想而知。郝运香海啸一般吃的欲望被凿到九霄云外，无声地涕泪齐下。老郝有点后悔，他摸摸郝运香的头，掉转身继续往东走。

老郝的眼神让六岁的郝运香一下便不再记恨，甚至现在回想起来，心眼里也止不住地泛酸水。

任重就像那颗桔子，再可惜也不能吃，再想吃也得拼了命忍住。如果非要闹着吃进嘴，最终也是害人害己——要么招来一场剧痛，要么招来一场大病，还得花钱治。

所以，郝运香只能掉转头继续往前走。她没有资格与过往纠缠。此时她的面前摆满了各式各样的桔子，正在下死力气研究哪颗才不会成为过往，哪颗才能平平安安吃进嘴巴里。

她埋头摆弄着一大堆纸条。这堆纸条分三排整齐地铺在身兼饭桌书桌梳妆台杂货铺案板等数职的方条桌上。起头第一排是第一梯队——全是有房有车北京户口的硬通货，不管性格长相，也不管是否拖个油瓶子，随便挑出哪一个，郝运香都有十足的信心跟他过上甘蔗插进蜜罐子——节节甜的生活。

可惜第一梯队人太少，花了几个月角角落落里才搜罗出四个半。

约出来四个，只见到了前三个。最后一个把郝运香晾在西单图书大厦门口快一个钟头，电话前前后后打了三个，分别是：堵车了；快到了；你在哪？到了人也没出现。

事后，郝运香回想起斜对面天桥上站过一个可疑的穿蓝条衬衣的中年胖子，模模糊糊记得他手里好像拿了个望远镜，其出现以及消失的时间堪堪对得上后两个电话。想必是暗处躲着先观察一下，不满意就闪人，省得浪费钱。哼，我有那么难看？郝运香气哼哼地拽过一面小镜子，照了两照，扔到一边，继续苦恼。

总之，第一梯队是全军覆没。

眼光扫向第二梯队，尽是些三不全，一水儿的没房还没户口。有个车又能怎样？我半年工资也买来一辆了。

再瞥瞥第三梯队，一大沓挤挤挨挨，长条桌东边起头直直排到了西头，桌面上不够，地上还十几张。个个老牛拉辆破车，要什么没什么，要求还不低。哎，把第二梯队里有户口的紧着先挑出来吧。见一见再说，万一碰见个潜力股，说不定我就成了……成了什么？脑子里实在找不出参照物，想一想全是些麻雀变凤凰飞上枝头，紧接着一弹弓又给射下来的例子。

郝运香边胡思乱想，边打量排在第二梯队的各位男士，任重的俊脸就在她眼前晃悠。郝运香烦躁地一挥手，一张纸条超然出群，翩翩落地。她捡起来一看，“北京户口啦，名校博士哦，国家部委正式工作呦……”这不她跟刀条脸来了场武戏抢的那位吗？怎么把第一梯队里的这半个忘记了？

这老兄简直脚力正旺地攀爬在人生巅峰的山腰嘛，跟着他搭伙一起爬没准就一览众山小了。至于爬上去是不是又会被一弹弓射下来，哪儿还想得了那么多，爬都没爬上去呢。

郝运香兴奋地拽过电话，号码刚一拨通，微信也响了。顺手点开对话框，头像是漆黑一团的简陆发来信息：“衬衣虽是名牌，但旧了，不值钱，只有老主人还在惦记。”郝运香不太想搭理。两秒不到，微信又来了："你什么时候还我？"哦，简陆这是要当初披在自己身上的那件衬衣。

这时，叶转海博士的电话也打通了。电话里叶博士要求三点钟在什刹海附近大金丝胡同的永和大王见面。郝运香顺带把简陆也约过去还衬衣，于是回了条微信："两点半大金丝胡同永和大王门口见。"

两点四十三分，郝运香火急火燎绕来绕去终于来到大金丝胡同的永和大王。简陆早早便坐在永和大王门口母狮子的爪下，两条长长的腿横跨着三级石阶耷拉下来，远远看见跑过来的郝运香就笑了。这丫头捯饬得挺隆重：白回力鞋配肉色长筒丝袜，酱瓜色雪纺大摆长裙，胯骨间横挎着一条秀气版链子锁，糯米白的荷叶袖蕾丝镶边短体恤，胸口正中一颗洒金粉的大红心，被顶成了椭圆形，上下起伏——标准的韩范儿——力求层层叠叠丁零当啷的妩媚，装稀里糊涂的清纯。

"衬衣还给你，谢谢。"郝运香擦了把脸上的汗，粉基本掉光了。简陆接过衬衣，拍拍屁股拉开长腿打算进永和大王。

郝运香急了："你还不走？"

简陆十分诧异："你不是要请我喝豆浆吗？"

"谁要请你喝豆浆啊，我这还约了人，三点见面，被人看见可容易发生误会。"

简陆转过身子盯牢郝运香的脸。他平常看着像只懒洋洋的大猫，但凡提起兴趣，聚精会神起来，两只眼睛便不自觉射出又冷静又摄人又诱惑的犀利光芒。郝运香在这视线下没来由地一阵心慌，脸一红低下了脑袋。

简陆收回视线："你还挺会科学安排时间。带梳子没？拢拢你的头发，再刷点粉。"说完，转身进了永和大王。

郝运香后面紧追着："你怎么还进来啊？"

"还不兴雷锋自己犒劳自己一杯冰豆浆啊。"简陆说完，捡暗处正对大门的一角坐下，恰好把整个大厅拢进视野。郝运香没办法，远远地挑了一个座位背对简陆坐下来。

三点整，一个身材瘦小、肚皮微腆、穿白衣白裤白袜敞口黑皮鞋的男士推开永和大王的门，径直向郝运香走了过来。他站定后，从容地捋捋头发，对郝运香微微一笑，伸出右手，招呼道："你好，郝运香小姐，我就欣赏你这种守时的现代女性。鄙人叶转海。"

叶博士浑身上下满溢着领导气质，唬得郝运香忙不迭站起来递上了自己的右手。叶博士显然对郝运香的惶恐和恭敬满意得很，咧开嘴，露出一口细碎整齐的四环素糯米牙，散发着蓝幽幽黑亮的光。他眉骨突出，高颧骨、厚嘴唇、塌鼻梁，细细的脖子支着大大的头，不茂盛的发量按三七的比例妥善分开。油光从稀疏发根处密密地沁出，弄得衣服领子亮晃晃的。几根鼻毛调皮地在大鼻孔处探头探脑。郝运香摇了摇头，克制住自己不去看斜对面一脸坏笑的简陆，双眼弯弯地冲叶博士聚起了焦。

叶博士呷了口热豆浆，说："我的情况你大致了解，你简明扼要地介绍一下自己吧。"

郝运香清清喉咙，重点描绘了自己的工作环境与理想抱负。

叶博士居高临下洒出一片暧昧而又悲悯的微笑："你要求男方有房有户口？"郝运香点了点头，末了又迟疑地摇了一下。

"你就是想要，何必隐瞒呢？"叶博士伸出一根粗大的食指劈空点了点郝运香的额头，"你有房有户口吗？"

郝运香愣怔一下，心想我要是有我就不要求了。

叶博士继续道："知道为什么现在大龄剩女那么多吗？你们这些女人啊，对不起，我没有冒犯你的意思，几千年来满脑子不切实际的想法，总想通过向上嫁个男人来改变自己的社会分级属性。改变自身属性，这在科学范畴内是绝对不可能发生的。"叶博士看着诚惶诚恐的样貌身家皆平凡的郝运香，无所顾忌地打开了话匣子——他这时将自己从第一梯队铩羽而归的满腔愤懑倾盆倒出……

叶博士顺手拽过身边的一张餐巾纸，龙飞凤舞画了几笔。郝运香伸过脖子，看见一个金字塔——中间横过三道粗线，将金字塔从塔尖至塔尾分成由小及大的三块，这三块中间又画了无数道密密麻麻的细线。金字塔左边三个大括号，里面由上及下写着富裕、小康、温饱。叶博士甩着头发说道："咱们的社会由两性构成，婚姻关系是两性关系中最重要的一环。女人以为建立婚姻关系的关键是爱情。那么我问你，婚姻需要门当户对，这基本是一个共识，那么爱情需要吗？你们会说爱情不是物质，无法量化，当然谈不上门当户对。那么我问你，既然婚姻需要，那么构成婚姻的关键因素却不需要，这合理吗？这不是一个二律背反吗？"叶博士点点手下的餐巾纸："来，你告诉我，你属于哪个社会分层。"

郝运香信心十足地点了点小康。

叶博士哈哈大笑，身体前摇后倾，忘记永和大王的椅子是没有靠背的，差点摔下去。他扶正身子，摇着头抿着嘴满意地说："错，基本没几个人能选对自己的社会分层属性。这张表太复杂，里面包含了社会学、政治学、经济学、心理学、人类学、组织行为学等，要想弄懂这张表，不花个几十年的工夫是不行的。今天我给你免费简单讲讲吧。"叶博士拿起笔在温饱栏里的倒数第二条细线上重重画了一笔。郝运香看博士一笔就把自己划进了金字塔的底端，心里十分不服气。

"不服气是吧？从精神层面讲，要想达到温饱层，首先你得满足自己最基本的生理需要。有吃有喝、性生活和谐、内分泌不失调。后两条你能满足吗？"叶转海博士瞄了一眼郝运香下巴正中央冒出白头的一颗大粉刺，"你的潜意识完全被饥渴占据，哪里有精力去奢谈小康呢？而潜意识里的饥渴是要挂相的。咱们再从物质层面讲……"说到这里，叶博士恰到好处地停顿一下，并斜睨郝运香一眼："物质层面不需要我再多讲了吧？"

郝运香想想银行里的六千一百块，咽了口唾沫，一声没出。

叶博士重新拽过餐巾纸，在温饱层里划了个大圈继续说道：“人是跳不出自己的社会分层属性圈子的，你的社会活动范围就这么大，你一出世便在这个圈子里吃喝拉撒睡，遇见的也都是跟你一样的人。想想你从小到大碰到过什么人，而且是能建立亲密关系的人，无论是哪种角度的亲密，这个人的身份超出你自己的社会分层了吗？这就是老辈人讲的西葫芦配南瓜。也就是说，你所发生爱情的对象，基本来说，也不得不是跟你门当户对的那个人，这就是圈子！可是，没有女人满足于自己西葫芦的属性，你也一样。你们啊你们，像扁担藤似的，利用茎干、枝条上那具有吸附能力的吸盘，紧贴一切能攀附的东西往上爬，想通过一个男人爬进小康分层？女人啊，你的名字叫幼稚。

“我的研究结果告诉我，只有在自己层级里各项条件达到顶端的女人，才有可能通过上嫁一个男人来改变自己的社会属性。也就是说一百分的温饱女人才有可能嫁一个六十分的小康男人。你知道得有多少种内因外因的作用力才能造就出一个一百分的顶级温饱圈里的女孩？再说了，你们以为男人傻，你们以为六十分的小康男人不想往富裕层爬吗？绝大多数六十分的小康男不是找了八十分的小康女，就是找个三十分的富裕女，何必腰里挂着个一百分的温饱女拖自己的后腿。你们以为女明星能上嫁就代表漂亮女人好上嫁啊？你们以为女明星无论谈多少恋爱最后还嫁得进豪门就能婚前随便跟人恋爱啊？男性天生喜欢追逐狩猎，打到的猎物越大越美，自己的心理就越满足。女明星们能带给男人巨大的经济利益和无限的虚荣心与满足感，你们带得来吗？这就是爱。爱是什么？爱说白了就是心理或者生理需求达到满足。而通常这种需求一旦得到满足，大脑才会分泌多巴胺，产生叫爱情的物质。”

叶博士活动活动筋骨，擦擦嘴角的白沫，感觉自己扯得有点远，得往回收收。他问郝运香：“你给自己打多少分？”

郝运香木着眼睛问：“我多少分？”

“那我给你算算吧。”叶博士重新拿过一张餐巾纸，嘴里的问题连珠炮般，“你是处女吗？谈过几个男朋友？大学是名牌吗？单位三险一金还是五险一金？爸妈干什么的，身体好吗？有医保吗？老家有房吗？有哥哥弟弟吗？将来几个人分遗产？什么星座属相？算过五行八卦吗？命里缺什么知道吗？”

问题还没回答完，郝运香就像跑了一百公里似的，大汗淋漓、口唇发麻。她在永和大王的凳子上越坐腰身越佝偻，诚惶诚恐地盯着面前越来越高大的叶博士。

“综合下来，五十八分。”叶博士叹了口气，为难地点着脑门，“实在没法加了，五十八分是能给的极限了。我算得十分手下留情了。”

郝运香问叶博士：“您觉得您多少分？”

“我吗？这又是一个比较复杂的问题了。哦，时间不早了，我回去还得赶一个重要的文件，星期一部长开会要用。他专门叮嘱过我，小叶啊，这个文件不能出岔子，好好干。”叶博士边说边模仿部长攥起的拳头当胸狠狠把自己砸得晃了两晃，用以证明砸的分量与部长的亲密与器重是成正比的。

郝运香一看叶博士拉开的架势，瞬间从他的鸿篇社会等级论里清醒过来，脑子里紧张地算着三根油条、两杯豆浆、一个茶叶蛋、一个卤肉饭团、一碗牛肉面合多少钱，这些都是叶博士讲课期间吃的。看样子这人是没打算跟自己一起攀爬人生的巅峰了，点心钱自己必须掏了。

叶博士站了起来，郝运香也站了起来。叶博士伸出了一只手，光辉而又慈祥的笑容再次浮现：“郝运香女士，今天我们这次见面非常融洽。至于你的问题，下次见面时再容鄙下解答。再见。”

郝运香心里一喜，融洽？下次见面？这些字宛如远山寺庙里铛铛的晨钟，声声响彻进郝运香的心扉，浓雾中拨出一片欢欣的清明——有戏啊。她缩回想要拽住叶博士让他结账的右手，转而扬起配合着面部柔媚的笑容，轻轻而甜蜜地摇摆着送走了叶博士。

此时的后海，夕阳将下未下，悬在一弯蓝水尽头处，抹出半边天的玫红。两艘披红挂绿的摇橹船一前一后在水面上荡漾，船头的马灯摇晃出点点碎缎子黄，合着咿咿呀呀的丝竹声，斜斜洒进岸边随风轻摆的柳条间。两边倚岸而建的各类酒吧粉明紫艳青翠黄俏，染得原本清淡的暮色一片明烈暧昧。

郝运香跟在简陆身后像只丢了鸡仔的老母鸡，深陷温饱层的饥渴的人能有什么心情欣赏这样一派旖旎瑰丽的风光？要想攀上人生的顶峰，空着两手好意思吗？拜菩萨还讲究上香火，上帝面前也摆着奉献箱。哎，这人生巅峰爬一次一百八十块，咋受得了哦。下回得轮着来，或者干脆小公园里坐一坐就好。想到这儿，郝运香心情略微舒畅起来。

前头一直沉默着的简陆开口了："郝运香，你不止五十八分。"

郝运香瘪瘪嘴巴："那你说我值多少分？"

"我说你值一百分！"郝运香听见简陆这么说眉头刚扬起来，岂料简陆紧跟着来了下半句，"你信吗？哈哈哈。"她的眉头随即又沉了下去。

两人沉默着，沿着后海慢慢溜达。

"我说你能不能好好捯饬捯饬自己？"

"我好好捯饬了啊。今天花了将近仨小时呢。"

简陆上下扫了一眼郝运香，叹口气："你身边也没人给你参谋参谋？"

"当然有了，这身衣服是我跟我闺蜜一起精心选的，照着宋慧乔，就乔妹的街拍挑的，一样一样的。你别说，穿上就是好看，管用，那名校博士都被我迷住了，约我下次见面。"

简陆噗嗤一下笑出声："回头我找个朋友帮你捯饬捯饬。"

秋虫有一搭没一搭，风吹语浪的空当间忽得钻出来亮起嗓子。

秋老虎眼看着就要来了……

第十九章

钢铁是怎样炼成的

最近，铁军拿出打游戏时走火入魔的状态，全身心投入进销售事业中。短短的时间里，他人瘦了，肚皮却鼓了出来；眼泡肿了，太阳穴却塌陷了进去；一双眼睛睁开时总冒着病态的红光，眼白处织满了酒精浸泡出的烂茄子色网状丝络。他咧开嘴巴，急吼吼地兴奋地盯着你，你却觉得他随时打算龇出牙齿，一口咬住你的脚脖子。

别人卖不出去的货他卖；别人搞不定的客户他搞；别人打不进的市场他打……这世界上没有卖不出去的东西，钻不进去的圈子。你美国张三造的能比我中国王二麻子造的高明多少？关键在人不在货。

大大小小的公司，只要跟产品沾边，他就一个一个跑。找到管进货的关键人物后，上天入地地打听对方的人品爱好处事方式，见得人见不得人的各种隐秘习惯。

客户不肯见他，他心一横挂出满脸的谄媚纹儿，客户走哪儿他跟哪儿，风霜雨雪都无法阻挡。果然一客户进了小馆子的洗手间，出完恭没手纸，他恭恭敬敬地从门板下递过去一包手帕纸。

有的客户喜欢钱，公司给的回扣额度满足不了，他能从自己腰包里往外掏，只要跟我这儿先进货就好说；有的客户喜欢喝酒却又讨厌酒品不好的，就算酒糟食糜打腹腔里喷进嘴巴，他都能微笑着一口一口再咽回肚子。对方要是个中老年大姐，他就西服革履贴心地唠家常，聊起父母生养不易，一汪汪白水泡着紫红的眼珠子，欲流未流。大姐的心都要碎了，不跟你进货跟哪儿进？

有一次他搬回家一大摞阿瑟·米勒剧作选，说这次管事儿的是个文艺男中年，偶像就是这个阿勒，他得好好会会这个阿勒大人。半夜，我被身边奇怪的响动惊醒，睁眼发现铁军头埋在阿瑟·米勒里正哭鼻子。我问他怎么了，他擤了把鼻涕，说："正在看《推销员之死》，这美国推销员日子也不容易啊。见这个客户时得落魄点儿疲倦点儿，我得把刚参加工作时的那套旧西装翻出来。"眼泪都顾不上擦，他就跳下床直接奔向阳台那个塞满旧破烂却又舍不得丢弃的大箱子。

我基本已经见不到他了，铁军一个月里大半个月都在出差。回了北京也是我睡着了他上床，我起床了他还在打呼。鼻子里喷出各种酱香型、浓香型、清香型的酒味，搅和着嘴里隔夜饭菜的馊味和脚上的汗酸味，七歪八扭的衣衫凌乱地摊在我身边。

可放在床头柜上的钱总码得整整齐齐。

以前他再迷游戏，隔两天最多三天，总要死皮赖脸地凑到我身边摇头摆尾，媳妇媳妇，擦枪擦枪，擦起来就没完没了。现在可好，一个月擦不了一次，擦一次也是浮皮潦草。你看他趴我身上起伏间，眉头一会儿聚拢一会儿分开，两个眼睛珠子盯着墙壁滴溜溜乱转。一只手撑床，一只手摩挲下巴，嘴里念念有词，原来是在背标书。恨得我狠狠掐了他屁股一把，他嗷的一声，一泄如注。

铁军扳过我乌云密布的脸，哄着我："媳妇，枪擦不擦都是你的，又跑不了；钱摆在那儿，不去抢可就跑了。你就等着吃香的喝辣的吧。我还就不信这个邪，四环边一百平学区房我铁军买不起？非要三室一厅南北通透的，塔楼给我一边儿玩去。媳妇，一间咱俩的，一间儿子的，一间我爸妈的。”

“那我爸妈呢？”

“嗯，再来一间你爸妈的，绝不打地铺，呼呼呼……”

银行账户里的钱是月月增长，速度惊人，我却欢喜不起来。以前好不容易发点奖金，我跟铁军能数一晚上，边数边派用场：“这些给我媳妇买衣裳，这些给我媳妇打牙祭，这些给我媳妇存起来，这些，嗯，这些给我媳妇的孩子的爹买练级装备，嘿嘿。”

“不行！这些给我孩子存起来！”

“媳妇，好媳妇，孩儿他娘，我的装备老旧老旧了。我一个大boss，成天骑匹破马挎支破枪，这不是丢老板娘的脸吗？”

“你就配破枪。”

“我的枪破？我的枪破！好，那你还不赶紧给我好好擦擦……”现在倒是老有奖金，可我都是一个人数，一个人存。无论是数钱还是存钱，心里的甜再也不似以前十分的满，里面夹带了一分酸涩、两分苦辣、三分埋怨，欢喜只剩下了四分，搅和成半瓶子卤水，在我心里上上下下哐里哐当。

跟郝运香抱怨几句，倒是招来她一大顿数落：“噢，不碰你就是有别的女人了？钱都装你兜里了，他拿什么去碰别的女人？嫌他喝酒？以前他不喝你天天抱怨，现在他喝了你又开始抱怨。钱难挣屎难吃你没听过？你希望他喝着酒挣，还是吃着屎挣？不用担心他身体，他现在正是年轻力壮的时候。你找着铁军这样的回头浪子，祖坟上的青烟冒得突突的，烟柱子赶得上核电站烟囱里冒出来的那么粗了。知足吧！”

郝运香一边点化我，一边挥舞着钉子榔头跟一大堆破木片儿较劲。最近，她又被派了个新活儿。编导大李和楠姐要做几期新派京剧的节目，楠楠嫌道具库里的脸谱背景板没有现代气息，非闹着要换。大李指派郝运香去京剧院借来一批，楠楠姐说色彩太单一，尺寸不合适；网上逛一圈儿，不合适的居多，合适的又超预算。眼看录节目的台口都搭好啦，背景板还没着落。

编导大李心里直犯嘀咕，楠姐做事虽是出了名的难伺候，但一般都是跟自己的切身利益有关系的时候才憋紧了不让步，这跟一小小的背景板置这么大气又是为了哪般？冷眼看过去，楠楠正一边补妆一边数落郝运香：“你这弄来的是些什么啊？全给我退了去。你有没有一点鉴赏力，这些板子上画的能叫脸谱吗？你懂不懂什么叫现代气息。再说这些尺寸没一个合适的。舞台中央我要挂一个最大的，而且我不要圆的也不要方的，你看着办。办不了哪儿来回哪儿去。”

郝运香一张脸倒是扭出了现代派的气息，撕下来直接挂台上估计最合适。不过嘴巴里还是得赔着小心：“楠姐，能想的办法我全想了，实在是没有合适的，您看能不能凑……”

楠楠的嗓门骤然间高了好几十个分贝：“凑什么？你想凑合，我的节目可不能凑合。你以为这是一块小小的背景板吗？它会影响我整个节目的效果。”

“那您到底想要什么样子的？”

楠楠小嘴一撇：“我早就告诉你要求了。反正两天后彩排，隔天正式录，你看着办。”

大李心下有点明白了——看这意思像是跟郝运香置气呢，犯得着吗？遂招招手把郝运香叫过来如此这般地安排了一番。于是，郝运香回家就开始做起了木工与画工的活计。

正式彩排那天，郝运香背着一大摞背景板早早来了现场，心下却是十分忐忑，不知道这次自己与背景板能不能过关。正思量着，摆弄机器的大李喊了一嗓子：“郝运香，发什么愣，今天人手不够用，还不过来帮忙。”

撂下背景板，郝运香甩开膀子便开工。搬器材、抬轨道、架线，布置场地，角角落落上上下下到处是郝运香飞奔的身影。正忙着，楠楠带着简陆出现了。郝运香扛着器材箱，匆忙间狠狠撞了简陆后腰一下。简陆疼得龇牙咧嘴，楠楠忙不迭地又吹又揉。

待看清楚是郝运香时，简陆不经意地从后腰上扫掉楠楠的小手，冲郝运香咧咧嘴："你把我撞伤了，赔我医药费。"

郝运香举着箱子，脸却冲着楠姐："对不起，对不起。"头上挂下来半张蜘蛛网，一只蜘蛛爬在上面荡来荡去，也腾不出手去拂掉。

简陆看着郝运香头上那半张蜘蛛网上的黑蜘蛛，自己的脑袋都刺挠得厉害，很自然地一抬胳膊，将蜘蛛连着蛛网一并扫掉，顺手接过郝运香手里的箱子，问她："这玩意儿打算放哪里？"郝运香指指舞台西北角，示意简陆放过去。

看着简陆的背影，楠楠心里的那股怒火都快将肺肠烧化了。面前的郝运香蓬发陋衣，一张诚惶诚恐的面皮上五抹六道灰尘汗水混在一处，一副粗俗相。自己脚丫子上搓下来的泥都比她美、比她有气质、比她高贵。偏偏这个简陆像撞了邪似的，每次见到这粗俗丫头都上赶着，这不是诚心恶心人嘛。

要说楠楠有多喜欢简陆，那实在是谈不上。一来楠楠现在正是空窗期，简陆的身份恰巧合适她，不撩白不撩；二来楠楠裙下从没走过空城，一般只有她看不上的，没有看不上她的。

这简陆倒好，懒懒散散，你撩我接，但绝不向前迈半步；你不撩那随便，我原地转悠着。每回制造点机会拉到身边，得空撒丫子就奔郝运香那边去。

你说他要是上赶着位强点儿的，那楠楠绝不在意。反正花蝴蝶身边缺不了公子哥儿，没了简陆，什么王陆马陆还不是一抓一大把。偏偏是郝运香这样一位要什么没什么的，这可着实激发出楠楠的斗志与恨意。她狠狠剜了一眼郝运香，心里想着看我怎么治你，嘴里却轻轻问到："背景板在哪儿？"

郝运香连忙将放在地上的背景板一张张仔细展开，恭恭敬敬请楠楠过目。楠楠面色沉静，一言不发，直到简陆站在自己身边才开口："谁画的？"

郝运香看一眼编导大李，脸谱是大李画好郝运香照着描完上的色。站在台口边上的大李早就摸清楚楠楠的心思，他冲郝运香坚决地摇摇头。郝运香只好说：“我画的。”

楠楠的嘴角划过一个极其轻蔑的弧度，她从包里掏出一只眉笔，拿过一张用剩下的白纸，刷刷刷几笔下来，一张线条简单却又栩栩如生的脸谱跃然纸上。楠楠略抬起下巴，眼梢风扫一下简陆，再扫一下郝运香：“你画的线条太死板，非常粗俗。我要的脸谱是写意的，你懂吗？”

郝运香看着楠楠画的脸谱，忙不迭地啧啧称赞。

楠楠轻飘飘加一句：“重做。”

重做，明天就要正式拍了，现在重做？郝运香的面色立刻紧张起来。

楠楠眉峰一扬，微笑着问：“有困难啊？”

郝运香钢牙咬紧：“没困难，没困难。我现在就重做。”

楠楠说：“现在你还有别的任务。明天第一场要拍《霸王别姬》，需要唯美的舞台特效，你来帮着试试效果。”楠楠说完，从场工那里要来一筐泡沫塑料做的碎雪，要求郝运香爬到天花板上撒下来。

郝运香铁人似的性子，原本是什么都不惧，单单那年练《唱支山歌给党听》的时候，从凳子上跌下来的那一跤，跌出来个恐高，每回爬楼梯的时候她都不敢回头看。这会儿听说楠楠要自己爬到天花板上做特效，两条小腿止不住哆嗦。可看看楠楠半点通融的意思也没有，郝运香心一横，爬！为了做编导，九九八十一难也休想难倒她。

郝运香挎起篮子爬上舞台，站到梯子下面，只抬头看了一眼，冷汗就噼里啪啦地往下掉。黑黝黝的天花板像是天边那么远，还没开始爬四肢便控制不住地打摆子。场下的人看着郝运香这副熊样，全都忍不住哈哈大笑，只有简陆一脸的严肃。他站起来，长腿一跨迈上舞台，朝郝运香走去。

这边厢郝运香眼一闭，左手攀上梯子的横架，身子猛一提气，右脚也踩上去，屁股却高高地撅出来，不敢再动，挂在梯子上活像练蛤蟆功的西毒欧阳锋。在一片大笑声中，郝运香感觉到一只大手稳稳地托住自己的后心，简陆的声音传至耳边："郝运香你是不是恐高？下来，不要再爬了。"

被简陆大手覆盖着的那片区域，奇异地生出一片暖热，瞬时传遍四肢百骸，郝运香乱蹦跶的神魂一下归位。她睁开眼睛，感激地看看简陆："没事儿，早也得爬晚也得爬，不爬我这道坎儿永远也过不去。"说完，郝运香靠着简陆传导过来的那股神奇力量，灵猿展臂，"噌噌噌"三下半便攀上房顶，抓起碎碎的泡沫，迎着鼓风机吹出来的劲风，高高抛洒下来。

站在梯子下面的简陆抬起头，痴痴地盯着漫天细碎的雪花，恍惚间似乎又回到了六岁那年。那一年，小小的简陆站在高高的博雅塔下，伸出舌头舔着四下漫飞着的细碎雪片，不停地给自己鼓着劲：爬上去吧，小高叔叔说爬到塔顶大叫三声，妈妈就会听见，就会回来接我。他爬上去又跳下来，跳下来又爬上去。最后，还是放弃了。如果那天自己像郝运香似的狠狠心爬上去了，现在会是什么样子呢？简陆在心里默默地一遍又一遍问自己。

台下的楠楠坐不住了。原本只是想支开郝运香，顺便给她点厉害瞧瞧，怎么到了最后又像是做嫁衣似的。楠楠的心思转得也不慢，她快步跑上台，站在梯子旁，半边身子蹭着简陆，单手扶着梯子，两眼冒出怨毒的光束，声音却温柔地滴水："效果非常不错哦。小心点嘛，郝运香。"

郝运香下来以后，楠楠四处交代几句，拉着简陆急急出了演播厅。看着简陆的背影，郝运香刚才那股劲头一下没了踪影，脚底软塌塌的，跌坐在台阶上。她心里止不住地着急：郝运香你这是怎么了？你可得打起精神啊，今儿晚上不但得把脸谱画出来，素材带也必须得剪好。一个月快到了，不出片子可捞不着签合同啊。郝运香伸出左手狠狠掐了一把自己的右胳膊——加油啊，郝运香！她在心里大声给自己鼓着劲。

楠楠如愿以偿来到简陆三环内的大宅子。看着家里那排巨大的红酒柜，楠楠的心定了——看你这只孙猴子今夜还爬得出我的五指山？楠楠可是有远大目标的人，为了这个目标，她一直近乎残酷地培养着自己的各项技能，画画是一项，品酒更是一项。数得出名儿的红酒，不用看标签，她闻一闻抿一口便说得出年份和产地。果然，简陆被她这项技能彻底折服。两人一杯接一杯都喝出了兴头。

楠楠一身的香汗淋漓，鼓胀的胸部在红酒的刺激下颤巍巍的，几乎跳出领口。简陆的两只眼睛迷离而又焦灼起来，只管盯紧楠楠领口那一道雪白却又蒸腾出一片桃红色雾霭的深深沟壑。楠楠心里得意极了：哼，火候还没到呢，小子，再给我煎熬一会儿吧。她娇喘一声，俯低身子凑近简陆耳边："人家好热啊。去冲个凉，嘻嘻。"简陆拍拍她的脸："去吧。"

十分钟后，全身上下只穿着简陆大衬衣的楠楠再次出现，好一个勾人心魄的大尤物。简陆却站在了大门口，他冲楠楠抱歉地笑了笑："对不起啊，单位有点儿急事我必须过去一趟。酒你随便喝，困了就睡。明早走的时候把门带上就行。"说完便消失了。

不久，简陆再次回到演播厅，里面灯火昏暗，静悄悄的，半个人影都没有。他找了一圈儿，才在操作台边上发现郝运香。只见她一手夹着毛笔，另一只手攥着操作台的旋钮，描两下脸谱再找找素材，两只眼睛半睁半闭磕头如捣蒜。有一下磕猛了，一头撞在毛笔上，糊了个大花脸。

简陆禁不住放声大笑。

郝运香被吓醒。她大叫一声跳起来吼道："是谁？"

简陆连忙从暗影里钻出来说："别害怕，是我。"

郝运香揉揉眼睛咧开嘴："你怎么又来了？"

简陆诚实地摊开两手，自己其实也挺纳闷："我也不知道。"

郝运香问："你来干什么？"

简陆略想想：“我会画画，应该能画出来比你写意的脸谱。”

郝运香一张大花脸皱起来，心里有点说不清道不明的酸味：“你是来给楠姐献媚的。那好，你画吧，我正好专心剪素材。”

郝运香自管自忙碌起来。

简陆在她身边安静地画着脸谱，过了一会儿却忍不住问道：“郝运香，你明明那么害怕，为什么还往上爬？”

郝运香没时间回头，随口答道：“越怕才越要爬哩。谁又能替我爬上去呢？”编辑器上微弱的光照在她的右胳膊上，那里有一块大大的青紫。

简陆问道：“你那胳膊又是怎么回事？”

郝运香摸摸青紫：“我自己掐的，要不然就睡着了。”

简陆没有再说话，手下的毛笔合着郝运香操作台上的节奏，一笔一划专心致志地画着。

窗外一轮又圆又大的蓝月亮，笑眯眯地瞧着这安静又忙碌的一对儿。十五了。

第二十章

高低肩走过的岔道

傅天爱这个时候也站在客厅的窗户下瞧着月亮。说是瞧，其实她只是做出了瞧的样子，却没有瞧出任何内容。

傅天爱略略抬起下巴，长长的脖子弯出好看的弧度，厚厚的眼睫毛小刷子似的，在月影里泛出蓝莹莹的光芒，黑黑的眼珠子凝固着，像挂了一层早秋的初霜，倒映在眼睛里的月亮都冒出了丝丝的白气。

后脑勺处那块原本只有小指甲盖大小的蓝色火焰，最近越变越大，冒头的频率越来越勤奋，无视场合，不分昼夜，经常是"嚯唧"一声自管自开烧，张牙舞爪的火苗藐视氧化还原反应，直接吐出紫色的舌头，一下一下快速舔着她的脑仁儿——企宣部主任的任命书下来了，却不是她，是总部的空降兵——女的，姓汪，跟上级单位一把手同姓，跟傅天爱同岁。

三十岁的汪女士上任那一天，单位里的女同事们喜得眉梢都要飞掉了，得着机会便三三两两聚在一块儿嗡嗡嗡地聊，鼻翼兴奋地翕动着。有人瞅见快走到身边的傅天爱，赶忙嘬起嘴巴嘘嘘两声，众人便齐齐停口，挑着眉头斜着眼睛晃着脖子跟傅天爱打个轻俏的招呼："忙着呢，小傅。"五个短短的汉字却表达出惊人丰富的语意——让你轻狂让你骚，让你蹦跶让你骄，鸡飞蛋打一场空，竹篮捞月白费劲，你休想啊你休想。傅天爱的身后，大家在嘿嘿嘿的笑声中继续嗡嗡嗡地热聊。

傅天爱没有女性朋友，曾经努力过，后来放弃了。傅天爱是自十三岁初潮那一年彻底失去女性朋友的。暗红色的小溪缓缓地暖暖地悄悄地流淌着，不知为什么，却将原本稀疏的黄头发染黑了搅密了，懵懂的眼睛也清亮亮的，汪起了水色，以前寡淡的小薄嘴唇线条柔和起来，嫩嫩的，粉红色的，桃尖儿般微微翘起，搭配着裹了一层天鹅绒般白嫩尖俏毛茸茸的小下巴，让人见了恨不得一口含进嘴巴——里面得藏着多少鲜甜的蜜汁啊。

所以，自十三岁那年开始，傅天爱便再无女性朋友可以倾诉，因为她们心仪的男性朋友都争先恐后地去倾听傅天爱的倾诉。但这些男性朋友们根本不懂傅天爱在倾诉什么，他们不想弄懂，也没能力弄懂。他们眼睛里只有那蜜桃般一张一合的小嘴。最后，傅天爱的倾诉大会无一例外地变成他们的表忠心大会与求爱大会。所以，傅天爱习惯了不倾诉。

高二那年从乌鲁木齐转学到马鞍山，傅天爱遇见了任重。任重看见傅天爱第一眼，就感觉鼻子眼被人捂住似的没法喘气，一颗心扑通扑通地跳出沉重而又温柔的节奏。那样奇怪的节奏，以前从没出现过，跳一会儿就胀胀地酸楚，恨不得刨出来祭在傅天爱小巧的脚下才舒服。

他雷达般默默而敏锐地探测着傅天爱，一看见傅天爱眼珠子发乌、表面却蒙一层霜的时候，就知道她需要倾诉，他便不出声跟前跟后耐心地等着。

任重跟任何一个追求傅天爱的男生都不一样。他从没表过忠心谈过爱，连"我爱你"这三个字也只是求婚视频里才提到过一次。可不论是河道便道盲道人行道羊肠小道，任重总是不显山不露水地将傅天爱让进里道，他自己走外道。靠着傅天爱那侧的肩膀低着，带点距离地护着她。傅天爱喜欢走在人的右边，所以任重的左肩膀便比右肩膀高出一截。这无言的深沉的鼓励，使傅天爱倾诉的希望再次活泛起来。

他带她爬马鞍山，缓缓起伏的山势下，马钢厂大烟囱里的白色烟柱子高高飘起，裹挟着浓云在四下里飘散。傅天爱说马鞍山看起来灰秃秃的，山那么矮马路那么窄云那么厚，真想到山尽头云脚处看看那里会有什么，会不会也跟这里一样无精打采。

任重抬眼望了望山尽头云脚处的方向，说："那边是合肥，以后我带你去玩，比这儿大，比这儿热闹多了，不无聊。"

他带她逛慈湖大转盘，看一看伟大的代表着时代奋进精神的三匹马。三叉马路交汇处，土黄色条石矮矮地砌了圈围栏，花坛中间三匹马错落着交叠在一起，喷着响鼻高高扬起四蹄驰骋在黑色台基上。不断有人躲过小轿车、自行车、牛车、马车，蹦跳着穿过马路，站在土黄色台阶旁照相。傅天爱看着照相的人们一个个扭捏地摆出谨慎揣摩后的潇洒姿势，喜气洋洋地跟三匹马合影。她说："人活着有什么意思！"

任重却错将傅天爱句尾的惊叹号理解成问号。他说："你看他们多高兴，人活着只要高兴就有意思。"

他带她绕雨山湖，蒙蒙的雾气托着鹃岛，不远处的楼房顶儿高矮不一地擦着青紫色的天际。傅天爱说原以为马鞍山能有点新鲜玩意儿，结果跟乌鲁木齐也差不多。这雨山湖跟红山公园的南湖不都是人工挖出来的水泡子嘛。桂花的香气太重，憋得她喘不上气，后脑勺烧着疼，而且这回的数学模考又砸了。

任重说："你喘不上气是不是身体太虚？你跟你舅舅住，你舅妈那么小气肯定不给你做好吃的。到我们家吃吧，我妈腌的活蟹活鱼，还有糟毛豆，味道一级棒。"

傅天爱没吭声。

任重琢磨了一下，接着说：“你学习够好的了，不要太担心，再说学习太好也没用。”

傅天爱说：“怎么没用？我要考名牌大学的。”

任重笑了：“不用那么拼命，随便念一个大学。等你一毕业，我就让我妈命令我爸把你招进马钢厂。”

傅天爱一口气憋在鼻腔，终是慢慢吐了出来。她绝望地看了一眼任重，就此闭嘴。

任重却再次会错了意，他说：“你知道今年我爸那儿拒了多少名牌大学的学生吗？他们挤破脑袋都进不去。不过你不用担心，就算考不上大学，我也能让我妈逼我爸把你弄进马钢厂。”

傅天爱呵呵冷笑着，心里说马钢厂，鬼才稀罕马钢厂。

任重看傅天爱笑了，心中十分欢喜。他鼓足勇气拉起傅天爱的手：“走，我带你去湖滨饭店吃小笼包。你太瘦了，多吃点就不会憋气，后脑勺也不会再疼。”

傅天爱抬起脚尖，将一串才从枝头掉落的黄澄澄的桂花碾进小道旁黑汪汪的泥土里，也彻底碾灭想向任重倾诉的欲望——自己给自己拿主意挺好的。

她做好决定，便毫不犹豫地从任重宽暖的手掌中抽回自己的小手。她说：“我不去了，我跟常田青约好今晚一起做黄冈新出的数学模拟真题，再见。”

常田青黝黑矮小，硕大一颗头颅上抬头纹极重，来自叫不出名字的某偏远小村，据说现在还没通电。可大大小小的数理化竞赛考试，常田青从没下过一百。

傅天爱晚上睡不着觉，白天便提不起精神，两眼发飘，干什么事情都觉得是在浪费时间。

上班没意思——空降来的汪女士先不论有无背景，工作起来一点毛病没有，傅天爱自问即便自己上去打起精神也就干成这样；逛街没意思——她的衣服便宜的贵的加起来一天一套一年半不带重样；

吃饭没意思——十岁那年她妈南下做生意，她爸不放心随了去，她便一个人开火，白菜土豆熬萝卜一吃就是半年，味觉的寡淡一旦培养出来绝难改变；洗澡没意思——任重一块肥皂从头洗到脚五分钟完事，她却得各种洗护产品涂一遍，一次下来至少两个小时，即便简化再简化，没一个小时也别想完事；做爱没意思——这事男人最热情，他们舒服他们占便宜，女人是给出去的，是吃亏的，男的攻女的守，守不好还有大肚子的危险。傅天爱就是她妈没守好的产物，她妈足唠叨了一辈子。没结婚前，一做这事心里就得算着这次该给不该给，给了能换来什么，不给又能怎么样。结了婚倒不用再算，一纸婚书压在天秤上，女人给出去的这边，才恰好跟男人得到的那一边等重。可这事儿来来去去也就那么回事，没什么感觉，也没兴趣去找感觉。

傅天爱躺在床上，肚皮直接塌向后脊梁骨。任重摸在手上疼在心里，他说："籁籁，辞职，我养得起你。"

傅天爱转过身，薄薄的肩胛骨在丝质睡衣上顶出个好看的八字。

"籁籁，要不咱们要个孩子吧？"

孩子？傅天爱的肩胛骨动了动。香香的软软的一团，窝在你怀里，边吃手边用黑黑的眼睛望着你……傅天爱动了心思。她转过身感激地搂住任重。

任重心花怒放："咱们出去玩，听人说旅游时怀上的孩子质量最好。"

任重单位出国不方便，又想着傅天爱的消瘦是没升迁后郁气下沉所致，便尽捡着宽广辽远的地方跑。

他带她回新疆。听着热瓦普伴着冬不拉欢快地响起，眼前飞扬过七彩旋转的长裙。深黛色的眉眼，鲜红的面颊，头顶是串串嫩脆饱满多汁的葡萄。远处的天山肃穆起伏，接近天际处一抹苍蓝，点点泛出闪烁的霞光。

他带她上内蒙。看着漫漫长草随风起伏，接着碧蓝的天空，苍穹就在不远处。孤独的牧马人奔驰着，身后驮着火红的圆圆的夕阳。云朵合着羊群牛群散在半山腰。马头琴瑟瑟地响起，唤出悲伤的长调。

他领她爬玉龙雪山。夜里下山，一弯勾月姗姗漫入银尖顶，剪出两张骑行的玫瑰色的面庞。心里的喜悦自由自在，遥无边际，合着金沙江的旋律悠悠荡荡。

他带她下西藏。一群充满野性的雪白牦牛，被一个两颊血红、目光坚定的、半站在头牛无鞍脊梁上的无畏少年顺从地驱赶着，飞驰在唐古拉山下、纳木错湖边。藏铜钦摄人心魄的轰鸣合着夜幕下布达拉宫那静谧的庄严。

无论走到哪里，任重总将傅天爱严严地护在自己的右肩膀下面，左边的肩膀高高耸起。

半年多玩下来，任重黑了，瘦了，慢性胃炎也复发了。傅天爱倒是红润了，可涨起来的兴致又落了回去——什么措施都没做，肚皮却还是瘪的。

任重心里犯起嘀咕，他寻思得找个时间查查去，是他的毛病就治，不是他的毛病就先不提孩子这事儿，过段时间再说。籁籁好容易有了点笑模样，不能再给她添堵。

日子又回到了平常状态。

傅天爱下班回家后踢掉鞋子，窝在沙发里打开电视。任重带着家政公司介绍来的四川小保姆蹲在厨房里热热闹闹忙活着，听见她进门，奔出来弯下腰亲了她脑门一口，围裙上的狗熊头温柔地蹭了蹭傅天爱。任重直起腰后哎呦了一声，又弯了下去。

“怎么了？”

任重贴着傅天爱的耳朵说：“痔疮又犯了，最近有点便血。”

傅天爱“哦”了一声。

任重说：“没事，小江儿，把你傅姐的果盘给端出来。”

厨房里的小保姆脆生生答应了一声，端着一盘削好切好的水果走出来，放在傅天爱面前，问了声好后，两眼便水汪汪笑盈盈地盯着任重："任哥你快来嘛，螃海儿爬了一地，好吓人啰。"任重鼓励她别怕，先拿夹子把它们都夹进水槽里，他马上来。小保姆回了厨房。任重兴奋地对傅天爱献宝："籁籁，我妈寄的风鸡、咸肉、腊肉、梅干菜、干竹笋今天全到了。我又去买了十只活螃蟹，五只清蒸，五只醉呛。咱们今晚吃大餐——坛子菜焖风鸡、梅干菜扣肉、清真大闸蟹加醉呛大闸蟹，再来个腌笃鲜，保管鲜得你咬掉舌头。乖乖等着，先把水果吃了。"

任重一进厨房，里面马上传出小江夸张而热烈的娇笑与赞美声，"任哥，你胆子好大哦，敢用手抓活螃海儿"，"任哥，你力道使得好巧哦，一刀下去活螃海儿就两半喽"，"任哥，这个腌笃鲜是个啥子嘛，人家从没听说过"，每句话都伴随着掌声。

傅天爱不用看都知道，小江这会儿脑袋连着身子肯定扭成了一根糖渍麻花。

任重不无得意地介绍着："这'腌'啊就是咸猪肉，'鲜'呢是鲜猪肉，'笃'是吴语，意思就是小火慢炖。把腌五花肉切片，鲜蹄膀肉切块，配着百叶结、鲜竹笋、嫩青笋、清江菜头，高汤里依次放进去，加一点点花雕调味。记住，除了花雕别的调味料一概不加。慢火两个小时后出锅，滑而不腻，香而醇厚，咸中带甜，鲜得你恨不得连舌头都一起吞进肚子里。"

"乖乖，听得我口水都下来了，任哥你好厉害！"掌声再次响起。

"呵呵，回头你走的时候给你带一份。"

"哦，好吧。"小江的声音瞬间低落下来。任重不喜欢别人夹进他与傅天爱的两人世界，所以小江不住家，干完家务就走。

任重既喜欢吃又喜欢做各种腌制食品，这是他妈妈打小培养出来的。

任重妈妈的祖辈在浙江海盐卖了四代腌酱菜，一直是经营惨淡，也就够糊饱肚子。到了任重姥爷的爸爸那一辈才光大起来。后来，任重妈妈去了马鞍山，带着热爱腌制食品的基因和对大上海的眷恋怀上任重。

傅天爱耳朵眼里塞满小江的吱喳声，手里的遥控器快速换着台，人影暴雨似的砸向眼皮，后脑勺的火苗噌一声吐出火舌，太阳穴一窜一窜跳着疼。

她扔掉遥控器，双手食指中指并拢重重按压着脑壳。电视画面定格在一个正在滔滔不绝讲着什么的黑人脸上。黑人左边嘴角微微上扬，眉梢轻挑，双眼温暖坚定地盯着傅天爱说道："……Yes we can！"

这是美国前总统奥巴马在正式就任前的一篇演讲。

傅天爱盯着电视屏幕的眼睛越睁越大——对啊，黑人也能当总统，还有什么不可能呢？

Yes we can！ Yes we can！！ Yes we can！！！

傅天爱后脑勺处的熊熊大火，像来时无影一般去也无踪。

第二十一章

“郝运香”牌秘密

郝运香心里有好些秘密，都在心窝窝里揣着，揣多了揣久了难免负荷过重，管不住嘴巴。不过郝运香心里明镜似的，秘密也得分级，根据需要保密的级别分为“秘密”“机密”与“绝密”。

过往的经验告诉她，这第一等的“秘密”说出去，大不了博个讪笑遭人白眼；这第二等的“机密”说出去，则麻烦无数后患无穷；第三等的“绝密”要是说出去，那就等着挫骨扬灰永不超生吧。

不过，最近我撬开了她的嘴巴，发现了一个“机密”。只是这个“机密”荒诞而又真实，轻飘飘的，却沉重无比，我甚至后悔为什么要撬开她的嘴巴。总之，我绝不会再跟第二个人分享。

铁军又出差了，我一个人既害怕又无聊，就想着把郝运香叫到家里住，这样又能省了她的水电煤费用，我还给她包早晚餐。按说这么好的条件，她听了之后应该打雷闪电般冲过来。结果电话打过去，她竟支支吾吾不愿意来，逼问急了竟说天气预报最近一段时间天气大好，阳光灿烂来不了。这哪儿挨着哪儿？即便天气晴好，跟你住我家又有什么冲突？细究原因，抵死不说。好家伙，这好比给推磨的驴眼前拴块豆饼，看得见却吃不着，一圈又一圈无休止地磨人。非吃进嘴不可，我干脆行李包一卷，住进了郝运香家里。

周日傍晚，郝运香守在窗户底下头朝西，眼巴巴望着晚霞，嘴巴里喃喃自语：“嗯，朝霞不出门，晚霞行千里。”

月亮出来了。郝运香守在窗户底下仰着脖：“嗯，月亮撑黑伞了。”

周一一大早，郝运香啃着面饼守在窗户底下头朝东：“嗯，日出挂红啊。天气预报果然没有骗人，是个大晴天。”她胸膛起伏着别过脑袋，将满腹的焦虑强行按下，眼仁儿把着下眼眶不住斜斜瞟我，只等着我先出门。

我是那么好打发的吗？单位早就混熟，早点晚点无妨，抹抹桌子，抱怨抱怨铁军，换换衣服。

郝运香可是能进则进，当退都不退的主儿，没法跟我打拉锯仗。我看她犹豫了一下，似是拿定了主意，直奔床边的小角柜，从里面掏出一盒安全套，数出七个，每隔两公分种子般撒在窗台上，然后挽着不明就里的我，奔出门追赶公交车。

晚上我先到家，边做饭边瞅窗台上的安全套边揣摩郝运香这葫芦里又开始卖哪种药。郝运香回来了，吃过饭收拾停当，我坐在床边，望一眼窗台，再望一眼郝运香，沉默着。

郝运香住的地方从“点心匣子”升级到了“磨具盒子”，客厅同时也是卧室、起居室、餐厅、书房、游戏室，摆上木板床、小桌子、袖珍冰箱、迷你角柜、简易大立柜后，人再进去就得斜着走。洗衣机、穿衣镜和箱子都得塞进小阳台。

郝运香对这里简直满意极了。第一次我陪她来看房，她站在门口看看过道左边的小厕所：哦呦，独立卫生间啊；看看过道右边的小厨房：哦呦，独立厨房啊；然后，她几乎一步就跨进了阳台：哦呦，你看你看，独立阳台，还带上下水。真好，以后不论出小恭还是大恭都没人在门口催命了。刚住进来那天，我跟她滚倒在大床上，真心实意地欢笑。

郝运香坐在床上，左手一伸，从窗台上抓过来那七个晒了一天日光浴的安全套，右手揣着针线盒坐到我身边。她从针线盒里仔仔细细挑出一只最小号的针，在头皮上蹭两下，开口了：

"小美，我年纪也不算大，可我都有白头发了。你看。"说着，她用针尖挑起一撮鬓角边的头发，里面果然有几根泛出银光，她手里的针尖随后向下，从安全套左上角机压边与包装层那细小的接缝处扎了下去，第一针！

"我长得稀松平常，学历马马虎虎，家庭条件更是不提也罢。"她眨了眨大小眼，脸上一层隐隐的青气在灯光下似乎有了生命，绕着上唇边密密的绒毛微微起舞。沿着接缝处她朝安全套右上角扎了下去，第二针！

"可是我不能因为条件不好就不做梦，也不追求幸福了吧？我喜欢北京，我待在这里心里就高兴，就觉得有动力有盼头。"她充满爱意的环视一圈自己租来的小屋，稳稳略颤抖的手，朝着安全套上端中间处扎了下去，第三针！

"大城市对我这样的人来说不好混，对吧？我老是一个人推车爬坡太吃力。我就想两个人一起，一个推、一个拉就容易得多了。这一推一拉的两个人要碰巧又是情投意合的，边爬坡儿边打情骂俏吵吵闹闹，这就是我想过的最美好的生活。我喜欢任重，是，他条件好。可我大二那年喜欢上他时也不知道他条件好。后来才发现他助力多力气大条件好，跟他一块儿爬坡保准比别人轻快省力，所以我是怎么都放不了手。是，他不喜欢我，可他也不讨厌我。再说那个节骨眼儿上我舍不得丢开手。要你会轻易放弃？我加把劲儿，我努把力，我让他坐车上，我先一个人拉会儿，再一个人推会儿。他心眼那么好，迟早跳下来跟我一起使力。哎，可老天不能把好儿让一个人占全喽。成天等着馅饼砸脑袋，迟早被噎死。所以我谁也不埋怨。"

第四针，扎向安全套左下角。

“最近我认识的那个叶博士，他是个好人，我跟你都说过。他老夸我会过日子，浑身有使不完的力气。叶博士长得是油腻了点儿，可人家是博士，心眼儿也善，现在还管着弟妹的学费、爸妈的药费、亲戚的种子化肥费。他以为我傻，我知道我现在手头要是有笔首付，他才懒得再犹豫，早就跟我确立关系了。他也不容易，谁不想找个一起爬坡时能拉自己一把的同伙儿啊。可他找不到，又不死心。到了这啃节儿上，我再加把力，我们俩说不定就成了。”

说完这段话后，郝运香自己停下来。明明嘴巴里一口一个叶博士，可脑海里为什么满满飘着简陆那对小鹿般的大眼睛？郝运香恐惧地使劲摇晃摇晃脑袋，将那两只忽闪忽闪的眼睛摇出脑海。

她轻轻揉搓几下手里的安全套，在右下角扎下第五针。

“我不是个随便的人，打小我妈就跟我说女人只要管住馋嘴，动起懒手，拴好裤腰带，不愁没好日子过。尤其是这拴紧裤腰带对女人来讲最重要。我只要使了这玩意，对方就是我一心一意过日子的男人。我勤快，不贪嘴，不喜欢买东西，工作努力，能攒钱，我保准是个好老婆好妈妈，保准不让我男人后悔娶了我。”

第六针，伴着郝运香的豪言壮语一起坚实地扎向安全套下端中间接缝处。

可第七针，郝运香却扎向自己右手中指，挤出一滴殷红的血珠子，在安全套中间凸起的圆圈处画符似抹了几圈。

“这玩意儿一次七个，然后爆晒七天，扎七个眼儿，抹七遍凡士林，放密封袋里存着，算好日子，用时在上面滴七滴橄榄油，嘿嘿，破起来半点破绽也没有。”郝运香看着我的脸色小心翼翼地笑着，“嘎嘎”的笑声玻璃片一样左一下右一下刮着我的心房。

我扑过去抱住郝运香，心里升腾起一种复杂的情感：那是一种强烈的同情并夹杂着越来越清晰的幸福感——郝运香真可怜，跟她比起来我幸福多了。这世上得有多少幸福感是从同情别人可怜别人时获得的啊。就冲这一点，多点儿同情心自己实在不吃亏。

“郝运香，我要是男人，我一定娶你，跟你边打情骂俏吵吵闹闹，边推车爬坡。对了，刚才听你提了那么多次‘七’，这里面有什么讲究吗？”

“你看啊，女娲娘娘造人用七天，上帝造世界用了七天，人死了有头七二七三七，功德做好了就能投个好胎，就连太上老君炼孙悟空都炼了七七四十九天，出来就是火眼金睛。你说东方西方天上地下一起看好的日子还能有错？心诚则灵。”

“那你干脆在安全套身上扎七个眼儿不就完了，干吗扎自己手指头上啊？”

“哎，这毕竟没经过我未来孩子的爸爸同意不是。放点血一是让自己心里舒服点，二是求个谅解，阿弥陀佛上帝保佑。”

“抹凡士林和滴橄榄油是怎么回事？”

“这玩意是橡胶做的，只能用含硅油的东西润滑。而矿物油会破坏橡胶，凡士林和橄榄油里都有矿物油，对身体也没什么坏处。”

我一时沉默。

郝运香放下扎好的安全套，从凡士林瓶子里挖出不大不小的一坨，放手心里团着，不停往里哈热气，哈了大约二七一十四口后，又慢慢揉搓了七七四十九下，这才将炼化的凡士林油涂上安全套——前后左右边边角角，边涂边叮嘱我：“小美，今天我跟你说的事绝对不能告诉第二个人，包括铁军。这是我最大的秘密，你要说出去咱们俩就再也做不成朋友。”

我重重地点点头：“郝运香，我绝不会告诉第二个人。”

郝运香没有说话，将涂满凡士林的七个安全套小心翼翼地放回窗台，每个间隔两寸。她的脸上忽然露出一丝甜甜的傻笑，像是想起了什么，嘴巴也开开合合好几次，欲言又止。我便耐心地等着她再次开口。

郝运香张开口：“睡吧，明天还得早起。”

我躺下来，却忽然想起什么，问她：“你最近不是跟那个半高干子弟走得很近嘛。听你提过好几次，他叫什么来着？”

“简陆。”说出这俩字后，郝运香脸上那傻傻的甜笑又控制不住地冒了头。

“他好像对你不错哦。要不想办法发展发展？他可比叶博士强多了。”

郝运香捣了我一拳，说道：“我芝麻大的头可戴不上天那么大的帽子。他这个人很怪，对谁都那样。才跟傅天爱分手，也不见他难受，转头就扑进楠楠的怀抱。这样玩世不恭的一个公子哥儿！成天一见人就呲出一口大白牙，这是跟谁炫耀自己没吃过四环素呢。腿那么长，力气又那么小，我喜欢他？我怎么可能喜欢他！”说到这里郝运香连忙紧紧闭起嘴巴，再也不肯往外吐露半个字。

我的鼾声响起半天，郝运香却还在床上烙饼：后心处一片异样的燥热烤得她无论如何也合不拢眼睛。这片燥热成了精怪，恰好烧出一个形状——那是一只再清楚不过的大手掌的形状。这是谁的手掌呢？郝运香不敢再想下去。她的心在胸腔里扑通扑通一个劲儿地跳，一身一身出冷汗。

心里的秘密背得太久，人就变得疲沓和大意。幸亏最后关头管住了嘴巴，否则另一个不能说的“绝密”将会冲口而出。这个“绝密”绝对不能说出来，说出来后就怕自己再也控制不住自己了。这可不是闹着要吃烂桔子的问题，这简直就是闹着要喝百草枯嘛。

任重这朵金花儿你够来够去，够出个什么下场？你个西葫芦难不成还想坐坐九天上观音娘娘的紫金莲花宝座？快拉倒吧。

他有紫金莲花宝座那么高不可攀吗？郝运香疑惑地问自己。叶博士激昂的声音在暗夜里突然鸣响：那不过是打个比喻，比喻你俩之间的层级和社会分层属性。快拉倒吧。

郝运香一激灵打了一串冷颤，床都跟着一起颤抖起来。

她无法入睡，慢慢坐起身，伸出胳膊掀开窗帘一角。圆圆的银黄色月亮躺在深蓝色的大圆盘里，压着树梢头，洒下一片清冷皎洁的光影——月亮婆婆又撑起黑伞了，明天是个大晴天。月亮婆婆啊，行行好吧，您一定要撑满七天的黑伞。

第七个晚上，郝运香住进编辑室，明儿一早就是林晓萸审片子的日子。事关重大，郝运香将自己做的播出带翻过来调过去改了七七四十九遍，这才满意，合衣卧倒在椅子里，沉沉地睡了过去。

一个曼妙的黑影猫样般闪进来，关掉编辑器的扬声器，将播出带倒到头，冷笑一声看也没看便按下一个键。带子沙沙沙地在机器里转动，郝运香的口水滴答滴答流淌。黑影再次冷笑一声，猫样般闪出去。

第二天一早，好不容易等人到齐，郝运香恭恭敬敬把大家伙儿请进编辑室，一人一杯茶水安排好，然后将带子仔仔细细插进播放器，按下播出键。郝运香胸有成竹地站在一旁，一脸谦卑又掩饰不住得意之色。她反复观摩过很多别的编导制作的带子，她对自己的作品有十成的信心。

一分钟过去，画面上一片雪花。郝运香示意大家耐心。

一分钟再次过去，画面上还是一片雪花。郝运香的微笑凝固在嘴角。她按下快进键，沙沙沙，屏幕上还是噪点；再按，还是；再按，带子转到尽头。一盘空白播出带！里面什么也没有！

众人原本安静地看着郝运香操作，这时候都有点耐不住性子了。小汪嘟哝一句："搞什么呢，郝运香？"

楠楠不知道什么时候出现在众人身后，她悠闲地斜倚在门框边，鼻子里轻轻哼出一声。

郝运香完全不敢相信自己的眼睛，昨晚上还看了好几遍，为什么现在会变成空白？她不死心，将带子从机器里拿出来，敲打一番再次塞回去，什么也没有。她使劲捶打机器，再放，还是空白带。她原地一圈一圈地转，编辑室就那么大，哪里有我的播出带？

林晓萸问："郝运香，你的播出带呢？"

郝运香停止转圈，半张着嘴，说不出一句话。

楠楠说："她能做得出什么带子？撒野装死倒是强项！"

随着楠楠的嘲笑声，众人也开始起哄。

郝运香一头冷汗，她搓了搓手，继续下死力气拍打播放器。

林晓萸有点失望："好了，别砸了。郝运香，机会我已经给过你。幸好不是正式的播出带，否则开了天窗，我看你背不背得起这个责任。"说完打算起身走人，众人的屁股也都抬了起来。

郝运香突然间大喝一声："都坐下！谁也不许动！"众人被她雷霆般的音量齐齐震回椅子。

郝运香奔出编辑室，奔向制作部门口摆着的那张桌子。严格来说那只是张台子，原本是用来放置杂物的。郝运香来的时候收拾出一半的地方，就算作自己的桌子，上面摆着一大沓纸，颜色、大小、形状不一，但全都被裁剪得整整齐齐，订成半米高的厚本。

她抱起这个厚本又冲回编辑室。她举起厚本，大声喊着，一页一页向众人展示：这是第一个镜头，内容是什么，时长有多少；几分几秒的时候有个转场，为什么要在这里转场；人物特写有多少，内心旁白加的是哪几句，为什么要这么加……每一个镜头记录得都密密麻麻、仔仔细细，用红蓝黑三个颜色标得妥妥当当。三十分钟的播出带，郝运香愣是一个镜头没拉下，用自己的嘴巴给众人放映了一遍。

站在那里的郝运香活像一只丧家之犬。她两眼血红、情绪激动，举着厚本的手不停地颤抖。在座的都是编导，郝运香到底做没做这盘播出带，那是不言而喻了。但这盘播出带为什么成了空白带，却没人愿意蹚这趟浑水。大家安静下来，没人打破沉默。

林晓萸踌躇着，心下早已被郝运香的这番执着所打动。

楠楠小巧的脑袋翻出一个轻蔑的半圆，她说："哼，拿个本子出来算怎么回事？自己带过来的就能放水吗？那是不是什么阿猫阿狗捧个本子嚷几句都能得最佳纪录片奖啊？"说完便扬长而去。

听到这番话，林晓萸也是无奈。她思量一会儿，带着歉意对郝运香说："不管怎么说，你确实没有完成任务。这样吧，明后两天你先不用来上班。第一呢，这段时间你确实很拼命，需要休息。第二呢，我也需要时间来考虑考虑你究竟适合不适合我们这个部门。"说完，她破天荒地第一遭伸出手拍拍郝运香的肩膀，然后走了出去。大李小李小汪大壮都上来拍了拍她的肩膀，大家静默着鱼贯而出。

郝运香也走出编辑室。她回到自己的座位上，一言不发坐了下去。整个下午，她的脊梁骨都挺得笔直。

下班的时间终于到了。郝运香一个人晃出电视台的大门，沿着马路牙子慢慢溜达。她无意识地摆弄着挂在脖子上的进台证，好像子宫将再一次面临被摘除的危险，可她没有了第一次感觉要失去它时的那种撕心裂肺般的绝望。

一只大手拍拍郝运香的肩膀。一回头，简陆不知什么时候出现在身后，冲她呲出一口白牙。

一股汹涌的委屈突然撞进心间。她红着眼眶冲简陆说："简陆，我的子宫好像又没了。"

简陆似乎很不喜欢听这句话，他的语气少了往日的促狭。他说："你瞎说什么？一天到晚子宫没了子宫没了，要不是我跟你那么熟，我还真要以为你是个放荡丫头呢。"

"不是那种没了，是那种。李姐跟我说过，女人最重要就活个子宫，子宫完了就啥啥都完了。但我觉得我的工作是比子宫还要重要的。"

"你不是干得好好的吗？今天听说你要晋升编导，我还特意赶过来跟你庆祝庆祝。"郝运香心里好一阵感动，但是简陆的话并没说完，"反正我闲着也是闲着，刚好蹭你一顿。"

郝运香泄了口气："我的带子被人洗掉了，任务没有完成。林晓萸让我先歇两天，完了再告诉我处理结果。"

简陆听完却莫名地高兴起来："歇两天，那敢情好啊。你最近没照照镜子吗？都快赶上排骨精了。先别想这事，你再想也没用。这样，我带你去个地方玩玩散散心。上回不是答应你要找个人给你捯饬捯饬嘛，你跟我去，保管你从头到脚焕然一新。”

郝运香被挑起兴趣，忘记了也许会失去子宫的烦恼，她问道：“什么地方啊？”

简陆眨眨眼睛说：“去了就知道了，嘿嘿。”

第二十二章

养殖基地 1

郝运香决定跟着简陆来一趟脱胎换骨之旅。

简陆的路虎一拐上 103 国道，便撒丫子狂奔起来，引擎轰鸣着抓着地飞了起来。挤惯了公交地铁，还经常为了省几块车费自驾 11 路的郝运香目送着窗外飞速掠过的云团、电线杆、积木般的楼房，腾云驾雾似的从心底生出一股实实在在的霸气，一股公交地铁出租车二流家用小轿车们一辈子也无缘得识的霸气。

虽然不知道简陆开的是什么车，但路虎那发着光的真皮坐垫不软不硬恰到好处地托起郝运香的屁股，髋骨间一团暖烘烘的热气悄悄地蔓延开来，勾连着她心底的洪水起伏跌宕，一不留神一股子水波漫出堤岸。

郝运香扭扭腰肢，不自觉地夹紧双腿，想打开车窗散散这一身奇异的霸气。可窗玻璃下面两排按钮太复杂，实在搞不清哪个才管开窗户。正思量间，玻璃无声地滑下去，郝运香扭头感激地看了一眼专心享受驾驶乐趣的简陆，将自己的头慢慢探出车窗。一股子泥土腥气、青草苦涩气合着劲风扑面砸了过来。

郝运香打了个畅快的大喷嚏。一块路牌飞速闪过——河北移动欢迎您！

路虎下了高速，开过一条宽宽的大土沟，沟底大蓬大蓬的芨芨草夹着芦苇杆在风沙中舞出漫天的黄。车吼人嘶奔波往复，颇有一股古代沙场的豪迈气质。

不远处，在一抹夕阳下，美丽的大河静静蜿蜒在一块面朝公路的大广告牌上，上面画着一行翩然飞向天际深处的白鹤，头顶两排大字“潮白万米生态景区，北京的新七环”，牌子下围坐着一群头戴安全帽嘴里叼着烟卷儿的建筑工人。目光所及之处，一块接一块热火朝天干劲十足的施工现场尘土飞扬，叮叮咣咣的，煞是热闹。

“这是哪里啊？”郝运香问道。

“燕郊。”简陆关上车窗。

“北京的新七环？刚才不是看到河北欢迎您的牌子了吗？”

“河北的北京燕郊欢迎您。这里的座机都两个区号，一个是0316，一个是001。”

“你的，你们的办公室就在这里？”

简陆点点头。

路虎拐进一条坑坑洼洼的小巷，再也无路可走。两人熄火下车，踩着浮土泥浆慢慢往小巷深处走去。路两边挤挤挨挨的砖房塌的塌，拆的拆。颜色鲜艳的编织袋和绿色建筑外墙防护网交织搭就的简易小棚子随意而散漫地点缀在墙角路边——看似一阵六七级小风便能吹得筋离骨散，其实生命力顽强得很，一如忠实守护在他们身边的那一丛丛黄绿的狗尾巴花儿和芨芨草。

间或遇见三两蓬着头发、敞怀、光脚趿拉着破解放胶底鞋的汉子大声咳嗽着，蹲在墙根处抓痒痒，一口一口将浓痰射进草丛间。他们一看见简陆都“简老板简老板”亲热地叫，简陆也嘻嘻哈哈拆开一包软中华朝着他们扔过去，嘴里问道：“麻子、三黄，今天没去拉活儿？”麻子和三黄疲态尽扫，健步跃起捞住空中飞来的高级烟卷，喜得龇牙咧嘴，吹着口哨，喊着“老板多散点多散点”，简陆索性从裤兜里又掏出两包，连着手里拆开的那包一起甩过去。路边变戏法似的呼啦一下冒出十几个麻子三黄们，嗷嗷叫着兴奋地冲向烟卷儿。

一条癞皮狗原本懒洋洋地趴在垃圾堆里闭目养神，闻见简老板的味道也一跃而起，夹着尾巴紧紧蹭着简陆的小腿，一路跟到了小路尽头一排明光铮亮、鹤立鸡群、水泥红砖青瓦盖搭就的两层小楼前。简陆拉开没上锁的大铁门，“呜汪呜汪”，一大群各色杂毛土狗从各个犄角旮旯里窜出来，将简陆围了个密不透风。其中一只毛都掉光了的老柴狗拼着半条命跳起来亲了他一口。

小巩闻声打开屋门，含笑倚着门框，打量着一边散德国牛肉肠一边跟狗群们亲热的简陆，余光扫见闲站在一边的郝运香，嘴角的笑意立马烟消云散，大声冲着简陆的方向清清嗓子。

简陆头也没抬，冲他介绍了下郝运香：“这是我一个朋友，她最近刚失恋，寻思着找下家，你帮她设计设计形象。郝运香，小巩是我们这儿的造型师。”

小巩直了直腰板，目视远方加了一句：“我是北电服化系毕业的。”这才略歪了歪头打量了一下郝运香——一身浮尘，眉眼散淡，左手垂在皱巴巴的花裤子裤线上，一条链子锁在腰间兀自晃荡，右手冲着自己伸出来，嘴巴咧出亲热讨好的弧度。郝运香的形象气质不由得使小巩心下舒畅起来。

“小简，你可来了啊，我跟你说我真是最后一天帮你们做饭了啊。我儿子公司开张了，我要过去当总经理的。”一道洪亮的声音从厢房里炸了开来，旋即一个披挂着看不出颜色的围裙、烫着小拉花挂面头、描眉画眼的胖阿姨端着一大竹箩罗豆角旋风般冲进院子，问，“你找着做饭打扫的人了吗？”

不待简陆搭话，胖阿姨瞧见了郝运香，冲她哈哈一笑：“是这姑娘吧，瞧这身板干活一准利索，走，阿姨带你熟悉一下环境。”说着，她不由分说地拉起郝运香就往西边小伙房钻。

简陆撵在后面加了一句："张阿姨，小陶的画卖出去了，中午加个菜庆祝一下。"

张阿姨早已拉着郝运香奔进伙房，回一句："加菜加钱啊。"

张阿姨把郝运香按坐在大灶边一把小凳子上，手里的一大箩豆角顺势塞进她的怀里："姑娘，这豆角先帮阿姨摘了。加菜，加个什么菜？"张阿姨满伙房上下左右地寻摸："这伙子艺术家们爱吃肉，干脆来个粉蒸五花肉。"

郝运香人情世故上最是通达，当下也不说破，坐在那里边择豆角边跟阿姨有一搭没一搭地攀谈起来。

张阿姨这样的阿姨们简直就是百晓生万事通留声机传音筒，可谓街头巷尾三山五岳家事国事天下事事事留意处处上心，包打听过来后添油加醋知无不言言无不尽。跟她聊会儿，管保能把这两层砖楼连带着里面住的摆的所有人氏物件的上下五千年扒个详详尽尽！

"姑娘叫啥啊，哪里人？"张阿姨边切肉边问道。

"张阿姨好，我叫郝运香，是甘肃人。"

"喔哟，那么大老远跑来我们北京啊。"

"阿姨，这里不是河北吗？"

"谁说的？马上就是北京了，咱这儿离天安门才不到三十公里，一脚油门的事。就外地人那乌泱乌泱的劲儿，我们燕郊迟早是北京的七环。你知道吗，燕郊自古便是兵家必争之地，三千年前这里就是天子脚下，御驾行宫。"张阿姨"铛铛"两声剁开半扇肥猪肋条，瞥一眼郝运香，压低大嗓门，"阿姨我可是燕王的后代，我有家谱可证的。"

郝运香肃然起敬："怪不得张阿姨您身上带着一种跟常人不一样的气质。"

张阿姨哈哈仰头大笑："小姑娘挺会说话。你在这里好好干，不光要做饭，还得把买菜的活儿也抓过来。千万别让东把头那边的湖北菜贩子抢过去。他知道我要去当总经理了，这几天正到处围追堵截小简呢，想送菜买菜一手抓。”

阿姨得空瞅一眼埋头认真择豆角的郝运香，觉得这小姑娘值得她点拨一番。“小郝，看你人好阿姨才这么跟你掏心窝子，”张阿姨再次将音量压低几个分贝，放下猪肋条，走到门边探头出去四下张望一番，这才回到郝运香身边继续说下去，“那小简，就那个大长腿正拿进口香肠喂土狗的那个，就这儿的老板，真真的一个散财童子。不知道他心里成天琢磨什么。买这么一院子，小产权房，免费供着一帮子晚上不睡早上不起，动不动闹妖蛾子的，什么艺术家搞艺术。啧啧啧，这帮子艺术家上了饭桌一个个跟小狼崽子似的，你知道他们一个月能吃掉多少？”张阿姨瞪大眼睛，双掌岔开翻了一翻：“小两万块啊！这要让那湖北菜贩子把买菜的活儿抢过去，还不肥死他。那菜贩子不是个什么好东西。嗨，你别多想，这菜钱要不是我把着门还得往上噌噌地涨。”

“简老板为什么要免费养着这些艺术家？”

“吃住是都不要钱，但也没说是免费养。进来之前都签了个协议，说是将来要是画片儿啊字纸头儿啊，还有一个专捡垃圾往铁丝木棍上捣鼓的，说是这些作品卖出去，都跟小简分成。好像是一小半儿归小简，一大半儿归他们自个儿。这真是裤裆里拉胡琴——扯蛋。我跟这儿做了快两年的饭，就没见卖出去过几样正经东西。哎，小简这孩子真是愁人啊，还不如正经的小流氓叫父母省心。你瞅见院子西边堆的那一大摞砖了吗？他又把旁边老王家的小产权房买了，打算推倒盖个神堂，自己差点辞职进基督学院，说是要当传教人。哎，为这，还卖了自己一套房子。得，这下未婚妻撂挑子摔门打马跟他拜拜了。你说人能不跟他拜拜吗？你有多大的家业经得起这么折腾。小简看着啥也不说，蔫了好长时间，最近笑模样才多了点儿。唉，真糟心啊。”张阿姨说话间，半扇猪肉剁好拌好料，分三大铁盘装好上了笼屉。

听到此，郝运香真是恨得牙根痒痒：钱多了烧的，好好的富家子不认真做，想纨绔找个别的喜好纨绔啊，整跑了狐狸精傅天爱，连带着整跑了我的下半生任重，要不现在我就是任夫人。四环边三室一厅学区房里翘着二郎腿，我至于现在这样嘛！郝运香越想越气，手里的豆角都被攥出了汁，恨不能奔出去狠狠抽简陆三鞭子。

阿姨看小郝脸色失常，以为她是被这一帮子艺术家吓着了，连忙安慰她："姑娘，你不用怕。你听着这帮子艺术家挺唬人的，一个赛一个没心眼，好说话，好伺候，给什么吃什么。有那疯起来画上了写开了的，能好几天不吃不喝不睡，要多省事有多省事。对了，说是一天三顿，可这帮孩子从来不吃早饭。你中午多做点，一天忙活一顿足够了。"张阿姨看小郝的反应仍是不热烈，祭出了杀手锏："哎，哎，姑娘，你知道这做饭一个月给多少钱吗？五千！"

郝运香一下神魂归位——五千！没比我少多少啊，这简陆的钱也太好挣了。阿姨看着小郝这反应算是放了心，还真怕这姑娘不干，要是没人管管这帮子艺术家，真饿死三个两个的，造孽啊。

"张阿姨，这么好的活儿您为什么不干了？"

"我儿子开了家房地产中介公司，我要去当总经理啦。燕郊的房子马上就大火了，等并入北京，分分钟一平两三万。哈哈哈，到那时候……姑娘，听大妈一句，好好在这儿干，把买菜的活儿一并担下来，存出首付就在燕郊买房，包你稳赚不赔。到时候来大妈这儿，中介费给你打折。"

"阿姨，您儿子真厉害，开公司啊。"

"嘁，不看看他是谁儿子，正经海淀走读大学国际金融系毕业的。你阿姨我是谁，皇家后代，正宗嫡传，这什么基因！"

"阿姨，您儿子多大，有对象了吗？"

阿姨歪一眼郝运香，梗梗脖子使劲咽回嘴里的难听话："我儿子有了。行了，炒豆角吧，肉快出锅了。十二点多了，丫头小子们也该起床了。"

郝运香端着一大铁盆蒜蓉豆角，跟在张阿姨身后，掀开青竹篾片串编的门帘，抬脚跨了进去，听着张阿姨的指示将菜搁在门边一张小方桌上，然后打量起这间屋子。经过改造的堂屋东西足长二十五米，南北宽约十米，一水儿的长条青石铺地，敞敞亮亮分出三个区域。

居中靠墙处打横一张五福连山抱罗汉床，上面摆着一面黄榆圆足小炕桌，桐油密密匀匀漆得肥而不腻、亮而不贼。沿着罗汉床扶手处左右两边次第排开八把古色古香的藤木圈椅，椅靠、椅面四周接角处分别用黄麻细细缠了，铺着朱红色金团花椅垫儿。每把椅子边都配着一张古拙的三足小圆桌。南北墙相对应处开了四扇大窗，却又不似一般人家的方形，而是一种抱月形窗棱镶边儿，中间圆柱形窗格子斜斜排开，红金两色刷就。

窗下分别立着四个博古架，上面摆满琳琅满目、形制各异、郝运香完全叫不出名字的艺术品。罗汉床上方悬着一张两米见方的大画，远远看去好似两团恣意翻滚、一浓一淡的密云搅在一起。走近一看却发现左边那团浓的里点点撒着一条条圆脑袋细身子好似蝌蚪的小点点，泛出隐隐的银光；右边那团淡的从中心处搅出一团奇异的暖金色漩涡，慢慢地一圈一圈扩大，金色随着不规则的圆越散越大，盯久了浑身便生出一股热烘烘的晕眩。

东头看样子像是艺术家们的休息区，紧沿着四边儿摆了一圈儿宽大的青黑色麻布木质沙发，同色系的靠枕四边用金红二色粗麻线阔阔地傍了边儿。靠墙立了一只线条简洁的大橱柜，明格里摆着各种茶叶、咖啡、酒。架子上散放着水烟袋儿、旱烟管儿、功夫茶茶具、咖啡壶。三面墙壁上错落地挂满了各种字画儿。两方大大的青布帘子将这个区域与中间的会客区隔开来。青布帘子上面用金银线交织着一种圆圈中有弧形方格的图案，虽看不出材质，但其飘飘然又极带质感的垂坠样子显然不可等闲视之。

西头应该是各位艺术家的餐厅兼起居室。一扇可折叠开合、仿明清镂空雕花的软曲屏将其与其他空间隔开。屏风上部和中部还搭了架子，摆着一些装饰物。郝运香走近去一瞧，有旧铁丝儿编的花瓶、木棍缠着塑料扎的梅花、鱼骨头架子搭出来的宝船什么的，其中一对五颜六色、像是被狂风吹得站立不稳的小人拥抱纠缠在一起，看着可爱，郝运香不禁想端起来仔细瞅瞅。张阿姨端着一大盆粉蒸肉刚好进来，一声断喝："别上手，全是垃圾堆里捡来的破烂儿做的，脏着呢！"吓得郝运香赶紧作罢。

张阿姨将肉放在当中的八仙桌上，抽出盆里的铁勺，沿着盆沿儿铛铛铛敲了起来，大声喊着"孩子们，吃饭了"。响声还没落地，一个穿着白布大褂、黑抿裆裤和青布鞋，一脸红光满面、留着山羊胡子的老者一挑门帘，从外面走了进来。

"哎呦，齐老神仙，您老日精吸得可好？"

齐老神仙闻声讪笑着摸了摸胡子："修炼修炼。"回完话，老者就势蹭着墙根蹲了下去。张阿姨转过头冲郝运香挤了挤眼睛，小声说道："齐老神仙是道家高人，早晚饭都不吃，只吸日精月精。人不带表，可每天我一敲饭盆老神仙都能准时出现。就这就比那些艺术家孩子强不少。"齐老神仙摆摆手："谬赞谬赞。日精月华。""齐老神仙，赶明儿有空去我儿子公司看看，指点一下。"齐老神仙不置可否。"可不能让您白走一趟。""哪里哪里。"

张阿姨出去端饭了，郝运香看着蹲在那里双目微闭似入定般的齐老神仙，连忙递过去一个凳子："您老请坐。"老神仙摇了摇头："人啊，本是天地间的一股灵气，尘世间的物件接触得越多，灵气就越少。蹲着好，接地气。"

说话间，未来的艺术家们三三两两下了楼。打头的中年男子双眼通红，面颊惨白，一头乱发，披着一件破旧的长睡衣，心不在焉踉踉跄跄地跌下了楼，摔进椅子里。身后跟着一男一女，男子身材瘦削，长手长脚，光头下一对大眼火焰般炯炯冒光；身旁的女子圆润矮小，连头带脚套进一件自制的拖地白棉布袍子。远远看去，两人像阿拉伯数字"10"般悠悠然踱下了楼，两人打从出现便1不离

0，0 不离 1，也不理任何人，自顾自窃窃私语。

这三人没一个跟站在桌子跟前的郝运香打招呼。正尴尬间，一个尖利的男声在二楼大呼着："开饭了，小陶儿，卢果儿。"伴着声音，一个三十多岁、黑脸膛、方颌骨、笑眉笑眼的男子冲下楼，看见了不太自在的郝运香。他哈哈大笑着一把拉过郝运香的手，重重地握住："新来的？怎么称呼？你叫我大刘吧，搞环保艺术的。"郝运香忍住痛，自我介绍道："您好，我叫郝运香，是简陆的朋友。""好啊，以后互相多多关照。"说完拍了拍一直处于恍惚状最先下来的男子的肩膀："赵大诗人，下半句还没想出来？"赵大诗人被他拍得晃了两晃，嗯哼了两声，嘴巴里捣鼓了一句谁也没听清楚的话。大刘又冲那对"10"促狭地挤了挤眼睛："二位还不发喜糖？"1 似笑非笑地咧了咧嘴，0 狠狠地翻了个白眼。大刘浑不在意，又朝蹲在地上的齐老神仙作了个揖，这才坐到桌边。

张阿姨端着一大桶米饭进来了，身后跟着拿着碗筷的简陆和小巩。饭菜上了桌，张阿姨清点了下发现人数不对，她一把打掉大刘手里的粉蒸肉，嗔道"人都没齐你小子不准偷嘴"，仰起脖子冲二楼喊着："小陶儿、果果儿、满丫头，快点啊，晚了就没喽！阿姨做的粉蒸肉，庆祝小陶儿开张大吉。"

伴着话音，楼梯上又下来两个男青年。一个黑瘦、浓眉细眼，鼻尖正中一颗大大的红亮粉刺，仿佛驮着泰山般塌肩弓腰，走得沉重缓慢。一个白胖面团脸，架一副厚厚的眼镜，脚步却轻盈，三两步抢下楼，一边吸溜鼻子，一边大赞好香好香。待众人坐定，各自打了招呼，简陆这才将郝运香介绍给大家，闹得张阿姨一个大红脸，忙给郝运香赔了不是。

简陆给郝运香简单地介绍了下各位艺术家。

"小陶，画家，野风画派，自学成才。"黑瘦的小陶冲郝运香的头顶方向皱了皱眉算是打了招呼。

"大刘……"

大刘连忙接道："我们已经认识了。"

大刘身边的白面团冲郝运香招了招手："我叫卢果，未来的时间艺术大师。"郝运香困惑地拧起了眉头，卢果抬了抬下巴，加了句："就是 Time–Based Art，你应该关注一下，不久的将来肯定会名声大噪。"

突然，苍白脸的中年男子猛一击额头，大喊一声"有了"，跌下椅子。坐在他身边的小陶，单手一伸轻轻松松又把他提了上来。中年男子挠挠乱发，冲众人点头致歉后，复又陷入沉思。小巩笑着说："他是野兽派诗人，老赵。"老赵没吭声。

简陆又指指一直远离众人、坐在西墙边长条椅上的 1 和 0，说："这是焦阳和樊星……"说到这儿他顿了顿，似乎不知该如何接下去。瘦高的焦阳冲郝运香似笑非笑再次咧了咧嘴，圆润的樊星干脆连眼皮都没抬。

焦阳轻轻拍了拍樊星的肩膀，清了清嗓子，说："我是山西大学美术学院雕塑系的，她是芜湖师范大学工艺美术系的。现在我们两人一个致力于明清木器艺术的研究，一个致力于中国传统纺织艺术的研究。"

简陆这时接上来："这边的四扇窗户、屏风和那边的青布帘子就是他们二位的作品。"郝运香连忙啧啧称奇。焦阳的嘴巴这次冲郝运香咧得大了一点儿，交叉起双臂，鼻尖遥点着自己的作品，说："那是阴阳和合窗，鄙人的原创，前无古人。"顺着焦阳的鼻尖，郝运香仔细地端详起了窗户，两个半圆形的窗框似两撇括号，裹在括号中间的小圆柱体们斜排出一个大的圆柱体。郝运香这才看明白，脸一红，心下暗道原来是这么个阴阳和合窗。焦阳的鼻尖又左转，点向青布大帘："那是轱辘养心帘，皇家失传的样式。两幅帘子，没一年半载是织不出来的。"坐在他身旁的樊星略略抿了抿嘴巴。

小陶终于忍不住了，喊道："还吃不吃饭啊！"张阿姨连忙出来打圆场："吃吧吃吧，你们先别动，老人家先动。"齐老神仙站起来，从身后掏出一只粗朴的深腰大盆，来到粉蒸肉前满满舀了一盆，上面再扣半勺豆角、半勺米饭，端着冒尖的大盆重又蹲回墙角，有滋有味地细嚼慢咽。郝运香吃惊地张大嘴，小声问简陆："道士能吃肉？""他是正一派的，能吃。""能结婚？""能结。"简陆一把将郝运香拉到身边，"别问那么多了，坐这儿吃饭。"

众人犹如关在栅栏后被激怒的斗牛，倒腾着手中的筷子蓄势待发。张阿姨又大喊一声："别动！满丫头呢？"卢果回了一句："她下午有 party，打扮呢。"张阿姨这才挥舞着红斗篷，打开栅栏门："吃吧吃吧。饿坏了都，睡一早上。我先走了，我还得去我儿子公司研究文件呢。"张阿姨摘了围裙，上下扑打一番，利利索索地走了。

郝运香还没坐定身子，眼前便唰地掠过一道黑影，待看清时，焦阳已然端着一大盘肉两碗饭回到西窗下樊星的身边。八仙桌上一众人等的筷子似蛟龙出洞、灵猿展臂，骤雨般密集地落向粉蒸肉。

野兽派诗人老赵眼光虽是迷离，出筷的速度、力度与准头却清晰明快；野风画派小陶上半身探出，大臂不动，小臂连着抓筷的右手保持钟摆的速度，呈八十度角两点一线始终摇摆在粉蒸肉与嘴巴之间；未来的时间艺术大师卢果两腮处鼓鼓囊囊，一张白圆的面团脸变成了粉红的倒三角；环保艺术家大刘尖尖的喉结随着吞咽，有规律地一上一下一下一上，半刻也没停过……

郝运香眼看着冒尖的粉蒸肉变平、变塌，随时有见底的危险，多年培养出的跟风哄抢的习性岩浆般沸腾了起来。她抄起筷子对着一坨白晃晃颤巍巍的肉团直戳过去，眼前一花，筷子便戳了个空，只看见野兽派诗人舔了舔嘴角的油舌头。再一筷子！又走了个空！卢果的倒三角左边比右边明显大了起来。

郝运香这下急了，半站起来，两眼锁定盆底硕果仅存的一大块好肉，丹田猛运一股真气至掌间，筷子挟着一股劲风奔肉而去。岂料另一双筷子从斜侧忽地杀出，郝运香运筷堪堪将至，肉早已被那双筷子夹起来。郝运香眼睛都气红了，正待发作，却见那双筷子在半空中一个翻转，将肉扣进了自己碗里。她抬眼一看，简陆冲她使了个眼色，复又掉转腮帮子兴致勃勃重入战团。

多年来习惯单打独斗的郝运香心底的硬朗被简陆的这一筷子油汪汪的好肉浸泡得柔软无比，一股酸气直直钻进她的鼻腔，无端端地委屈，人也破天荒地矜持起来。她抿一小口肉瞅一眼简陆，一坨红晕自心房里生出，染红了脸颊、脖颈。

一刻钟的工夫，桌子上盆干碗净，吃无可吃，只好停箸。小巩带着郝运香上了楼，不准任何人前来窥探打扰，声称一个小时，至多一个半小时之后，众人将会见识到他是如何将腐朽化为神奇。只剩下齐老神仙蹲在一边施着古人的咽津法子，一口饭嘴里唾沫拌满三十二下才能送入胃中。

第二十三章

养殖基地 2

吃饱喝足的简陆窝在沙发里，舒展开两条长腿，仰起头盯着透过阴阳和合窗散进来的一片焦黄，心里想今天的阳光挺灿烂。虽然艺术家们的吵闹声不绝于耳，心里却难得一片清静。站在大海边，谁会觉得海涛拍岸的声音吵呢？

他喜欢待在这个由他一手打造的称之为“反常空间”的地方，这里住着的人都跟他一样，被视为“怪胎”。其实，殊不知住在这里的其他怪胎们从没觉得自己是怪胎，他们倒是空前一致地认为简陆是个怪胎。所以，简陆终究是孤家寡人的一个怪胎——当然这所有人里不包括小巩。

傅天爱却把这里称作简陆的乌龟壳。傅天爱生气的时候，眼珠子喜欢在眼眶里转着三百六十度地翻白眼。如果让她生气的人站在她右边，她的眼珠子会沿着右左右的轨迹画圈儿；如果让她生气的人站在她左边，她的眼珠子则会沿着左右左的轨迹画圈儿，看起来非常娇俏。

不过，那天当她撞见小巩流着眼泪趴在简陆的肩膀上倾诉这些年的相思历程时，她的黑眼仁儿在极度震惊的情况下都忘记了画圈儿。她舔了舔瞬间干裂的嘴唇，摘下手里的戒指就冲两人扔过去，头也没回，只撂下一句话："简陆，你这个彻头彻尾的失败者。"

简陆没有追出去。他想要的傅天爱就是活生生站在那里的傅天爱，傅天爱想要的简陆却是向往中增增补补了很多的简陆，有没有小巩，结果其实是一样的。

能怪小巩吗？小巩说他知道自己不正常，可知道不正常又控制不了自己的不正常。他只是想在简陆结婚之前告诉简陆，还有个人也爱着他，而且爱了很久。他没想干别的。虽说简陆乍一听到这个消息也是大吃一惊，但仔细想想，谁又能强迫感激里纠葛出的爱只能发生在男女之间？

能怪简陆吗？傅天爱向往中的简陆得是那种即便知道自己资质寡淡也不能安于平稳现状的人，他得乐于给自己的人生不断设置目标，在攀爬过程中斩落千军万马，挥斥方遒，快意恩仇，不后悔不回头，最后在巅峰处笑看风云起落。可这种人恰恰是简陆最没兴趣做的那种人。

简陆甚至暗自感谢傅天爱在自己彻底习惯她之前离开。戒除习惯对简陆来说是一件最痛苦的事情，比如，三岁之前他习惯了妈妈怀里那股软乎乎甜丝丝带点奇异甘酸的味道，三岁之后这股味道却永久消逝了；比如，他习惯做错事后爷爷一定会虚张声势地舞起来的旧军装皮带，爷爷离去后，他便经常搞不清楚自己哪件事做得对，哪件事做得不对。他认为习惯是造成一切痛苦的根源所在，所以简陆一直控制自己不对任何事物或者人养成习惯。简陆有时候想，傅天爱要是能早生一个时代，自己的亲爹简长兴倒是很适合她。

简长兴一辈子都在顺着自己设定的目标孜孜不倦地攀爬着，并且随着大势所趋不断灵活地加以变通更正，六十岁了还努力着去掉头上的"副"字。几番挣扎过后，简长兴只得心不甘情不愿地算了。

"唉，时也，命也，命也，势也，皮带上拴着的负累太多，身边最亲近的人没一个给力，没一个理解支持的，牵着不走，打着倒退。

一个人与天斗与地斗倒也罢了，我这还得与家斗。我简长兴不容易，这一辈子也可以了，是时候南山下悠悠然了。”简长兴的现任老伴儿生意做得不错，也算是真心跟他搭伙儿过日子，移民手续都办好了，想想温哥华的阳光沙滩金发老太太，真是好山好水好无聊。这把老骨头交待在哪儿也无所谓了，就简陆这不成器的折腾劲儿，哪怕把他埋进龙穴也于事无补。

简长兴想不通，简陆这孩子怎么就不像他呢？跟他的爹一样的脾气做派，又臭又硬，只不过一个暴躁点儿，一个温和点儿。想干什么干什么，想说什么说什么，怎么一点责任感没有？明明站得高才能护得广，光省下点工资补助粮票布票能顾得了几个人？明明有机会能滋润一方水土，庇护四野乡党，偏偏跟大势别扭，大错特错！顺势而为，借势使力，继而扭转局势安定四方，这才是君子大丈夫所为。

这些话，简长兴是不敢跟简老爷子去讲的。他跟简陆掰开了揉碎了地说，简陆就只顾着圆睁两眼神游太虚，长得像他妈也就罢了，性格也跟他妈一样……

哎！简长兴打住愤怒的思绪，对简陆的妈妈——陆依杨同志，他不忍心说出任何重话，不知道这些年她过得怎么样？当年简长兴迫不及待地奔向兴安岭深处的老林场，零下四十几度，陆依杨愣是没给他开门。简长兴也倔，你不开我就不走，你有本事把自己男人冻死在自己屋外。早上一睁眼，他发现自己赤裸着躺在木屋暖烘烘的床上，两床厚厚的棉被裹着熟悉的香味压在身上，除了手脚破皮酸疼外毫发无损。陆依杨却不知去向，一片纸都没给他留下。

一看见简陆那双跟他妈一样睫毛浓密的大眼睛，简长兴所有的脾气都没了。哎，这孩子就算是我俩这辈子的缘分，不为难他了，三岁就没了妈，跟着老爷子也没过过什么好日子，只独独养成一份不合时宜的臭脾气。人活一辈子不容易，只要他把自己活高兴了。

将来天上地下再见着你陆依杨，我简长兴也抬得起头。

想到此处，简长兴仰天长叹一声：“唉，儿子，一辈子就那么长，怎么都是过，自古以来能青史留名的又有几个。我老了，再不甘心也得放下。你还年轻，别轻易放下，省得老了后悔。我给你打下一方好天地，你才能怎么高兴怎么来。想想你给你儿子能留下个什么样的天地？搞艺术品收藏，做经纪人，这也算正事。但你资助的对象应该审慎，他得有那个潜质，他的作品得经得起市场的考验，没有市场价值的艺术叫什么艺术？艺术，不是什么阿猫阿狗都能玩的。这是爸爸最后一次对你的生活你的选择指手画脚，你好自为之。有空去东北找找你妈，我找不着是她故意躲着，你去找说不定就能找到。”说完，他背过身，肩膀控制不住地抽抽了几下。

简长兴跟简老爷子就像南极与北极似的没有半点神形性格上的交集。简老爷子性格刚正，一张黑黝黝的长脸总是板得一丝不苟，腰板永远挺得笔直。而简长兴一张圆脸，见人未语便先挂三分笑，从额头迈过眼角划向鼻翼全是笑纹，行一步得望着前面的两步，留好了后面的三步。

到了简陆这里，又跟上面二位脱了形。他十四岁前跟爷爷一起见天儿啃窝窝头，十四岁后跟着爸爸吃奶油大蛋糕。简陆心理上跟窝窝头亲，生理上又不得不承认奶油大蛋糕的香。他生理上越控制不住自己想吃奶油蛋糕的欲望，心理上就越鄙视自己与窝窝头越离越远。

简陆不知道该怎么办。

曾经，他去问天天吃奶油大蛋糕的小伙伴们，别人都吃不上咱们能吃上，到底该吃不该吃？小伙伴们齐齐啐他丫头养的，举起手里的奶油大蛋糕朝他劈头盖脸砸过来。简陆绝不允许任何人污蔑他早已记不清长相的妈妈。他扔掉手里的蛋糕，嚎叫出小狼崽子的声音朝他们扑过去。

简陆又跑去跟啃窝窝头的小伙伴们交流，你们为什么不想吃奶油大蛋糕？乌泱泱的小伙伴们甩着鼻涕扔掉手里的窝窝头，闪电般扑倒简陆又闪电般呼啸而去——集体追逐那位抢到简陆手里奶油大蛋糕的小伙伴。一身脚印的简陆趴在小旋风般环绕着他的灰土中，心里还想着到底谁能把他那块奶油大蛋糕抢到手并吃进嘴。

简陆就这么徘徊着摇摆着。到了最后，两边的小伙伴都厌烦他。简陆眨巴着小鹿般深邃柔软的眼眸，下巴和脖子的线条却青铜铸就般越来越坚硬。谁在乎呢？就这样吧。

简陆看着简长兴，发现他是真的老了。你老是嫌我不像你儿子，可你自己又有半点儿像你爸爸吗？不知道我儿子将来会是个什么样子，像不像我？想到这儿，简陆情不自禁地笑了起来。

“梆梆梆”，小巩挥动着一把巨大的梳子，边敲楼梯栏杆，边大声嚷嚷着下了楼：“千古奇观，大变活人，睁大眼睛瞧好喽。”小巩下来半天，开场词也热热闹闹说完了，郝运香还没下来。小巩急了，大喝一声：“干吗呢，快下来。”

郝运香下来了。不，不能说是郝运香下来了，得说是一个跟原来的郝运香同名的另外一个人下来了。

曾经为了模仿傅天爱，郝运香特意去小区门口“真爱”理发馆烫的一头乱糟糟的长发被剪成了齐腮的波波头，此发型乱中有序，恰到好处地遮掩了她的宽额头和方下巴，连带着丝瓜鼻子都顺眼了许多，只是被大力刮掉黑头以后略略发红。两条苕帚眉被修成韩式丝雾眉，淡淡扫了，描描眼线，上点睫毛膏、唇膏，原来脸上的青色被香粉掩饰得白里透红，十分精致。

原先的糯米白荷叶边蕾丝洒金T恤换成了一件一字领的紧身中袖真丝衬衣，低调神秘地张扬出她的胸部。拴在腰间的链子锁绕了两圈挂到了脖子上。一条看不出材质但闪着洋气的金属光泽的黑色百褶裙裤替代了以前的花喇叭裤，在膝盖处充满风情地摇曳着。好家伙，这一身直接让郝运香从城乡结合部一个猛子扎进了上流社会的时尚沙龙。

小巩看看震惊的众人，再看看自己的作品，满意得不得了。他又喝一声：“走几步！”郝运香依言走了几步，高跟鞋“笃笃笃”，链子锁随着胸部颤颤巍巍，胯骨摇摆着裙裤甩甩哒哒，波波头发丝飞扬。大刘卢果差点流了口水，就连一向苦大仇深的小陶也频频点头。诗人喃喃自语，说是这份动人的改变像秋日的情怀一样叫人沉醉得昏昏欲睡。就连齐老神仙也停下咽津法，抬头仰望着郝运香。

郝运香长这么大，男性见了她就跟见了空气似的，眼珠子从未聚过焦，一下子置身于这么多老少爷们儿灼热的视线下，她不自在得很，眨巴着眼睛，脑袋起起落落的，只能讪笑。

其实，要说她真变成了风情万种的天仙，那实在是太夸张。美是对比出来的，以前的她实在粗糙，从动物园批发市场里买的都是最低档次的衣服，穿着又岂能给她长脸？只能说，此刻的郝运香对比以前的郝运香，美得冒出了泡泡。

小巩正陶醉呢，一转眼瞧见了简陆那双望着郝运香的含笑的眼睛，心里一下不得劲了，脸一沉就变了色，又喊道：“好了好了，秀也秀完了，我的艺术大家也领教过了。郝运香，你上去把衣服脱了吧，很贵的。”

郝运香哪里舍得，站在那里，可怜兮兮的，半天没动弹。

简陆开口了：“算了，穿都穿上了，还费劲脱下来干吗？挺好看的，让她穿着吧。”

小巩不依了：“我的形象设计费很高的，都给她免了。难不成还白送她一套衣服！”小巩心里打定注意，简陆要是敢开口说那就送给她吧，他就敢上去给郝运香扒下来。这些女的事儿真多，占便宜没够，走了一个来一个，走了一个又来一个。要么来了你别走，省得给人留念想，这叫怎么回事嘛。

郝运香是真舍不得，怯怯地问小巩：“巩设计师，这些得多少钱，我买了。”

小巩伸出手指头一件一件算清楚：“T恤一千七，裙子三千四，鞋子一千，都是名牌。”

郝运香掐指一算，乖乖隆地咚，一共六千一百元。这些人怎么都跟郝运来似的那么厉害，自己有多少存款全都门儿清，不把自己刮干净不罢休啊。郝运香在北京这些年，买的所有衣服加起来也不到这个数。

简陆挠挠头，知道郝运香舍不得衣服又舍不得钱，给她打圆场道：“给她记账吧，慢慢还给你。”

小巩不吭声，他毕竟也不是刻薄人。简陆眼珠子要不发亮，就是送给郝运香这傻大姐也未尝不可。郝运香咬紧牙根，心里想着不行，太贵，她可不能要，嘴巴却背叛了自己的心，嚷嚷着：“好好，我发了工资慢慢还给你。”小巩也就不再坚持。

郝运香坐了会儿，看时间不早，跟众人告辞后打算回家。

简陆说：“你第一次来也不熟悉，我送你回去吧。”

郝运香把自己的旧衣服打包背好跨出房门。小巩终是拗不过职业习惯，追着她的背影叮嘱了几句：“你身高体壮不适合韩范儿，以后给我走欧美风。”

郝运香回头问道：“欧美风？”

“简单大方，不要花里胡哨。实在喜欢花，记住上花下不花，或者下花上不花。上下都花你 hold 不住，唉！”

一出门，秋风起了，劲道还挺足，揪着路边的塑料棚子一会儿倒向西北一会儿歪向东南。穿不惯高跟鞋的郝运香，走在土路上一个踉跄接一个踉跄。

简陆伸出自己的胳膊，郝运香挽过来，这才能走稳。简陆的臂膀坚实硬挺，挽在手里好比一座山般稳妥，再想想刚才那一大筷子的粉蒸五花肉，郝运香止不住开始心猿意马，觉得简陆真是贴心，人生路上要能一起搀扶着攀爬，那可是美事一桩。

“你傻笑什么？”简陆不解地问道。

“哦，哦，没什么。”郝运香狠狠掐了自己一把——这胳膊是你能挽得上的？正经富裕层里的一百分金胳膊轮得到你这温饱层里五十八分饥渴女吗？别做梦了，想点实际的吧。

“你开这个艺廊，挣钱吗？”

“目前不挣。”

“你还有别的生意？”

“我对做生意没兴趣。”

“那你靠什么养活这么一大帮子人啊？”

“我不是还端着个铁饭碗。”

“对，那可是个肥缺！”

“还行吧。”

郝运香迅速掐指一算：“你工资也不够养艺廊那帮艺术家的啊，你哪儿弄来的钱？”

简陆哈哈大笑：“我老家有钱。”

“老家？”

“我爸爸啊。”

“你就这么糟蹋你爸爸的钱啊？”

简陆脸上的笑意越发浓厚，竟然挂出了他爸爸简长兴似的寿星相：“取之于民用之于民嘛。”看着郝运香一脸不可思议的模样，简陆正色道：“你平常跟人待一下午，有不聊房子不聊挣钱法子的时候吗？”

郝运香仔细回想下，坚定地摇摇头。

简陆继续说道：“今天下午你听见他们提过一句吗？”

郝运香又坚定地摇了摇头。

“这些人很简单，很纯粹，很有趣，如果有一天连他们都不得不跟着张阿姨卖房子去了，那我们这些剩下的人还有什么意思？太无聊了。现如今我有这个条件，伸把手帮帮他们，给自己也找点乐子。往高尚点里说，也算是帮帮不带钱味儿的理想。”

郝运香咂摸咂摸嘴，不带钱味儿的理想？那理想该带什么味儿？洋芋味儿？浆水面条味儿？她的理想就带着钱味儿，她没觉得有什么不好的，站着说话腰不疼。郝运香胆气一壮，憋了许久的话终于出口："哦，张阿姨不是辞职了吗？我周六日都能过来帮忙，打扫卫生，买菜做饭，我都能干。"

"哈哈，好。假如这回你丢了工作，就全职在这儿干，我养你。"

郝运香心里不知怎么就踏实下来，但她还是嗔怪道："乌鸦嘴。那，那你愿意给我多少钱？就是活儿我都包了，一次全包。"

"你想要多少？"

郝运香低下头皱起眉毛紧张地盘算，一天五百多不多？不行不行，两天就一千了，张阿姨一个月才五千，她不能太过分。五千除以三十是一百六十六，哎呀，这太少，她一次来能干好多……

"三百二十五行吗？要不，二百五十五吧，这个价钱很公道了。"

简陆的腹肌再次笑融化掉，他点点头，说："成，一次二百五。"

"日结？"

"日结。"

"哎呀，太好了，谢谢你，简老板。"郝运香挽着简陆的胳膊又蹦又跳，恨不得狠狠啃他一口，这回可算是深深理解到，为什么麻子三黄土狗们见到简老板是如此的癫狂欢喜。

她仰起头，一群白鸽吹响清脆的鸽哨冲上秋日的晴空，一会儿排成"¥"字形儿，金光闪闪，一会排成"250"的数字形状，闪闪金光。空气里满满都是人民币的香味儿，真是好闻啊！

她已经完全忘记，两天后自己将会被再次摆上命运的法庭，等候宣判。

第二十四章

非驴非马

郝运香躺在床上，透过拉开的窗帘，眼看着太阳一点点攀上窗棱，小小的屋子里泛出一片红彤彤的喜气。她转个身，闭上了眼睛。一晚上没阖眼，眼皮实在承受不住这热情的晨光。

今天，郝运香的命运将再次面临严峻的考验。她记得上次遭遇同类型的考验时，自己的心像是被一根铁钩子生生叉住，一会儿被扯进嘴巴，一会儿又被攮进脚底，只来回一次便惶惶然痛不欲生，可那钩子来来回回了成千上万次，现在回想起来还忍不住心悸。

可是这一次，郝运香等了一夜，那铁钩子却没有再出现，心里虽有点点张皇，但懒洋洋的，好像并不惧怕失去这份子宫一般的工作。

郝运香也纳闷，是什么给了自己这份底气？她想了一夜也没想清楚答案。这会儿，也不想再想下去，习惯将她推起床，匆忙洗漱完毕，抓起半块加了油泼辣子的馍馍，跑出去追赶公交车。郝运香一边吃一边跑，心里想着：不管今天是不是最后一班岗，我也先给它好好站完。

郝运香满打满算来到制作部三十一个工作日，害得打扫卫生的冯大妈也拢共失了三十一天的业——活儿都让郝运香抢着干完了。冯大妈心里可是埋怨过郝运香，该干吗干吗去呀，她还指着这份事业给孙子付幼儿园学费呢。

制作部空空荡荡，仍然是郝运香最早到。她挽起袖子，开始一个桶一个桶地翻检垃圾。垃圾不能轻易倒，曾经大李的稿子和小汪的高级口红都是从倒掉的垃圾里找回来的。为这，郝运香可落过一大通埋怨。正换垃圾袋的时候，冯大妈进来了。

两天没见着跟自己争抢事业的郝运香，冯大妈浑身不得劲儿。费了一番功夫才打听出这孩子的遭遇，大妈的心隐隐做痛。她在郝运香身边跟前跟后，得着机会便安慰她："丫头，老天爷饿不死勤快人儿。你看大妈这样，这么些年日子不也是越过越好。你不比大妈强啊！不怕啊！"郝运香回头冲大妈笑笑，她说："大妈，我不怕。"

郝运香拖地的时候，大李进来了。他看见郝运香，先是愣了一下，紧接着上来抢郝运香手里的拖把，说："我来吧，我来吧。"郝运香手里的拖巴差点没跟下巴一块儿掉下来。

拖好地，算算时间林晓萸也差不多该来了，郝运香连忙端起开水壶走进她的办公室，枸杞红枣菊花茶该泡上了。出门时迎面撞见小汪，小汪嫣红的小嘴张开，冲郝运香扬起手里的塑料袋，她说："郝运香，我不小心多买了一杯奶茶，给你。"郝运香手里端着小汪塞过来的奶茶，下巴又一次砸向脚面。

小李大壮大刘依次来到办公室，每个人都用自己的方式跟她刻意又热情地示了好。

郝运香坐在自己那半拉桌子旁边吸着热乎乎的奶茶，心里却一点点凉下来。平常，她是像空气一样的存在啊，不对，说空气一样的存在实在是不贴切，空气可是人类须臾片刻也离不了的东西。应该说，她平常是像蚂蚁般的存在，从没得到过今天这样的待遇。这是看着她要走，大伙儿于心不忍。不过郝运香心里还是挺感慨，谁说付出没回报呢？她紧紧攥住手里的奶茶杯子，一饮而尽。

林晓萸终于来了。郝运香在制作部所有人的目光下，跟在她的身后走进隔间。林晓萸坐下后，一眼便瞅见桌子上那杯热气腾腾的枸杞茶，她下意识将茶杯挪到郝运香够不着的地方，这才开口："你坐吧。"

郝运香坐下，左右手虎口紧紧交握在一起，等待林晓萸为自己唱响挽歌。

林晓萸说："郝运香，你的处理结果出来了。"说完，她故意停顿一下，观察她的反应。郝运香低着头，看不清楚脸上的表情。林晓萸接着说道："现在，你有两个选择。第一，回到总务行政科继续做原来的工作。李姐表示非常欢迎你回去。"说完，她再次停下来观察郝运香的反应。郝运香半点欣喜的样子也没表示出来，固执地等着林晓萸往下说。

林晓萸的嘴角却露出一丝不易察觉的微笑，她加快语速说："第二，你仍然可以留在制作部。但是，我还是不能跟你签合同。除非，你能完成另一个任务。"郝运香抬起头，两眼紧紧盯着林晓萸的嘴，生怕漏掉任何一个字。"目前台里正在征集纪录片，三个月后准备参加大学生电影节。这次，如果你能独立做出一个片子，且片子的质量达到参赛标准，那么你就会成为制作部正式的一员。"

郝运香交握着的双手下意识地摊开，手心朝上，脑袋里一片空白。这个处理意见与她笃定的等待结果可以说是南辕北辙。她将双手撑在桌面，上半身前倾，两眼下意识盯住林晓萸的嘴巴。盯了一会儿，林晓萸却没有再次开口。郝运香低下头，思考着。

在郝运香这短暂的一生中，做过的大多数抉择都是心口不一，硬赶鸭子上架。她总是在做出决定的那一刻违背自己内心真正的意愿。每一次违背本愿的时候，郝运香都是心麻脚软两手汗。这就是恐惧啊，她的心里其实非常清楚。

六岁的时候，她想那个桔子想得整晚整晚睡不着。下半部分是烂了，但上半部分可是黄艳艳的。捡起来只吃上半部分不行吗？就只尝一口不行吗？鼓足勇气在黑夜里走了半晌，眼睛都瞅见那个土坑了，郝运香却调转脚步折返回家。老郝歉疚的眼神追随她一路，无论如何也甩不脱。她爸没钱，吃坏了肚子还得花钱买药。药这个好东西可都得留给妈妈啊，她要是不吃药，说不定哪天扔下自己就跑回胶州了。

上大学的时候，她只想着毕业就回天水，下死力气考公务员，安稳一生。临毕业前一晚，任重给她抢过的那些鸡大腿猪臀尖拉洋片儿似的在眼前晃悠，无论如何也甩不脱。这样金丝绒一般的男人，自己以后能在天水找到？就这么放手不努力一把，后半辈子不都得浸泡在后悔水里啊。

撞大运撞进单位，又被总务行政科科长这块金字招牌砸中脑袋。你以为她郝运香不想背吗？可在电视台这样的十里洋场厮杀，这块敲敲文件、做做会议记录、拍拍马屁就能端起来的金招牌，以郝运香这样的家世背景，她背得起，可她能背得久吗？

贾总那根粗大食指老在脑门那悬着，分分钟便能碾死蚂蚁一般的郝运香。这根食指如附骨之疽般无论如何也甩不脱，所以她削尖脑袋也要钻进制作部吃白眼。吃白眼又算得了什么？在这里学得到真本事。真本事就是奶奶手里的那根锄头，有了它，贾总那根可怕的食指才能变成如花笑颜。

郝运香并不是铁皮铜骨钢肺肠。每一次挣扎到半山腰又重重摔下来的时候，她都几乎失掉半条命。那次打算在任重婚房玩空中飞人，其实就是她向恐惧举起双手在投降。可临了，她发现投降需要的勇气远远超过负重攀坡。“恐惧”才不会因为你恐惧它而放过你，你越恐惧它，它便越要欺负你，举手投降半点用处也没有。

这次，郝运香不再恐惧。她想，大不了回天水考公务员嘛。可谁料想恐惧还是没有放过她。制作部，你爬还是不爬？不，你飞不飞吧！郝运香两手一拍，跳了起来——飞就飞，谁害怕谁怂。林晓英被她这骤然一跳吓出个激灵，急忙端起桌子上的枸杞茶一饮而尽。

郝运香难得一次心口如一，她说："好，这次保证完成任务。"

打开隔间房门时，林晓荚加上一句："郝运香，目前你还不属于台里的编制，所以拍纪录片时，人员经费设备都要自己想办法解决。"郝运香头也没回，鼻子里哼出一声：自己解决就自己解决。

小李大壮大刘小汪齐齐聚在林晓荚的办公室门口，郝运香甫一出门便跌进了人圈。

大李问她："郝运香，你决定去哪个部门？"

小汪揪住郝运香的袖口，说："你可别说你要离开制作部啊。"

郝运香眼圈有点发烫，原来大伙儿都挺关心她。她抬起手用劲抹抹眼角："我哪儿也不去，就待在这儿。"

"好样的。加油啊，郝运香。"众人掩饰不住高兴，一人一拳将郝运香捶得团团转，郝运香边转边咧开大嘴哈哈傻乐。

郝运香下定决心，从此以后再也不要做蚂蚁，要做就做奶奶家那头倔强的大黑骡子。这只大黑骡从小就知道自己非驴非马，出身低贱，可它就是鼓足一口气，虽然打从娘胎出来就只能吃掺了一大半黄土的干草料，却硬是长得膀粗腰圆力大如牛，驮着再重的东西爬坡也从不吭声，从不耍赖，喷着响鼻不走到地方绝不歇脚。

我就做这头大骡子。我看这世间还有什么能轻轻松松碾死、踩死我。郝运香一头的泼皮豪气，简直能将经过她身边的任何人撞个大跟头。

通过这段时间的学习，郝运香清楚要想做出一部好片子，选题最重要。既然是为大学生电影节准备的片子，那就得拍大学生们喜欢的题材。现在的大学生对什么感兴趣？郝运香完全不了解。她拿好纸笔，提着一兜零嘴儿跑到七七那里做采访。七七今年大四，在台里的编辑部实习。

郝运香将零食轻轻推到七七面前，用哄孩子的口吻讨好地问道："七七啊，你喜欢什么呀？"

七七将摆在面前的零食袋轻轻推回给郝运香，扶着厚厚的镜片，说："我只喜欢叔本华和萨特。"

郝运香手中的笔停在半空："那，那你平常下班回家喜欢干什么啊？"

七七认真想了想，说："我就喜欢一个人躺着什么也不干。"

郝运香采访的节奏完全被带偏，她吃惊地张大嘴问道："一个人躺着有、有……什么意思？"

七七笑了："他人就是地狱。假如一个人不喜欢跟自个儿独处，那他就是不爱自由。我一个人躺着的时候心灵最自由。"

郝运香呆若木鸡。他人就是地狱啊，他人就是地狱啊，这句话在她耳朵里振聋发聩，想不咂摸都不行。七七在郝运香眼前打了个漂亮的响指："你的问题到底是什么？"

"现在的大学生都喜欢看什么，对什么感兴趣？"

七七摇摇大眼镜，说："我哪儿知道。"她看看郝运香迷茫的脸，心下有点不忍。虽说郝运香土得掉一身的渣渣，但七七并不讨厌她。"这样吧，要不你去抖音和快手看看，或者去下载个吃鸡游戏。在这些地方也许能找到你想要的答案。"

没两天的工夫，郝运香便掉进抖音的欢乐窝再也爬不出来，每天一睁眼就只想刷刷刷，班都不想上。抖音上面的小弟弟们太可爱、太好玩、太聪明、太有趣了。尤其是那个叫"火山小狼狗"的小弟弟，迷得郝运香觉都不睡，整晚守在他的主页下面，发誓要抢到每一条视频的沙发。幸好抖音没有打赏功能，否则，郝运香的六千一百块早就没了。

郝运香挤在公交车上的人堆里，还在不停地刷抖音。微信滴滴滴个不停，她也不想搭理。手机铃声大作，掐掉，再响，没办法，郝运香只好接了起来。

简陆的男低音在听筒里回荡："你干什么呢？微信不回，电话不接。"

"噢噢，公交车上太吵，我没听见。"

“你晚上有事吗？”

“有事。”

“我没事儿。你请我吃饭。”简陆的声音不容置疑。

“为什么要请你吃饭？”

“我可是你的救命恩人加老板呐。”

郝运香想想也是，便将简陆约进街边的麻辣烫小馆子。简陆大剌剌进去，捡了一大盆冒尖儿的荤串。现在的荤串可不是几年前的三五毛一串，那可是三五块一串。要搁往常，郝运香的心尖都得滴血，可现在她只顾着刷抖音。

简陆坐回郝运香身边，示意她去柜台拿菜。郝运香流着口水盯着“火山小狼狗”，表示自己不饿。

简陆很好奇，问：“你在看什么？”

郝运香拿着手机在简陆面前快速一晃：“我正刷火山小狼狗的视频。他太帅了。”

简陆伸过脖子看见蹦蹦跳跳的小狼狗，没来由地一阵心烦：“你怎么想起来玩抖音了？”

郝运香抬起眼睛，盯着油腻腻的房梁思量半天。她自言自语着：“是啊，我是怎么想起来玩抖音的？”末了，她终于绕回起点：“我原本是想找找大学生感兴趣的纪录片题材的。”

“在抖音上找？”

“抖音上为什么不能找题材？我可以拍火山小狼狗是如何成名的啊。”

简陆食指中指并拢在郝运香额头上敲了个不轻不重的爆栗子：“你醒醒吧。”说完，帮她关掉抖音的画面。

手机屏幕上折射出郝运香一张惨白的脸，嘴角弯出愁闷的曲线，还有两只大大的熊猫眼。

简陆端着一大碗麻辣烫和一只空碗，再次回到郝运香身边。简陆扬扬手里的空碗：“一起吃？”

这几天躲在抖音里面的焦灼再也无法遁形，郝运香将脑袋深深地埋进胳膊，什么也不想吃。

简陆一边埋头大吃，一边看着身边的郝运香。他的脑子快速转了转，然后说："郝运香，你觉得燕郊那些艺术家有趣吗？"

郝运香沉着嗓门"呜"了一声。

简陆继续说道："你别光想着现在的大学生想看什么，反过来思考一下，你想给现在的大学生看什么。"

郝运香抬起头："我想给现在的大学生们看什么？"

简陆的一双眼睛清亮亮黑汪汪地盯着她，她的脑袋一下子明畅起来。她想起来简陆曾经说过的，让自己很不以为然的那句话——不带钱味儿的理想。对，就给他们看看这个。郝运香感激地望着简陆，自己都没有意识到自己在撒娇，她说："简老板，给我点儿麻辣烫。"

简陆将大半碗荤串全数扣进郝运香的碗里。这可是她的命门，轻易戳不得。前一次的粉蒸肉，这一次的麻辣烫，弄得郝运香虚飘飘麻酥酥，恨不能把自己也化成一摊春水泡进麻辣汤里，畅快地游弋。

她虽然很饿，但还是在简陆的面前尽量控制，要斯文，一小口一小口地吃。

简陆的电话响了。郝运香尽量靠向简陆，全身心地竖起耳朵。喧闹的麻辣烫店在这一刻也识趣地闭起嘴巴。郝运香清清楚楚地听见楠楠的声音，她说："晚上有事吗？"简陆回答："没事。""我这有瓶上好的红酒，保准你没喝过。来吗？"简陆搓着嘴角的胡髭，半点也没有犹豫："当然来。"

麻辣烫店轰隆一声复归喧闹。郝运香低下头大口大口地吞咽起碗里的食物。她听见自己说：清醒清醒吧，郝运香。

第二十五章

不带钱味儿的理想

郝运香是个顶真实的人。理想是什么？她使劲打扫记忆深处的角落，也想不起来。要不是为了自己的理想，她断断想不起如此高尚的话题。哎，等等，理想这不就出现了嘛。自己可不就是为了理想才要拍这个理想的嘛，可见这个理想远在天边近在眼前嘛。郝运香的信心充足了那么一点点。

那么理想究竟是什么？郝运香一时咂摸得很清楚，一时又好像咂摸得很模糊。细细回忆起来，她发现自己有过好多个理想：她想吃胶皮糖；她想当领舞；她希望贾总一见到她便脸上开出红牡丹；她想跟任重在一起；她想当编导；她想跟简陆在一起……这些理想，有的实现了，有的还没实现。

思量下来，理想似乎不是个静态的东西，它随着成长与经历的改变而不断变化着。可这些形态各异、目的不同、随时变化着的理想到底该不该算理想？理想难道不该是个从一而终的东西吗？郝运香想得再远一点，她想要是把这些理想归了包堆拢在一处，它总得有个九九归一吧？这个“一”，不过是希望未来比现在和过去更好，所以，理想应该是个好东西。

关于理想是什么，郝运香止步于此，她觉得她想清楚了理想。

接着，她开始思考什么是钱味儿。钱是个什么味儿？正经闻起来不过是股带着点铁锈酸的旧纸味道。好闻吗？不好闻。可谁要说不喜欢闻，那可是要遭郝运香一个大大的白眼。不缺的人自然不在乎也不清楚它究竟该是个啥味道。可郝运香知道，她也在乎。打小她便清楚，钱带着股饭菜的香甜味儿——有钱买药的时候，妈妈就能把萝卜烧出鸡丝味儿。

理想和钱，这两样东西分开来的时候都能算明白，待要合在一处时，郝运香的思绪便着实混乱起来。她隐约咂摸得出来，“不带钱味儿的理想”是个特别高尚的东西，可她心里对这个不带钱味儿很是踌躇。理想是为了过好生活。可这个“过”字和“好”字离了钱究竟能过好还是过不好？郝运香心里认定，没了钱理想过不好。她又不断拷问自己，为了钱才能过好的理想那能叫理想吗？

郝运香没日没夜地坐卧不宁，陷入这一大片思维的泥沼中无法自拔。早前建立起的那丝缕自信这会儿也烟消云散。片子的主题都点不明立不清，该如何往下走呢？走不下去也要走！她在自己那磨具盒子里迷了路，一圈又一圈地转，转出了一身汗，索性冲个凉水澡。

秋老虎已经走了。打开淋浴头，凉水柱子像鞭子一样抽打在身上，郝运香的心在疼痛中渐渐平静下来。七七说她只喜欢叔本华和萨特。叔本华和萨特？这两名字一出口便知道不是普通人。妈妈曾经说过，站在伟人的肩膀上才能看得更高、更远、更清楚。那她郝运香就爬上去，拨开云雾见真日。

郝运香在搜索页面那个长白条里先是打上“理想”二字，然后在“理想”前面不停变换主语——从叔本华、萨特搜到尼采、斯宾诺莎，又从笛卡尔、康德搜到了庄子、王阳明……郝运香是没有半点哲学素养与根基的，她关于理想的逻辑原本也只停留在明天要比过去和今天过得好，这种好到底该不该跟钱挂钩都还让她迷惑着。

而这些跨越种族、国界、时代的伟大的先哲们更是前后不一地在郝运香眼前织出一张大网，头顶着天，脚踩不着地。郝运香攀上了巨人的肩膀，却只看得清脚底下的三寸天地。

哲学真是一个神奇的东西，它能禁欲。先哲们说，“只有圣人才可以离开洞穴”，“我们也能离开洞穴”，“我思故我在”，“存在就是合理”，“自然即神化身”，“无用即为大用”，“存天理灭人欲”……郝运香背书的功夫最是了得，她耳边萦绕着这些后人们精简出来的名言警句，惊奇地发现：自她开始搜索哲学的那天起，自己便不馋了——瓜子花生话梅糖也勾不出舌底的涎水。郝运香走在路边，却像踩在小荷尖尖上，脑袋下垂，目光迷离，神思恍惚，整个人散发出野猫般的神秘慵懒。

叶博士瞅着楚楚可怜的郝运香，体内一股怜爱膨胀起来，他问：“你怎么了？是不是有什么烦心的事？”

郝运香确实很烦心，因为先哲们只谈欲望不谈钱。她反问道：“叶博士，理想该不该带着钱味儿？”

叶博士对这个问题猝不及防。他虽然熟读《西方经济学》，却从没思考过郝运香提出来的问题。他捋捋头发，思忖片刻，问：“你怎么会想起来研究这个？”

郝运香说：“我要拍个片子。可我想不通这个片子的主题。”

叶博士说：“谁让你拍的呢？”

郝运香想了想，说：“领导让我拍的。”

叶博士放下心来，简短地总结道：“拍领导想要的片子，主题不重要。”

叶博士直白有力的答案像一只鸡蛋，囫囵塞进了郝运香的咽喉。她想反驳却又觉得不无道理。可谁又知道大学生电影节的领导们想要什么片子呢？

简陆却替郝运香十分着急。他一把拽住原地转圈圈的郝运香，问：“你怎么还没开拍啊？”

郝运香说："我不会拍啊。"

简陆说："什么叫不会拍？"

郝运香的话匣子见了简陆后总是关不住，她将这几天的思索历程颠三倒四地告诉了简陆。简陆很是吃惊，他说："就这三天的工夫，你看了那么多哲学书？"郝运香脸红了一下，她说："我哪里有时间看得了那些厚本本，只不过搜索了一番名人名言。"

简陆气笑了，他说："郝运香，拍普通人的片子给普通人看，你用不着站那么高。你从你自身想想。"

郝运香有点儿泄气："就是站在自身的角度看不明白，我才想借借力爬高点儿看。"

简陆问："那你看出啥了？"

郝运香两手一摊，表示啥也没看出来，反而更迷糊了。

简陆说："你能不迷糊吗？巨人的肩膀是你想爬就能爬的？要爬也得有个积累的时间，慢慢来。这三天的工夫想攀上哲学的山头，这不是自己给自己找不自在嘛。这主题有那么高深，让你这么下不去手？"

郝运香的抬头纹愁闷地挤在一起，她说："一开始我觉得不高深，应该很好拍。谁知道想着想着就觉得很高深。你看啊，'不带钱味儿的理想'，这话一听挺简单，谁都知道它是个好东西。你不是让我站在一个普通人的角度看嘛，我就站我个人角度看看，就觉得这主题透着可疑，它不适合普通人啊。普通人本来就是柴米油盐，离不开钱，你偏偏又非得给它整高深了。不但要跟理想挂钩，还得不带着钱味儿。你不觉得虚伪吗？可我再一想，人生一世谁又没个理想。我们没了钱是活得不痛快，可理想没了有钱也活得不痛快，这事儿就让人憋屈了。我越想越想不明白，可我越不明白我就越想弄明白。我总觉得要是能整明白这个事儿，我会更快乐。"

简陆摸摸脑袋踌躇起来，这主题是透着点虚伪，确实不好拍。他说："既然咱们正着想不明白，那就反过来想。我问你，你觉得不带钱儿的理想是个好东西，对吧？”郝运香坚定地点点头。“大刘小陶诗人你都见过，你觉得他们是为了钱才聚到我那儿的吗？”郝运香不太坚定地摇了摇头。“你先别想那么多，扛着机器，跟他们吃住在一起。真理不就是从实践中来的。先做再想。”

郝运香狠狠地拍了简陆一把，说：“可以啊，你跟谁学来的这些招数。”

简陆也拍回去：“跟你学的。你什么时候做事长过脑子，还不是先做再说。”

郝运香拿着一台小 DV 机，夹着简单的包袱卷儿，住进了燕郊的小产权房。

诗人老赵醒着的时候不多，不喝醉又不会正常说话。郝运香逮着他清醒的时候提上两打啤酒，耐心地陪着他喝。老赵的酒量没有深浅，鸡都叫了，这才顺着郝运香的指引张了嘴。他说：“我就是喜欢诗。我爹拿着镐把子捶我的脑袋，镐把子断了，我对诗的念想也断不了。我婆娘不喜欢我写诗，她就领着我娃娃跑了。我到处打听，听人说婆娘带着娃娃跟个包工头来北京打工了，我也就跟了过来。我要写诗，成名，再把婆娘娃子抢回来。”

郝运香大着舌头问他：“你婆娘娃子为什么跑？”

诗人嗔怪郝运香的问题幼稚，他说：“写诗不来钱啊。”

郝运香又问：“你干嘛不去干点别的挣钱的事情？”

诗人坚定地摇摇头，他说：“我喜欢诗跟喜欢我婆娘娃子一个样。”

郝运香出门的时候，老赵睡了过去，嘴巴里念念有词地背着：“从后半夜开始，风大了，拍着门窗。刚刚回升的气温，又降了下来。昨天手机上，有天气预报短信，说，大风降温。我偏不信……”

大刘闭着眼睛也能找到全市所有垃圾站。九月末的午后仍是燥热得厉害，别说闻了，郝运香都能看见白蒙蒙向上蒸腾着的臭味。她蹲在大刘身后，嗓子眼被熏得生疼也不敢捂鼻子。她能看出来大刘对垃圾们是真爱。

她问大刘："你的理想就是成为一个环保艺术家，为人类清理垃圾并带来美，对吗？"

大刘看着郝运香，两只圆圆的眼睛透着清凉。他爽朗地笑了几声，说："我是个大学生，你知道吗？我的专业是计算机科学与技术。不过我的学费是我娘捡垃圾挣来的。大学三年，我没有回过家，也没有给她打过一个电话、写过一封信。大四那年的春节，不，春节前一天，我接了个电话，他们告诉我，我娘死了。她一大早出去捡垃圾，掉到河里也没人看见，就那么去了。我赶回家，看到她手里攥着一个可乐瓶子，躺在一口杂木棺材里。乡亲们对我说，孩儿啊，你娘攥得太紧，我们不敢掰，怕把她手指头掰断了，好歹得给她留个全尸。娘入了土，我才知道我是她从垃圾堆里捡回来的。"大刘一边说一边细细整理着面前的垃圾。一只可乐瓶子滚到大刘的手边，他捡起来端详一下，说这能做成一只翻着白眼的狼。

满丫头对着郝运香手里的DV，像一只亢奋的斗兽，根本控制不住自己的情绪。她一把扯下头上裹着的花围巾，对着镜头说："郝运香，我说的全拍下来，不要剪，一个字都不要剪。"她将脑袋凑近镜头，手指点着头顶上面一块小孩巴掌大小、凹陷下去的白坑："我男人打的，我没有杀人放火虐待婆婆，我没有贪嘴偷汉不管娃娃，我就是忍不住要管闲事，我就得让那些不长脑子的女人们清醒过来，我们要保障自己有权力Say No！这是我的理想！"

小陶每天神神秘秘地把自己关在房间里，窗帘拉得严严实实。这哪难得倒郝运香，老虎还有打盹的时候呢。她早就拍下了小陶往画布里那个女人身上加豹皮抹胸时的惆怅表情。她抽冷子问小陶："你为什么要修改自己的作品，不是已经卖出去了吗？"小陶下意识地回答："山西那个老板说画确实是好画，他喜欢，可家里有孩子，挂起来不方便。"

夜深了，郝运香坐在编辑室里，一遍又一遍地看着自己拍下来的素材。她一会儿哈哈大笑，一会儿直抹眼泪儿。简陆坐在她身边，不停地抱怨她多少个晚上没睡了，郝运香敷衍道："我又没要你来，你赶紧回去吧。"简陆说："你以为我想跟这儿待着？我不过是看着有趣才跟这儿傻坐着嘛。哎，停，停一下，这块儿，这块儿得剪到前面去，你不能搁中间，顺序不对。"

郝运香想想，说："是，你提醒得对。"

简陆说："你得先喜欢做这个，然后你才做这个。"

郝运香说："对，而且做的时候根本没想着能不能填饱肚子。"

简陆说："可不是嘛。你乐意做这个，其次再考虑这个能不能赚钱，和你为了赚钱而乐意做这个，里面的差距可复杂着呢。远不是颠倒一下顺序这么简单。"

两人相视一笑，这会儿都觉着挺快乐的。

第二十六章

摇摆中的宁芙

什么是爱情？你和我到底需要还是不需要？说需要吧，没了它谁都能活；说不需要吧，没了它好像活得总那么不是味儿。它像一只顽皮又无情的小精灵，忽而盘踞在上半身，忽而缠绕在下半身，偏偏就只这两个栖居地，你也甭想轻易逮着它。

这只小精灵在不同的国家拥有不同的形象与名号，罗马人称之为“维纳斯”，希腊人称之为“阿芙罗狄特”，埃及人称之为“哈索尔”，在印度是“伽摩”，在日本是“爱染明王”，我们则称之为“月下老人”。

千百年来，不论他姓甚名谁，也不论他是幻化成母牛向你温柔地抛洒乳汁，还是对着你的脸扔出金苹果，还是朝着你的心脏射箭，还是抛出红绳子拴住你的脚脖子，男男女女无不载歌载舞、心醉神迷，对之顶礼膜拜。

可惜这只小精灵来无踪去无影，从不以痴男怨女的意志为转移，飘忽不定，随心所欲——收回金苹果、拔下小金箭、剪断红绳子的时候从来不跟当事人商量——造就多少古往今来谁也无法数清楚的浪漫凄惶的爱情故事。这会儿的郝运香就完全搞不清楚究竟该去哪里抓捕这只小精灵，然而她却以为自己知道。

前段时间，由于工作的变故，再加上对简老板的心猿意马，她疏远了一阵叶博士。清醒过来的郝运香一边准备纪录片，一边重新围剿叶博士。

这不，在后海附近一个不卖门票的街心小公园里，在一代神曲《小苹果》的伴奏声中，在跳广场舞的大爷大妈们的眼皮子底下，她挥舞起从月下老人手里抢来的红绳子，挽了个结实的绳结，“嗖嗖”有声地划着圈打算套向身边的叶转海博士。月下老人在一边捋着白胡子干着急：“碎妮子，组撒呢嘛。这绳绳儿可不敢胡乱套呢嘛。这憨娃蛋跟你不是一路路。这不是惹麻搭嘛。”

这是他俩第七次在一起逛免费公园。叶博士仍然喋喋不休，然而避重就轻。你看他垂下来的左手，小指头堪堪扫着郝运香的小指头。不知道他是真傻假傻，右手仍是点点划划高屋建瓴，指点着世界局势的变幻对其所在单位以及个人的影响。

郝运香叹口气，左手扔出套马索，右手攥住了叶博士的左手。她说：“现在的这些女孩子连好男人都不懂得欣赏，哪里还谈得上了解世界局势。”

叶博士的左手下意识地往外挣扎，郝运香的右手加了力道。

她继续说：“我眼里真正的好男人，就是像你这样能负重前行的男人。就像我家小时候的那头黑骡子，身上的笼头越重，动力就越大。这样的男人才是真正的男子汉。”

叶博士的左手不再挣扎。他的眼前掠过几张或圆或扁或尖或方的小脸，嘴巴无一不瘪瘪着，嫌他负担大。

郝运香说：“咱们都是骡子。千里马是好，可中看不中用。再说，他们的眼睛都长在头盖骨上，也看不见我们的好。如果两眼只顾盯着千里马，只顾自己往上爬，不回报父母，不照顾弟妹亲朋，那样的男人还能叫男人？那样的男人能对妻儿负责？不可能呀！”

叶博士重重地握了握郝运香的右手。他的眼眶里泛出泪花儿，左脚已经踏进了套马索。

郝运香略松松右手，心下暗喜，继续道："女人也一样。身上的笼头再重，只要肯吃苦，笼头变龙骨。"

叶博士右脚踩出了四分之一拍的节奏，还在犹豫。

郝运香再紧紧右手，推叶博士一把："我有个高中同学，他叫任重。曾经给我讲过一个故事，是关于一个外国女人如何攀高枝的故事。那个女人攀高枝攀得自己很痛苦，最后她冲着高枝呐喊，'我不美，身材不好，难道就没有情感吗？我穷，地位卑微，难道就没有灵魂吗？我有情感也有灵魂。'但是，那些千里马能了解骡子的情感和灵魂吗？他们不能！那个外国女人最后倒是嫁给了高枝。可这个时候的高枝已经瞎了双眼瘸了一只脚，变成了穷光蛋。几百年前的外国人都知道不能将骡子嘴伸进马槽里，我们自己还要执迷不悟吗？嘿嘿，通过努力我已经成了电视台的编导。任何人都不能小看骡子的能耐。"

叶博士右脚踩出八分之一的节奏，内心动摇得厉害。

"骡子啊，眼睛不要老朝上看，上边拴着的豆饼是你想吃就能吃的？眼睛平视看看自己的身边。"

叶博士看看身边人高马大的郝运香，是啊，是匹好骡子！拉车上坡笼头确实压得重，但自己拼死不惜力气，足以弥补先天不足。哎，命运，三分天注定七分靠打拼。叶博士叹了口气，右脚不再犹豫，直接踏进套马索，低下头，又惆怅又感激地含了含郝运香的下嘴唇，由衷地说："你是个好女人！"

郝运香趁热赶紧打铁："我学会煮虾酱面了，有时间来我家尝尝味道正宗不正宗。"叶博士一直不肯去郝运香家吃晚餐，郝运香独居，他怕吃完晚餐，夜幕一落，自己会把持不住。此时此刻，深深感到人生得一知己不易的叶博士感激得尾椎骨都一阵阵发烫，虽然福建人不吃虾酱面，他们吃虾面。他却说："好，好。我去吃，一定好吃。"

郝运香放下心来，把叶博士安全送回位于大金丝胡同某四合院靠南搭出来的一间倒座房——据说是清朝某位正黄旗贵族阿喇氏老爷爱狗的故居。

第一次去，叶博士就摸着靠街的一扇窗户啧啧感叹：过去啊，因为倒座房的檐墙靠街，坐南朝北，所以是不开窗的，一般只有下人才住这里。给下人住的嘛，天不亮就起床日不落不回房的，要亮儿也没用。这不腾出来给爱狗住以后，阿喇氏老爷说了，不通气儿、没有亮儿会把他爱狗的魂儿憋闷住，所以特地挖了这扇窗户。沾光了，我们算是沾上了光。左邻右舍整条胡同，我们这有窗的倒座房可是独一份儿。但租金却跟别的倒座房一样，这是典型的加质不加价啊。

郝运香听得是频频点头，感觉这博士真不是白给的。小小一扇窗户都说得出这么些典故，阿喇氏老爷，听听，肚子里没点墨水水儿，能说得出这么历史悠久的名号吗？

目送着叶博士的背影走进家门，郝运香舒了口气，在冷风里拢拢乱飘的发丝，把从小巩那儿赊来的黑裙裤尽量往膝盖下扯了扯，缩起脖子沿着大金丝胡同的鱼肠小道慢慢踱步。

正值晚饭时间，在临街胡乱搭出来的低矮的小厨房里，家家户户都热闹地忙活着。拐角处的电线杆子佝偻着身子斜斜站着，极其不负责任地拽着手里松垮的电缆线。电缆线也乐得逍遥，在呼呼的风声中，自顾自一起一落地在屋顶房梁间与郝运香玩起跳大绳的游戏——唰，郝运香合着节奏起跳落下，嘴里念叨着“你拍一我拍一，马莲开花二十一”；唰，起跳，落下；唰，起跳晚了，钢丝绳狠狠抽在左腰眼上。郝运香这才回过神来，原来黑暗中没留神，撞到路边一辆打扮得极其浮夸的三轮车手把上。郝运香回敬三轮车车胎一脚，正龇牙咧嘴揉腰眼，口袋里的电话响了。掏出来一看，是简陆。真是想谁谁就来。

郝运香带着点心虚接起电话。简陆那自带调侃味儿的男中音传进耳里："郝运香，干吗呢？"郝运香嗫嚅着不知该如何回答，她总不能说她正在想他吧。

"吞吞吐吐的，肯定没干好事儿。今儿有个地下艺术展，好像叫什么'时间与性的美学特征'。挺酷的，你来玩儿吧，顺便补点镜头。"

"我撞伤腰了，去不了。"

"撞伤腰了？没事吧？"

"没事。"

"我去看看你。"

"不用不用。"

"你现在在哪里？"

"我在家。"

"郝运香，不许撒谎。你是不是又跟那个叶博士在一起？你离他远点儿，跟他在一起你就只值五十八分。"

"好。"

"赶紧回家躺着去，下回再找你玩儿。"

挂上电话，简陆"玩儿玩儿玩儿"的声音合着身边的炒菜声、咀嚼声、嬉闹声、谩骂声……钻进耳道，震动着双股叉般的耳鼓，刺进蜗牛壳似的耳蜗，随后塞满郝运香的大脑，一声比一声大。到了最后，"玩儿玩儿玩儿"声竟变成了老猫的"喵儿喵儿喵儿"声夹杂着黄鼠狼的"咔儿咔儿咔儿"声。

郝运香的后脑勺差点燃起熊熊爱火，但关键时刻，她猛一掌拍向三轮车把手，使劲晃了晃脑袋，便从里面把那蛊惑性极大的声音甩了出来。世界再次安静下来，电缆线仍然一下一下跟屋顶房梁跳大绳。

玩儿多有意思多轻松，傻子才不喜欢玩儿呢！可这世上有人天生就能把活着变成玩着，比如简陆。有人天生就得把活着当成爬着，比如郝运香。

她从没埋怨过自己活着就得爬着的状态。她知道，埋怨没有用。她之所以把自己比喻成一头身高体壮、脚力强劲、身背重担却乐天知命、积极向上的骡子，是因为她坚信只有把自己当成骡子，才能一直朝上爬。终有一天爬到山头，她也能理直气壮地把活着变成玩着。

简陆好像很喜欢跟郝运香一起玩，证据就是每次他都主动邀请郝运香出来玩。郝运香也越来越喜欢跟他在一起玩。

简陆邀请郝运香爬长城。郝运香不想去。她的六千一百块用完了，可纪录片还没拍完，郝运香不知道该去哪里找剩下的经费。这些年来，郝运香再是困苦也没找人借过钱，这会儿更是连缺经费的事情也不好意思跟别人提，可不知道为什么，她却对简陆和盘托出。简陆嘻嘻哈哈地说："你闷着经费就能从天上掉下来吗？出来玩玩。"

长城果然名不虚传，好长好长。不年不节的，游人也跟长城一样长。郝运香裹在人流里，脚下夯土铸就的台阶被千百年来的脚印磨出青铜般的古锈斑驳。城墙两边的枫树在阳光下摇摆着红扑扑金灿灿的叶片，扑簌簌地哼着歌。两边起伏的山势，依着各类乔木灌木的脾性，深绿浅绿里浮出各种明快的黄、醉人的红。这生命力极其丰富又浩荡的颜色铺张在黄土青天之间，伴着蜿蜒的长城直直陈设到不远处的天尽头。

郝运香闭上眼睛，感觉到阳光在自己的眼睫毛上跳舞，她乐得跟母鸡下了蛋似的"咯咯哒咯咯哒"地笑。简陆斜靠在城墙边，说："都不用问，爬长城上只要是你这德性的，一准儿的外地人。"郝运香回嘴："本地人爬长城啥德性？"

"本地人才不来呢，早爬烦了。"

"那你怎么爬上来了？"

简陆眯起两只大眼睛，沉默了。他转移话题："拍纪录片花不了多少钱，你工作这么些年的存款都花完了？"

郝运香点点头。

“花了多少？”

“整整六千一百块。”

简陆再次沉默。他看着郝运香两道眉毛带着真诚愁苦地皱在一起，心里不自在起来。他望向远处起伏的城墙，心想六千一百块就是她所有的存款啊。他问：“你还需要多少？”

郝运香扳起指头细细计算一番，精简又精简，也得再要一万一千六百元。

简陆脸上的坏笑活泛起来，他说：“我可以借你两万块。别省着，把片子拍好。”

“真的？”郝运香差一点又蹦起来啃简陆一口。

“不过我有个条件。如果你的纪录片得了奖，只用还我的本金。假如你的纪录片得不了奖，那么月息三分，利滚利。”

郝运香背着如此这般的高利贷，却半点恐惧也没有。她郑重地向简陆点点头。

简陆越爬越远。郝运香突然想起，那天吃麻辣烫时，自己似乎提过来北京这些年都没见过长城什么样。这简陆莫不是专门带自己来玩儿的？

“唰”地两坨红云飞上郝运香的脸蛋，旋即又被她两掌抹飞：你是想抓着头发飞离地球？

简陆的朋友在簋街开了个饭馆，他让郝运香一块儿去捧捧场。两人酒足饭饱，出来往停在街边的路虎那儿溜达。一辆后架子上绑了差不多一吨废纸板的三轮车，车把头摆着小 S 型晃晃悠悠“砰”一声，在两人的眼前撞碎了大路虎的尾灯，后保险杠外侧被划出一道惨白的半尺长的擦痕。

车座上的老人目测得有九十岁，细密的皱纹间种子般洒满了大小不一色块不均的老年斑，车座后隆起的庞然大物衬得他蚂蚁般渺小，细弱的头颅随着碰撞后的余威，与纸板箱一起摇摇欲坠……

在这毫无预兆便倏然降临的性命攸关之际，老人本能地模仿起从没见过的美洲负鼠——翻倒在地下，思考了四分之三秒，便立即面朝苍穹，双眼紧闭，张开嘴巴，吐出舌头，仿佛瞬间失去了全部生命体征似的一动不动。如果他有幸能长出一条尾巴，此时尾尖一准是盘成螺旋状疲软地耷拉在张开的上下颌之间。据说美洲负鼠这种叫鼠却比鼠长得可爱一万倍的小动物，在地球上已经存活了七千万年之久。它们之所以能将与其同时代的猛犸象与剑齿虎远远地甩在身后，究其原因就是因为它们会玩这漂亮的一手。

简陆只愣了一下，随即冲躺在地上的老人瞪眼睛，假装急促而又凶恶地喊道："还愣着，这车您赔得起？快跑吧！"

简陆的叫声像是一双被炉火淬炼了半天的火筷子，一下烫在"美洲负鼠"的后背。老人的胸部一个剧烈的激灵，阳气回还，皮蛋色的眼珠子转了转，翻身爬起来，艰难而又迅速地爬上三轮车座，花了半天工夫找到脚蹬子，立起身子弓下腰，绷紧全身肌肉，三轮车却纹丝不动。老人盐渍的后背绝望地上下快速起伏着，驮着溢出来的纸板箱的三轮车却还赖在原地。

简陆无奈地摇摇头。他伸出双手，搭在老人后背，猛然发力，嘿的一声，蚂蚁驮着大象终于上了路。简陆甩甩脑袋，伸出右手朝郝运香摆了摆："还傻站在那儿干吗，上车。"

简陆的右手又白又修长，带着点儿女相，却充满男性的力量美。郝运香一阵恍惚。假如是这只手端着钵或是提着功德箱伸到自己面前，那么她只会犹豫一小会儿，接着便会把自己的六千一百元钱全部放进去。

第二十七章

“我”这一辈子

常听见人们说自己这一辈子怎样怎样。细究起来，一辈子也就是从两枚生殖细胞在极端偶然、任何外力也无法左右、神秘结合的那一刻开始，直到在狭义的生物学意义上各个重要人体器官的新陈代谢全部停止为止。

这应该是一个时间概念。

“我这一辈子”都在宇宙这个既无范围也不会停止的概念里，以序列的不可逆转的方式度过极其短暂的过去、现在以及将来。

当你开始审视这个序列的时候，你就会发现它其实具有一种一致且从不循环的悲剧性特征。所有在“我”身上发生过的，都只是这条既无限长又无限短的线性序列里一个个不可逆转的元素，各个元素的出现以及排列组合的顺序至关重要。作为被这些元素作用的“我”，却从没有任何机会去改变。

傅天爱的出现便是任重生命元素周期表发生一系列不可逆的排列组合变化的开始。她的出现如此偶然，却又不可逆转地必然。任重从没想过，假如傅天爱不是出现在他情窦初开的十七岁，而是出现在他阅历渐成的二十七岁时，那会是一种什么情形？又假如奥巴马关于“Yes，we can！”的演讲出现在傅天爱得到她认为理所当然本该属于她的主任位置之后，那傅天爱与任重的生命元素周期表的排列组合又会是一种什么样的情形？

现阶段，任重和傅天爱都没有时间思考这两个问题的答案。傅天爱忙着复习英语，查找美国大学的入学申请条件，借以熄灭自打她成熟后时不时便烤得她焦躁难安的那把火；任重则忙于查找治疗男性不孕不育的靠谱专科医院，好点燃自打他成熟后便一直照亮他生命路程的火一般的傅天爱。

最终通过百度，任重选择了一家著名的专治不孕不育的私立医院。虽然在网上病友的一片表扬以及感谢声中夹杂着一两篇痛斥该医院是莆田系黑医院的血泪文章，任重却不以为然：谁说莆田系就非得是黑医院？英雄不问出处，保不齐是竞争对手眼红放出来的烟幕弹，且该院独有的“精液脱落细胞学”三个小时便能看透男性不育症。

满头银丝、笑容和蔼的主治大夫一看到任重踏进诊室，便抬起头冲他温暖地笑了一笑，两只大大的鼻孔修理得干干净净。任重对修剪鼻毛的男士有着无以名状的好感，这点当然来自其母亲唐女士从小悉心的教养。

任重觉得自己的选择是正确的。

主治大夫询问了任重的家族病史后，便问他近年来的健康体检报告如何。任重快三年没参加单位体检了——第一年恰好出差，第二年恰好看见傅天爱网络直播的大型订婚酒会，更是没了心思。

主治大夫听闻，摇了摇头，说：“年轻人要注意保养身体啊。你先做个全身体检。男性不育的原因很多，成因更是复杂。等体检报告出来后，你再带着你太太一起过来。”

“不不不，先做我的。”

主治大夫会心地看了一眼任重，说：“哦，没有问题。这一个礼拜有没有跟你太太发生过关系？”

任重摇了摇头。傅天爱最近忙得很，没有时间跟他发生关系。

主治大夫给任重开了一小沓报告单：“先去做检查，七天后拿到结果再说。”

“七天？不是三个小时后就能拿到结果吗？”

“年轻人，心急吃不了热豆腐。我们对病因的诊断必须建立在详实的病理数据之上，这样才能有的放矢，快速有效提高治愈率。去吧，去吧。精液检查需要提供三次样本，年轻人，你可以的。”

七天后，任重又坐在主治大夫对面，递上所有的检查报告。主治大夫戴上玳瑁眼镜，笑眯眯地快速翻看着。翻到其中一页时，他的速度明显变慢，待这页翻过去后，想想又翻了回来，眼睛从玳瑁眼镜上边框处冒出，看几眼报告，再看几眼任重。任重的心被医生这几眼盯出了淋漓冷汗，不禁问道：“是我有问题？”

“年轻人，一个人来的？”

“是。”

“最近肠胃有没有不舒服？”

“我有慢性胃炎，还有痔疮。胃炎最近没犯，痔疮倒是犯了，有点便血。”

“哦。”医生沉吟着，两只手指慢慢转动着手里的笔。

“大夫，我到底有毛病没有？”

“嗯，从目前的检查报告结果来看，你的精液参数中向前运动的精子小于百分之五十，或者说是能达到A级运动的精子小于百分之二十五。”医生瞥见任重涨红的疑惑的面颊，连忙追加一句，“也就是说，你的精子素质差，活动能力弱，成活率较低，数量少于六千万。不过，你不用担心。从数据上来看，你只是弱精，并不是无精或死精。这个在我们医院的治愈率目前已达到了百分之九十九，只要患者积极配合治疗方案，治愈率甚至可以达到百分之百。”

任重吁出一口气，向前探出身体：“我非常愿意积极配合您的治疗。请问这种病是先天的还是后天的，还有治疗过程需要多长时间？”

主治大夫明显有点心不在焉：“先后天都有因素，每个患者的情况都不同。现代男性因为生活环境、习惯以及压力的各方面原因，后天因素占比有逐渐增大的现象。”

“医生，请您给我开药吧。”

“年轻人，心急吃不了热豆腐嘛。不要急，弱精又不是什么疑难杂症，更不是不治之症。嗯，我建议你先去专科医院做个肠胃镜检查后，咱们再来制定详细的治疗计划。”

“为什么？我是看不孕不育的，又不是看肠胃的。难道你们还能从精液中看出我的胃有毛病？”

“那倒是看不出来。不过你的体检报告中有几项指标异常，当然这个不代表什么。可是你有慢性胃炎，最近又便血，那么你肠胃系统的消化功能肯定是不好的。你这个功能不好肯定要影响药物疗效的。年轻人，去吧，去吧！”主治大夫像是吹响捕鼠人手中的长笛，任重果真就去了。

又一个七天后，任重像一只愤怒的大螃蟹被两个膀大腰圆的保安夹着扔出某三甲医院的大铁门。他坐在地上发了会儿呆，往来人群纷纷绕过他。他抬头看了看天，早晨出门时还灰蒙蒙的，这会儿却在朵朵浓淡不一的流云间露出了一块块难得的惬意的蓝色。

任重站起来，径直穿过马路。一辆丰田擦着他的腿弯，堪堪刹住脚步。喘着粗气的男司机张牙舞爪地跳了出来怒吼：“我、我、我……你……”意思还没表达出来，男司机旋即又跳回车里。任重面目扭曲的脸上根根青筋跳动着，冲他龇牙咧嘴地笑了起来。男司机“咔嗒”一声锁紧车门。

任重挂着这张笑脸，穿过马路，走上人行道，漫无目标木偶似的一直走了下去，并始终保持着红灯行绿灯停的无人敢搅扰的规律。他感觉自己好像是被套进一个真空磨砂玻璃罩子，身体的全部感知器官都朦胧模糊，耳边却一直重复回响着医生的话——“你怎么才来？一个人来的？现阶段只能保守治疗。想做什么就做什么，保持心情愉快。”“心情愉快”四个字一出口，任重从椅子上蹿起来，钳住医生的细脖子，眼看着他的眼珠子鼓出眼眶，贴在了瓶子底般的眼镜片上。这是好孩子任重第三次跟人动手，前两次是为了傅天爱，这一次算是为了自己。

等任重清醒过来的时候，他已经站在了自家的厨房里。灶台上大小不一造型精致的腌菜坛子，阳台栏杆上垂吊下来的各色风鸡腊肉熏火腿，看见最爱它们的主人回来了，全部抖擞精神拿出了最好的姿态。可任重冲上去将所有的腌菜坛子扫落在地，随后扯下栏杆上的风鸡腊肉熏火腿，狠狠扔在地板上。然后，他自己也跟着这堆东西一起摔落下去。

面对迎面砸过来的巨大变故，任重觉得像是有一股挟裹着粗糙而又尖锐沙砾的泥石流在体内肆意冲撞，却又找不到出口，只好咆哮着从上奔流到下，复又从下奔流到上。打小便是老师、家长、领导眼里的好孩子、好员工的任重，从没机会正面遭遇这种人生巨流的冲击，他完全不知道该如何应对。

任重趴在大头菜和腊肉堆里，两条胳膊紧紧搂住脑袋，以一种重回母体的姿态，开始思考起他这一辈子——任重不喜欢思考，不喜欢思考那些不该由他思考的东西，他喜欢简单——高高兴兴，吃吃喝喝，该做的做，不该做的不做，该想的想，不该想的不想，也不会去想。来路父母铺就，去路领导造就。三十多年来所遭遇的全部的挫折也只不过来自于傅天爱——可爱情又能造成多大的挫折？多大的挫折时间都能抚平！

问题是任重现在不缺爱情，却缺时间了。假如不出意外，二十五年后，不，二十年后，任重铁定是这个国企的二把手。他也一定能成为该单位有史以来最合格、最有口碑、最让一把手放心的二把手。然后，他会在二把手的位置上安全退休——钱，不多不少；

房，不大不小；名，不浮不虚……他一定也挤得出时间再开一家酱菜铺子，了却姆妈心愿——赚不赚不打紧，只要姆妈高兴。然后，他会带着他心爱的籁籁一起环游世界。

籁籁——一想起这道生命中的曙光，蜷缩在地上的任重动了动胳膊腿儿，这才算是得着了外援，从磨砂玻璃罩子里钻了出来。他还有籁籁，他不能这样，这样会吓到她的。不能吓到她，他得保护她。任重猛地站了起来，开始打扫起地上的垃圾。

傅天爱进门的时候，穿着围裙的任重已将饭菜摆上桌子。傅天爱没有注意到失去酱菜坛子和风干鸡鸭的厨房，也没有注意到任重黯淡的眼神与塌陷的双颊。饭桌上，她习惯性地对他开门见山："老公，我要出国去念MBA。"任重眼里那最后一点点光泽"唰"地熄灭了。

傅天爱停了停，继续说道："老公，你让我去吧，一共也就两年的时间。或者你跟我一起去也可以。我真的无法再在单位待下去，我憋得难受。那股子桂花香气又出现了，熏得我脑仁儿疼……"

傅天爱还没说完，穿着围裙拖鞋的任重站起身，一言未发地拉开房门走了出去。看着第一次面对自己的背影，一向笃定的傅天爱还是很笃定——任重会同意的。

一脸胡茬、只穿着一只拖鞋的任重回到家时，傅天爱已经睡着了，没吃安眠药也没喝酒，睡得很沉很香。任重知道，傅天爱睡得最香最安稳的时候也就是她做出新决定并打算坚定实施的时候。

睡着了的傅天爱还是那么美，长长的细细的脖子在枕头上弯出好看的弧度。这样的脖子，永远不会缺少有力、坚实臂膀的环绕。一想到以后别的男人的嘴巴将在这根脖子上刮、擦、吸、舔，任重就嫉妒得要发狂了。

黑暗中，他坐在傅天爱的身边，两只手攀上她的脖子——如此光洁、细嫩，又如此脆弱，只要稍微一用力，稍微一点点力气……任重被自己的想法吓坏了。他松开双手，踉踉跄跄逃命般从傅天爱脖子边的深渊边逃走了。

他逃进书房，也懒得开灯，摸索着打开书桌边的一个小柜子——里面躺着一个不大的描金的小黑盒子，那里的东西只属于也终将只属于他一个人——一张发黄的老照片，任重从傅天爱高中补习证上偷回来的；一朵小珠花，从傅天爱扎头发的皮筋上掉下来的，皮筋是他送给她的，合肥买来的，当年最时兴的花样；几封傅天爱写给他的信，虽说被看了千百遍，却半点脏污破损也没有；一块带血的小手绢，是任重跟骚扰傅天爱的小流氓打完架后，傅天爱亲手扎在他拳头上的；一小株干桂花，那是当年傅天爱决定不跟他去吃包子，而是跟常田青一起复习黄冈习题的时候，她踩在脚下的那一株。

任重举着这株小小的桂花，在黑暗中一动不动地坐着，直到天幕发白。和着不远处活络起来的马路上的叮当声，他将体内那一股四处乱窜的泥石流从口腔里深深地重重地吐了出来。

当傅天爱坐在镜子前描眉的时候，任重平静地看着她，说："籁籁，咱们离婚吧。"

傅天爱右边的眉梢一下比左边的高出半寸……

第二十八章

神秘的金星

三个月很快过去，九十来天的时间增量永为正数。在这个人类自己定义的时间概念开始运行之前，谁也无法预料以及控制它将会如何结束。

在这三个月里，郝运香昼出夜不伏，调动大脑以及身体里的所有潜能，爆发出常人难以企及的力量。于是，她做的片子不但入选，并且在大学生电影节上获得了纪录片类三等奖。

此刻，站在颁奖台上的郝运香奇迹般地变美了。我坐在台下盯着她，心里却纳闷得很：是什么让她变得如此美丽？她的容貌并没有发生任何变化。是小巩给她化的妆做的造型的功劳吗？端详下来，却并不是这个原因。我再次细细地上上下下地打量她，最终我发现这种变化来自她眼睛里和脸上的笑意。如果你见过三个月前的郝运香，那么这会儿，你肯定也会为这个变化大吃一惊。

以前，她的大小眼看人的时候总带着怯生生的惶急神情。如果你的身高比她矮，她便会就着你佝偻起腰身，眼珠子在下眼眶处小心地盯着你；如果你的身高比她高，她便尽量抻直身体抬起下巴，眼珠子在上眼眶处谨慎地翻转，嘴角挤出两个谄媚的小坑，弯出一个开口朝下的抛物线。这样一副神情，原本是做出来讨好你的，可不知道为什么，看久了总觉得心烦。现在她站在台上，腰身笔挺，两只眼珠子定定地守在眼眶中央，里面那种怯生生的惶急消失了，取而代之的是一种随和的深沉和坚定，嘴角处还是有两个小坑，但弯出的曲线却上扬而饱满。

下台时，郝运香迎面撞见贾总。贾总隔老远便伸出一根粗大的食指，对着她的脑门指指点点，脸上开出一朵大大的洛阳红牡丹，他对郝运香说："你，你，不错，好好干。"

坐回台下，简陆捏捏她的手，小声说："郝运香，我们觉得你应该拿一等奖。"他身边的小巩也对她使劲点点头，说："对，一等奖。"

看着简陆那双温柔的大眼睛，郝运香的理智再次远远地抛下主人，不知游历去了何方。

在这三个月的时间里，郝运香越来越控制不住地喜欢上跟简陆一起玩了，甚至为了跟简陆一起玩，还推掉了几次叶博士的见面邀约——叶博士可是难得主动约她。理智控制得住情感吗？反正郝运香的理智根本控制不住情感。

郝运香想不到，就在今夜，她与简陆的关系将发生质的变化。

此时，明亮的金星已经开始从她平淡的第十一宫星位，悄悄向富于浪漫主义冒险精神并耽于享乐的第五宫星位运行，它将会在今夜正式落入第五宫。这颗上好的吉星却偏偏落在四分相的凶相位。吉凶到底如何，金星自己也说不好。这还得综合考虑两端星体和四大尖轴的意见以及两位当事人的力量与意愿。

颁奖典礼结束后，大家意犹未尽，谁也不想就这么散了，于是集体奔向燕郊继续庆祝。

简陆带来几瓶红酒，除了他以外没人知道价值几何，便洋气地加上冰块兑着雪碧一起喝。大家的话题由美国的经济制裁扯出苏富比春拍时中国几位"天价王"作品的流拍，随后深究起丹青陈大师辞职清华背后影射的当代教育的悲剧性……

当代教育的悲剧性，这个话题引起满丫头的强烈兴趣。满丫头——中国女性权利自救与发展促进会民间理事会副理事长兼上流社会 party 达人，郝运香第一次来时与之失之交臂，因为她要参加晚上的 party 所以放弃了午餐的机会——芳龄四十五，祖籍河南信阳，操一口流利的北京官话，喜好用色彩艳丽的丝质大方巾裹住头发，天气多冷都拒绝穿秋裤。她有两件外衣：一件是灰母鸡色，不谈论女权时穿；一件是荧光粉的花花绿绿的公孔雀色，谈论女权时穿。

此时，满丫头优雅地转了转脖颈，伸了个懒腰，咬破灰母鸡色的茧皮羽化成一只光芒四射的爪哇龙鸟，伸出触角般灵敏的食指面向虚空环点出了一个扇面的形状，开口道："你们这些人啊，根本没有触及到问题的灵魂深处。为什么我们的教育会束缚人性？人性是什么？人和性啊！没有性能有人吗？人和性就跟水里的氢和氧一样是无法分离的。而我们的教育偏要在人和性之间划一道巨大的充满了五千年前遗留下来的腐臭气味的鸿沟，拼尽全力压抑女性的自我意识。弄得我们从发育开始就害怕自己长大胸，大胸招人笑话啊。这条人为划出来的鸿沟是套在我们广大女性同胞身上最沉重的枷锁。你们这些假道学真小人，还以为套住了女人的第二性征就能显出自己男人的强悍。"

野风派小陶实在听不下去，他鼻尖上的粉刺因为强烈的不满而射出道道紫光，嘴里小声咕哝着："女人就该安分守己，不自爱没好下场。"

满丫头的目光利剑般刺向小陶："自爱！来，你给我定义一下自爱的界限与意义。你说不出来。你所谓的自爱不就是禁锢女人的性行为吗！小陶啊，你画的女娲还缠了一圈金钱豹的皮。你咋恁会想呢？女娲娘娘那会儿世上有金钱豹吗？就算有，女娲娘娘舍得杀吗？忍心剥它的皮吗？你就给人家裹一块儿。如果你能扯掉那块女娲从来没穿过的臭烘烘的毛皮裙子，你的画就不会只有煤老板才懂得欣赏了。要是你的思想一直如此落后，那么你跟真正的艺术之间的距离将永远也无法跨越。”在焦阳的哈哈大笑声中，小陶落荒而逃。

对着小陶的背影，满丫头满意地咽了口口水，食指再次伸出，点向了郝运香和樊星：“你，还有你，你们这些女人甚至连老天给予你们的那个最重要的器官长成什么样都不知道。你们没有勇气去探索她、研究她并与她进行交流。可怜的中国女人啊，百分之八十到死都不知道什么是高潮，也从来没有享受过。这是对我们女性权利最大的践踏，也是我们教育最大的悲哀。”满丫头仰起下巴，半眯着眼睛，从胸腔的最深处为百分之八十的中国女性重重地叹了口长气。

不爱说话的樊星冷静地开口：“你认为女性高潮是什么样的？”

半仰着头的满丫头打了个不易被人察觉的冷颤，皱着眉头迅速思考了一小会儿，时间短到让人不敢质疑她答案的真实性，她说：“那是一种由男女共同舞出的对生命力最原始最野性最激情的膜拜；那是一缕来自伊甸园的最温柔最明媚的春风；她爱抚着美索不达米亚绿色的广袤平原，在尼罗河上撩拨起一圈圈神秘的暧昧的涟漪；绕着喜马拉雅山雄壮的尖顶，慷慨地滋润着恒河与黄河流域每一寸土地上的最鲜活的生命。她是光，是电，是唯一的神话。”

满丫头对高潮语焉不详的描述声越来越低，渐渐像绕梁春燕的呢喃淹没在一股甜腻腻的粉红色的雾气里。那一缕据说来自伊甸园的春风伴着雪碧红酒的香甜丝丝缕缕钻进胸腔，卷起一层又一层波澜；又像绒鸭身上那根最柔软的羽毛轻轻搔着你的心窝窝，那温暖的嫩嫩的痒一直震颤至足尖。人们悄悄散尽不知去向，满丫头也消失了，小巩也消失了。满满的世界瞬时空了，仿佛只剩下简陆与郝运香……

一切究竟是如何开始的，郝运香事后无论怎样使劲也回忆不起来。就当那是一场梦吧，那确实也是一场梦。梦里的简陆太会玩了——他的嘴是嘴又不是嘴，他的手是手又不是手，枕头毛巾冰块小铃铛到了他那里统统变成了新玩意儿，被赋予了特殊的勾魂噬魄的新功能。

经过这一下子的洗礼，郝运香证实了满丫头关于高潮的那番言论是彻头彻尾的谎言。真正的高潮跟什么美索不达米亚、喜马拉雅、恒河、黄河一毛钱关系也没有。要说它是光是电是唯一的神话倒算靠谱。但真正的高潮究竟是什么样子？郝运香不肯说，我也无从猜测。

在沙沙的翻书声中，郝运香睁开眼睛，发现自己枕着简陆的一条胳膊，而简陆正在她头顶专心看书。一股浓浓的好闻的散发着干麦草香的味道暖洋洋地笼在郝运香身边。简陆原来是这种味道啊。她小心地抽抽鼻子，贪婪地呼吸着。她一动也不想动，躯干四肢失去了重量，整个人像飘在云端，又像平躺在蔚蓝的海水里，小小的浪花一股一股轻轻抚弄着她。一颗心却沉甸甸的，不断低沉的轰鸣：你干了什么？你想干什么？

这种感觉是如此陌生如此美好，却又充满了不确定的巨大的恐慌感。郝运香的心被这两股相反的巨力撕扯着——一会儿飞上九天，一会儿跌入深渊。可惜她缺乏哲学的思辨思维，不知道这是她的理智与情感脱离了主体在进行一场战役，她全凭自己的本能反应在控制着这场战役的最终走向。

简陆咳嗽一声，郝运香下意识睁开眼睛，看见简陆胳膊上浓密的汗毛随着自己的呼吸一起一落。两簇熊熊野火“唰”一声自脸蛋冒出，一路汹涌直直烧到大拇脚指尖。郝运香感觉自己都要融化了的时候，简陆用书拍拍她脑门，说：“别装了，醒了就起来吧。”郝运香缩在被子里仍是一动不动。简陆明白了，他放下手里的书，钻出被子四处收拢了郝运香的衣服递了进去。

郝运香在被子里穿戴停当，得空打量一番简陆的房间。窗户下面摆着一组老式木质沙发，上面罩着泛白的军绿色布套，沙发座里的填充物鼓鼓囊囊，边角处磨得起了毛。贴着南墙根是一套老式组合书桌，桌面上刻满了手撕鬼子的惨烈战役。架在书桌上的四格书柜里一本书也没有，零散地摆着各类手工艺粗糙的木质长枪短炮，还有一根旱烟管和一副老花镜。书桌对面一张大床，床头左边一个三腿挂衣架，挂着一件打满补丁的老军装和简陆的外套。右边一张床头柜，上面放着年代久远的绿色塑料台灯，一本黑皮烫金中英对照版的《圣经》躺在台灯底座上，书页卷边磨损得厉害。简陆顺手将正在读的书压在圣经上面。郝运香看过去——《大佛顶如来密因修证了义诸菩萨万行首楞严经》！

郝运香想不通，她问道："佛祖和上帝能搭着读？"

"为什么不能？"

"这俩不能同时信吧？"

"能吧。即便是同时信了，依着两位的度量和修为肯定也不会生气。再说他们一家讲究活着修行，一家讲究活着赎罪，其实是一码事儿。既然讲的是一回事儿，那两边的方法都学学，学会了博采众长结合着用，不吃亏。"

"是吗？他俩用什么方法叫人不吃亏？"郝运香站在自己的角度，不经意问出来形而下的问题，却正是两家形而上的奥妙所在，也是简陆一直以来所困惑的。

他仔细思考了一会儿，斟酌着说道："依我看这'亏'应该是原罪，也可以说是心里的一切恶念。而两家几千年来一直在努力教化我们如何才能'不吃'它们，或者说不被它们吃掉。至于这不吃亏的方法我还没有想清楚，想来每个人都得用不同的方法才能学会。"

"学会不吃这种亏有什么好处？"

简陆搔搔头皮："应该能得到一种现世的心里的真正的平静。"

郝运香沉默了。这会儿，她的心里可没法平静。这一屋子旧家具，还不如自己的值钱，统统散发着八十年代初期特有的味道，加上这两本叫人一眼望去就不得不虔诚地屏住呼吸的书以及简陆独有的带着玩世不恭的善良，还有昨夜给自己的那种电光火石般的神话感受，简陆纨绔子弟的形象在郝运香心头实实蒙上了一条神秘主义的黑色面纱。这条厚重的大面纱闪着魅惑的温柔的金光，紧箍咒般套在她身上。恍惚中，郝运香觉得自己由一头壮硕的骡子变成了一只傻头傻脑的肥母鸡，正二话不说就打算跳上简姓黄鼠狼的后背，又好像一只初生的小灰耗子，欣喜而又懵懂地跌进简姓老猫大张着的利嘴。

这时，墙角的大钟适时地敲响八声，将郝运香拯救回现世。她拍打着脑门，完了完了，要迟到了，她可不能迟到。手搭在门把上的那一刻，她来了个急刹车，回过头冲简陆摊开了手掌："上次的清洁费，你说好日结的，可上个礼拜天你没来。"

郝运香的眼睛孩子似的黑白分明，不掺杂半点杂念。简陆犹豫了片刻，随即压下心底的尴尬，拿过钱包，掏出全部的纸币郑重地摆在郝运香的掌心。"用不了这么多。""还有时间算呢，自己慢慢扣吧。"简陆伸出手极其自然地拍了拍郝运香的屁股，嘴里念叨："得儿驾，郝运香，加油！"郝运香脸红了，喊了一声："谢谢，再见。"然后浪花般消失了。

简陆的后半句话堵在嘴里没有机会说出来，他不想跟郝运香说再见，再见的时间意义太不明确，他想跟郝运香说"明天见"。只可惜她跑得实在太快。郝运香一走，满屋子活蹦乱跳的热闹也随着她一同消失，简陆竟觉得落寞起来，这种感觉让他十分疑惑。难道他爱上了她？这不太可能。郝运香浑身上下除了旺盛的生命力以外，简直没有一点吸引人的地方。

起初，简陆只是觉得郝运香可怜，后来发现她忙得根本没空让别人可怜，接着觉得郝运香有趣，结果发现她真的挺有趣——像一只吹饱气的大皮球，你越拍得狠，她越蹦得高，再后来就想逗着她玩，结果越逗越好玩，越好玩就越想逗，直到逗出昨晚的结果。

简陆一直固执地认为习惯是造成一切痛苦的根源，所以多年来他以近乎残酷的方式培养出钢铁一般的意志力。可以很肯定地说，如果他不想发生关系，那他就不会跟任何人发生关系。这次，他明明没有要跟郝运香发生关系的打算，可这关系自己莫名其妙地就发生了。

至于以后会怎样？简陆也懒得多想，让以后的自己来回答这个问题吧。他拿起《楞严经》，重新躺上床。

第二十九章

富贵“逼”人

其实，郝运香远没有看上去的那么镇定——向简陆要清洁费只是一种掩饰羞怯与慌乱情绪的拙劣手段，她已然乱了方寸。

按说“四七”之年的郝运香犯不着如此着急。可年初时张大叔给她打的那卦，让她不得不着急。张大叔说，如果她在“四七”年末时未敲定终身大事，那就只有等到“五七”岁末的那一年，她的红鸾星才能再次入主夫妻宫。

郝运香表示对“四七”“五七”的意义并不是很明了。张大叔喝一口二锅头，夹一粒花生米，慢悠悠地问她：“你今年二十八岁对不对？”只这一句，郝运香便深深信服了张大叔，她的年龄可是个“绝密”啊。

原本以为任重是自己的真命天子，结果不是。后来以为叶博士是，叶博士是不是？如果没有简陆，郝运香觉得他是。可现在出了个简陆，郝运香觉得叶博士不是。那简陆到底是不是？郝运香决定给他七天的时间，让简陆自己来回答他到底是还是不是。

第一个七天过去了。简陆没有来向她告白。郝运香在期待与忧虑、肯定与否定的泥沼里痛苦地浮沉。眼看着大雁排成一字向南方飞去，郝运香还是对自己说，一个七天太短暂，再给他一个七天。

第二个七天过去了。简陆还是没有来向她告白。郝运香陷入希望与绝望之间的泥沼。

可惜她不知道，这两个七天的时间里简陆跟她的状态一样。他很想来找她，但他又吃不准见到她后自己究竟该说些什么、做些什么。简陆惧怕一切会成为习惯的人与事，但他又不是个懦弱的人。从幼年时起，他就生活在矛盾中。这种矛盾造就出一颗柔暖的心和一副粗粝坚硬的神经，所以简陆习惯性地不作为。郝运香的出现，不显山不漏水地，一点点动摇着、瓦解着他的神经。

郝运香仍在不死心地摇摆——像一只被施了魔法的老座钟，钟摆完全脱离发条的控制：摆向理智中的叶博士时，匆匆而过；摆向情感里的简陆时，久久不愿离去。就在钟摆控制不住地想停在情感那一边时，郝运香见识到了简陆的富贵。

富贵是个好东西，这点郝运香从不质疑。比如路虎坐着就比桑塔纳舒服，你要说舒服在哪里？其实是舒服在脸上，脸上舒服了，心里自然就舒服了；心里舒服了，浑身上下哪儿哪儿也就全舒服了。

但简陆的路虎常年蒙着一层灰，接见郝运香时不是趴在乱纷纷的马路牙子上，就是趴在燕郊的小产权房旁边，再加上郝运香对车的概念有如普罗大众对宇宙起源于何处终将去往哪里一样茫然无解且不感兴趣，所以，郝运香虽是一口一个纨绔子弟地叫着简陆，却从未真正见识过托起这份纨绔的底座——只有盘踞在这样的底座儿，纨绔才有底气，才能被称作纨绔。

第二个七天结束的前一天，简陆发来一条短信，想带郝运香参加一个艺术展，顺带推推小陶大刘卢果他们的作品。郝运香用最快的速度把自己套进从小巩那儿赊来的衣服里——她欣喜地想着：他不开口，我可以开口啊。

车开到半道，简陆才想起展会册子没带。于是，路虎带着郝运香拐进三环里一条不起眼的小胡同。这条幽深的小胡同位于闹市的中心，胡同口斜冲着大街，不打眼到每天来来往往多少郝运香叶博士们经过时，都懒得抬眼朝里望上一望。不过，从这条胡同出来后，郝运香心里的钟摆便罢了工，停在原本它认为自己该停的位置。

路虎甫一拐出胡同，双目豁然开朗，两耳骤然清静，连空气都轻盈透彻起来，叫人不得不怀疑是不是仍然身处北京。道路两边松柏挺立，奇花绽放，虽是深秋时节，仍是满眼苍翠。沿街一水儿高大的赭红色砖墙，厚重而又神秘地包裹着里面几排间距非常大的仅仅从欧式外墙上露出的边边儿来看就叫人不得不肃然起敬的灰白色小楼。

这条安静到诡异的小街总让人觉得有点不对劲儿，郝运香趴在窗户上不安地左顾右盼。末了她夸张而又带点绝望地喊了一声：“一根烟头、一片纸、一口浓痰、半点泥都没有，这是人住的地方吗？”喊声未绝，两扇通天般高的雕花铁艺大门在她面前无声滑开，门边岗哨台上一个身高一米八、比简陆穿得体面笔挺得多的保安冲着玻璃后的郝运香，双脚“啪”地一合，敬了个标准的军礼，并大喊一声：“尊敬的业主，您好！”饶是路虎隔音效果良好，郝运香也听了个清清楚楚。她一个激灵，不由自主地抬起左手，冲英俊的保安还了个畏畏缩缩的礼，笑着嘟囔：“您也好，您也好。”

待郝运香站在比她这一辈子所住过的任何一个她称之为“家”的地方都大的门厅里时，她觉得自己也像是被套进了一个厚厚的真空磨砂玻璃罩子里，所有的感知器官都朦胧模糊起来。这到底得有多少平方米，以至于简陆变得虚惶惶的，站在远处一片金碧辉煌中，身影不可思议地越来越远、越变越大。

一缕风中纸鹞般的声音飘飘摇摇钻进耳朵，郝运香凝神了半天才算听清楚那声音说的是：“站门口干吗？进来啊。”“脱鞋，我在脱鞋。”郝运香恍惚中连袜子都脱了，光着的脚板贴着货真价实的纯天然进口红木地板，说不出来的温润爽滑。

这套房子是简陆的继母秦阿姨花重金聘请游学欧洲多年的著名

设计师打造的，博采中西方皇室家居装饰风格之长，整体基调为白、金、灰、朱红四色。绝大部分的家具出自威尼斯高档家具公司高订师之手——各类沙发上的每一条流畅而又神秘的曲线，无数桌子椅子腿上复杂而又精美的手工雕饰，窗帘帷幔的宫廷花式皱褶与垂吊，就连皮艺蒙面上露出来的每一颗钉子都低调地展现出文艺复兴时期那种仿佛漫不经心的极致的优雅。

少部分家具则来自秦阿姨自己的私人典藏，比如摆在拥有六扇落地玻璃窗餐厅里的那张几乎比郝运香现在租住的磨具盒子都大的餐桌——印度大花绿玉石台面，黄花梨桌体。鉴于黄花梨的昂贵，秦阿姨舍不得在上面再做设计。为了这张桌子，设计师曾经与秦阿姨发生过一次激烈的争执，最后败下阵来。设计师不得已亲手织了一条波西米亚风格、拥有超长流苏的真丝大桌披。罩桌披的那天，设计师痛心极了——全是土豪，没一个懂得欣赏真正的艺术。要不是这张煞风景的桌子，这整体设计便是路易十三本人亲自来验收，那也得暗暗叫好。

站在这套简直能征服路易十三本人的宫殿里，郝运香却清清楚楚地看见自己正赤条条地踩着黄花梨的木椅子，趴在六扇落地玻璃窗中的其中一扇上，打算让自己再“跳”一次楼。

巨大的恐惧排山倒海般击倒了自认为强大的郝运香，她摇晃着脑袋渐渐清醒过来，心想：郝运香啊郝运香，你已经跳过一次了，你还能再跳第二次吗？你想拿简陆当自己的一辈子，可你注定也就是他眼前的一瞬间。这一点也不好玩，半点也不公平。这简直一点也不能再玩下去了。

郝运香的爱情观简单而又朴实——买房、结婚、生娃。鉴于北京的实际情况，爱情观的顺序也可调整为结婚、买房、生娃，或者是结婚、生娃、买房。她对爱情不是没有野心，为了这份野心，她曾经将这个顺序硬性调整成生娃、结婚、买房。结果只证明了爱情里的野心是如何地不堪一击。

任重四环边的三室一厅已然是她向往中最光辉的豪门。她这个灰姑娘连任重四环边的三室一厅都没能挤进去，怎么可能挤进简陆这座市中心的宫殿里呢？妲己似的傅天爱都吓跑了，她能住进来生娃做饭洗衣服吗？这简直连下下下辈子都不可能。

郝运香的心彻底平静下来，一点绝望感都没有。骡子负重拼命爬坡，是因为想吃坡顶的本该属于马的豆饼。豆饼没吃到嘴，骡子会产生绝望感，毕竟豆饼这种东西做梦还是能梦到。可骡子爬坡时从没想过要吃高山上的竹米，因为它听也没听过、见也没见过这种专属于凤凰的食物。梦中都不会出现的东西此番见识过了，喷个响鼻、咂摸咂摸空嘴掉头下山吧。再不爬下去，那就得绝无意外地“跳”下去了。

当简陆拿着画册从螺旋式楼梯上下来时，郝运香仰视着他的脑袋里塞满了敬畏，所有的摇摆与心猿意马都被这份巨大的敬畏所淹没。

简陆却没有发现郝运香短短几分钟里的巨大变化。他一点也不喜欢这套对郝运香来说宫殿般的房子，他更喜欢待在燕郊的小产权房里，爷爷在那里陪着他。假如他知道这套在简陆们眼中稀松平常的复式公寓会给郝运香们带来如此这般的震动，以至于立即做出一个完全与自己内心情感背道而驰的决定，那么他绝对不会让郝运香踏进这个房门半步。

郝运香再次坐进路虎，身边是简陆才有的那股带着阳光味道的干稻草香。她深深地吸了几口，打算把它们存起来。郝运香已经预见到自己将会非常非常怀念这股味道。存好以后，她听见自己对简陆说：“请停车。”

破天荒地加上的这个“请”字，让简陆有点迷惑。路虎停在公交车站边上。

“我突然想起来有个重要的文件星期一要交，必须得回去写。”

简陆探寻着郝运香躲藏的眼神：“看你的样子不像是回去写文

件，倒像是要背着我做什么坏事。”

“不不不，您误会了。真的是有重要文件，贾总明天一早就要的，我给忘记了。”

“好吧，我送你回去。”

“谢谢，不用了。这有直达的公交，很方便。”

“你怎么突然客气起来了？又是请又是您的？”

“哦，再见。”郝运香逃命般逃出路虎——再晚一秒钟，她的脚便再也不会服从大脑的指挥。

简陆摇下车窗，冲着郝运香喊道：“不许去见叶博士啊。”其实简陆有话对郝运香说，可他不知道该如何开口，因为他还不确定。但他认为自己还有时间，还可以再想想。目送着郝运香的背影，他不出声地给自己加油：“加油！亲爱的郝运香。”

郝运香目送着远去的路虎，对自己说：“再见，亲爱的简陆。”

一条被大力扯断的红绳子从她的手腕处徐徐垂落。月老在一旁急得干瞪眼：“碎妮子，组撒呢嘛。不该你套的抢过去套，该你套的，俄老人家好不容易给你套上咧，你眼稍稍不眨一下就给俄扯断咧。哎……豁啷啷一哈儿里两处休，老汉我肠肚儿颤悠悠，金哥哥的情意山尖尖高，土妹妹的毛眼眼瞍不着哇瞍不着。哎，富贵逼人呐。”

郝运香站在农贸市场的海鲜摊子前，两只眼睛从死虾堆上的价格牌扫射到活虾桶上的价格牌，十几个回合下来，终于下定决心——舍不得孩子套不着狼。“老板，都下午了，活虾便宜点。你看你剩那一堆，不等太阳落山就得断气，回头送都送不出去。我多买点，给我算便宜点。来八两吧，不不不，来一斤！”老板对郝运香早就是又服又怕，二话不说捞出活虾，水抖得涓滴不剩，秤杆子扬得高高的，才算是送走这尊大神。

郝运香不得不抓紧时间。明天早上太阳一升起来，她料定自己会再次摇摆。所以，她要将所有的心猿意马与不自量力扼杀在今夜。

虾酱是精心调制的。饭桌上得提点提点叶博士，这虾酱是新鲜的不是腌制的。以后要少吃腌制食品，那玩意儿致癌。

小小的长条桌铺上了蓝白格床单——还别说，果然是遮丑。屋里乱七八糟的零碎捡地方藏好了。扫了眉，扑了粉，涂上口红，郝运香左右环顾一圈，总觉得哪里不对劲儿。头一低，妈妈牌自制布内衣的肩带钻了出来。这猪脑子！此时不穿名牌内衣何时才穿？等名牌内衣上了身，硬挺挺地托出郝运香的胸膛，她才觉得踏实下来。

叶博士来了。也是精心装扮过的——分头用掺和了六神花露水的菜籽油梳成一丝不苟的三七开；名牌银灰色西装里恰到好处地露出红色毛衣的鸡心领；粉蓝条衬衣的袖口和领口用装了开水的大瓷缸子熨得服服帖帖；还特意在街口对面的澡堂里搓了个澡，花了足足二十块。满身的积年老垢不待师傅使力便蛇皮般自行脱落，露出块块新生的鲜嫩皮肉。

打扮停当的叶博士在澡堂的大镜子前流连了一会儿，一身的清新味道加上浴池里蒸腾的水汽，不由得他自我欣赏起来——“才子风流咏晓霞，倚楼吟住日初斜。惊杀东邻绣床女，错将黄晕压檀花。”风流才子惊杀二八佳人，哈哈哈，“惊杀”二字实在是贴切而传神。这个“床”字也用得妙哇！假如把“床”字换成“楼”字或者“帘”字，那就完全体现不出女娃已被惊杀到了何种程度——这是被才子直接惊杀到了愿意献上绣床的地步了嘛！一个二八女娃娃所能献上的最珍贵的宝物了。

哎！可惜现在的佳人小姐们太缺少识人才气的慧眼，只一双双断人财气的晦眼……否则他也不至于蹉跎至今。他想想早就超过二八年华、奔向四七岁月的郝运香，心里一阵阵地怜惜自己。罢罢罢，他这是要去拯救艰难时世里一颗孤独寂寞的心啊！他拍拍裤兜里的安全套，一身都是满满的悲壮，被自己的奉献精神感动得双目湿润。

叶博士直接坐在了郝运香的绣床上，这完全打乱了他原本的计划。原本设想着是要倒背双手腆出肚腹，慢慢巡视一番，然后再背点唐诗宋词来盛赞一下小屋的温馨与舒适。岂料来到这里才发现，没有可让他巡视的空间，饭桌只能铺排在床边。假如他不坐在床上一动不动的话，郝运香便没法子顺利开席。罢罢罢，真有充足巡视的空间，估计也就轮不到他来巡视了。叶博士说服自己后，便稳稳坐在小床上，隔空指着郝运香所作的对联，大大盛赞一番其足可凌云的壮志。

就着精心调制的虾酱面，共饮完一整瓶的“长城”干红后，叶博士的手活泛起来——垂下来的左手，小指头扫着郝运香的小指头，蹭三下她的右胳膊；郝运香自然而又贴心地转过肩膀，叶博士的手当当正正地扣在她右胸上。

佳人啊佳人，真好！

两人顺理成章滚倒在绣床之上。扒掉名牌西装，扒掉大红鸡心领毛衣……待两人身上都只剩下内衣时，叶博士清醒了点，他一只手费力地摸索着甩到床脚的裤袋里的安全套。郝运香从枕头下掏出备好的“郝运香”牌安全套，递了过去：“用吧！”

好一声“用吧”，像一把利剑刺破了叶博士吹起来的才子佳人颠鸾倒凤的彩色泡泡。这太不诗情画意了，这太熟练了，这该是娇羞的佳人主动递过来的吗？如此大方娴熟的动作，半点磕绊、半点羞怯也没有。这得是递出过多少、用掉过多少才能修炼出来的啊！叶博士的兴味一下扫掉大半，但箭在弦上不得不发。

好一个叶博士，如此关键的时刻也没让下半身占了上风。他本能地觉出“郝运香”牌安全套的危险，抵死不用。两人一个在下一个在上练起了太极推手，“用我的？”“用我的！”“用我的吧？”“还是用我的吧！”就这样一下一下蹭着，一个不提防间轰然倒塌，缴械投降。叶博士惨叫一声：“软啦！”

叶博士爬起来落荒而逃，人虽奔进楼道，又不忍就这么舍掉郝运香，想了想，回转身将半个脑袋塞进门缝，看也不敢看郝运香，撂下一句："下次，下次！"

郝运香孤零零地躺在床角，肚皮上的凉意一阵阵袭来。她打开心里的口袋，掏出简陆的味道，深深地吸了几口，赶紧又把口袋紧紧扎好——省着点闻，闻完了可没地方补货。

第三十章

候鸟

快到年底了，数量庞大的外地候鸟们拖家带口纷纷飞回老巢，地铁一天比一天宽敞起来。有一天早高峰时，我竟然坐到了座位。当我舒服地将双脚呈“八”字形撇开后，我发现了一个真理：坐着思考真是比站着思考要有效得多，也舒服得多——虽然我也是一只外地候鸟，但我希望那些飞回老家的除我和铁军之外的外地候鸟们再也不要飞回来。

往年要么我朝南飞，铁军朝北飞，要么我俩一起朝南飞或者朝北飞。今年之所以没飞，还将老铁和李淑香两只老候鸟再次召唤回来，还是因为——买房！

专家学者们在电视、电台、报纸、杂志上就经济未来发展趋势从微观宏观各个角度、没人能听懂地吵着，平头老百姓们撸起袖管各分阵营，就房价未来走势天天吵……

不到两个回合，“骑墙派”率先败下阵来，夹着尾巴鼻青脸肿地落荒而逃。又一个回合，“降价派”也在一片嘲骂声中被踢出阵营，卧倒一边，伺机而动。此时天下一劈为二——“涨派”与“不涨派”。

我在“涨”与“不涨”两派之间奔波往复，耳边又时时回想着“降派”的聒噪，内分泌又开始失调了。出差回来的铁军挥舞着一沓钞票，拽住腿都快跑断的我直喊：“小美，算账！”七七八八算下来，半年多点的时间我们竟然攒了二十一万！二十一万！

我不可思议地仰视着铁军：“这么多？”

铁军两颗犬牙从唇角边呲出来：“会越来越多的。”

我莫名其妙打了个冷颤——他的牙齿怎么越来越尖了？

“买房！”铁军目光深沉又坚定，“趁着春节期间，东四环或者西四环边的大开间，板楼。”

最近，铁军的话越来越少，出口便是短促有力不容质疑的结论。这点我也理解，哪个成功的推销员还有精力在家里翻嘴皮子。“买房？”我仍然迟疑着，“等等吧，房价到底是涨还是不涨谁也说不准。要不过了春节再说？”

铁军疲惫地窝在沙发里重重地摇了摇头。

“为什么非要东四环或者西四环边？我看新发地那块也挺好，还能买个一室一厅。”

“老北京有话讲东贵西富北贫南贱，过去只有下九流的人才住南边。”

“咱才二十万的首付，哪够在东西四环边买房子？”

铁军睁开眼，凝神思考了三十秒，掏出手机拨通家里的电话：“爸，在家？你们还好吗？嗯呐。我打算在这个春节期间买房。对。我这段儿攒了不少。你们那儿……哦，行，老家房子押上吧！亲戚朋友那儿能借多少借多少，都拿过来。”

放下电话，铁军看着我：“媳妇儿，你说够吗？”

我“嗷呜”一嗓子扑向铁军，在他油汗斑驳的大脸上狠狠啃了几口：“够！够！太够了！”

我们一家四口又齐聚在饭桌前，就买房问题召开了第二次家庭会议。这次，会议主导与发言人换成了铁军，他说：“从现在开始到春节结束，一共三个月的时间。我们要争取，不，我们一定要在春节结束前买到房子。我有预感，春节后房市会有大的变动。跌是不可能的，那么只剩下一个可能——涨，而且是大涨。所以我们必须要快、准、稳、狠——动作快，下手准，人心稳，出价狠。房子就定在东西四环边。期房二手房不要，只要现房。实在不行期房也可以考虑，但开发商必须是大牌。小美你负责查找楼市资料和靠谱的中介。爸妈，你们两人负责后勤，跟小美一起看房子。”

铁军停顿了一下，接着说：“妈，明年我就帮你们把房子赎回来。放心。”

李淑香把包着钱的花布包袱一把拍进铁军的掌心：“妈有啥不放心的。四个人一块儿挣，虽说搬不来金山，但撬下几块金疙瘩还是没问题的。”铁军眼角划过丝丝犹豫，喉咙快速滑动几下，终是将原本要说的话咽了回去，拿过花布包袱转身进了屋。我提着尿桶也乖乖跟了进去。

老铁脸上的笑纹简直能夹死苍蝇，他目送着铁军的背影，“嘚儿嘚儿”地弹着舌头：“这是我儿子？”

“老不死的，是你儿子！”

“去给我开瓶酒，我咪两口。”

“你又作死？”

“心里高兴啊。”

“高兴就睡觉。”

“睡不着哇。”

“睡不着也得睡，明天一早跟我上菜市场找老黄去。”

“对对，睡！”

“嘿嘿嘿……”两人随即压低嗓门一起笑出了声儿。

老铁和李淑香的窃窃私语清清楚楚钻进我们的耳朵。我搂着铁军刚想张口，铁军一个猛子翻出我的怀抱，牙齿里咬出低沉的一个字：“睡！”郝运香则跌进自己的梦境里，忽而欣喜若狂，忽而肝胆俱寒。

她先是蹲在小山般的档案文件堆里孤独地敲击着电脑，突然想起来自己已经是正式编导了，为什么还在这里敲文件？为了缓解这种惶恐，她便想解开随身携带的那个装有简陆味道的大口袋，吸上几口缓解一下。谁知道袋子一打开，简陆却从里面跳了出来，手捧铃铛一般大的钻石跪在她脚下，说："亲爱的郝运香，你愿意嫁给我吗？"郝运香大喊着："我愿意，我愿意。可这钻石太大了手上戴不了啊！"简陆哈哈大笑："我早准备好了。"手一扬，铃铛般的钻石便挂在了郝运香的脖子上，炫目的光芒刺得她睁不开眼睛。简陆拉着她的手在玫瑰花圈里不断旋转着。

待郝运香习惯了钻石的光芒，一睁眼却发现是叶博士拉着自己在玉渊潭公园里的相亲角旋转，周围站着一圈人，以刀条脸为首冲两人有节奏地大喊着："软啦！软啦！软啦……"叶博士怨毒地盯着郝运香。两人的手像被强力胶粘在一起似的，任凭如何使力就是甩不脱。郝运香低头一看，发现钻石没了，大哭道："哇呀呀，我的钻石掉了啊！"她猛地甩掉叶博士的手，土行孙般一低头钻入地底。

地底下一片茫茫雾气，郝运香睁大双眼四处搜寻消失了的钻石。突然，任重青衣飘飘，煞白着一张脸出现在郝运香面前。他微笑着冲郝运香招手："跟我来吧，跟我来吧。"边说边慢慢往虚空中飞升而去。郝运香双手乱挥，想抓住飞走的任重，可他的脚明明就悬在自己额头边，却怎么也抓不到。眼看着任重越飞越远，郝运香焦急起来，嘴巴一张一合喊叫着："去哪里啊？去哪里啊？"可漫天迷雾里，半点声音也没有，浓浓的安静却诡异地现了形，聚集成一个奶黄色的大球重重地压在郝运香的头顶。

任重也消失了。

"啊！"郝运香大叫一声，从梦中惊醒过来，一身冷汗，油腻腻地浸透了睡衣。郝运香摸了摸额头——上面仍有点隐隐作痛，幸好是做梦。可这梦也太真了，任重想要我跟他去哪里呢？

第三十一章

阿芒与那些“银行卡”

傅天爱跟在任重的身后走出民政局的大门，她突然觉着任重的背影陌生得厉害。不到半个月的时间里，任重所有的衣裤都奇异地变大了。

就拿今天穿的这件哈里斯花呢立领大衣来说，明明前段时间还服服帖帖，一上身就衬出主人的十足派头，今天却空面口袋似的挂在他身上，丁零当啷，无风也自在地飘扬着。脚上两只黑色皮鞋的款式也不一样——左边是三接头，右边是绑带德比。这两只做工精良却不配对的皮鞋以及几根自打长出来就从没见过天日、现如今却堂皇地在人中上方自由飞舞的鼻毛，彻底出卖了从提出离婚开始便假装自己很好很轻松的主人。傅天爱释怀了，她差点被任重骗了过去。原来任重因为要离开自己，已经悲伤到了这样的程度。

任重转过身，将一本绿色的塑料硬皮小本递给傅天爱，另外一本仔细地装进自己大衣内袋：“籁籁，咱们走走吧。”傅天爱看看手里巴掌大小的绿本儿，尺寸跟之前被收走的那本红色的一模一样。这样两本小小的人造铅印的本本儿，再盖上个圆章，便能从法律意义上强行定夺你与另外一个人有关还是无关。

“挺荒诞的，是吧？”任重笑了笑，“红色，你是我的；绿色，你不是我的。你到底是不是我的，究竟该我自己说了算，还是这俩本儿说了算？”

傅天爱没有搭腔，风有点儿硬，裸露在外的皮肤被割得生疼。她缩了缩脖子，将两只手插进大衣口袋。她想，她是她自己的。任重解下围巾裹好傅天爱的脖子，挽起她的胳膊，说：“籁籁，你是你自己的。”傅天爱诧异地看了一眼任重，这么多年，这是他第一次说出自己真正的想法。

任重挽着傅天爱走进一个新小区的两室一厅。他带着她一间屋子一间屋子地转，详细地讲解着：“喏，这里是餐厅。长餐桌我量过尺寸，摆在这里会影响走路，所以放了个圆餐台。坐的人不比长餐桌少，还不占地方。”

“你看，这是客厅。你喜欢的欧式家具都搬过来了，贵妃椅没拿过来，这里太小放不下，不过脚踏带过来了。这是小酒桌，摆在沙发的右边，你拿起东西顺手。以后少喝点酒，多健身就不会失眠。健身卡放在小酒桌上。”

“快过来，这间屋子是你的书房，这间屋子是你的卧室。看见四柱床和大象台灯了吧？知道你认床，不给你换新的了。籁籁，你看，两间屋子里都有超大的衣柜。你知道我最喜欢这套房子的哪里？就是这两个超级大衣柜，不用担心你的衣服没处放。原先的主人肯定是个跟你一样美一样爱打扮的小女生。”任重像个孩子似的炫耀地拍着大衣柜，眉头高高翘起，似乎在等着傅天爱的赞扬。

傅天爱吸了吸酸涩起来的鼻子，心说我不过要出国念个书，你便能主动提出跟我离婚，现在却来做这么些体贴人心的事情，究竟想干什么？后悔也晚了，我绝对不会吃回头草。傅天爱的心又跳回惯常的节奏，她说：“任重，没想到你准备得这么周全。你是不是早就动了要跟我离婚的念头？”

任重呆了呆，收起孩子似的表情。他左右看看，发现再没什么好交待的，便轻轻叹口气，从怀里掏出一张卡，温柔地放进傅天爱的手心："籁籁，我只有这些。不多，不过也不少。听话，拿好。一个人出门在外，钱是能傍身的最好的东西。籁籁，我走了。保重。"

任重嘴里说着走了，脚却没移动半寸。他下意识地抬起手，顺着傅天爱乌溜溜的长发一路慢慢地细细地摸向那根洁白修长天鹅般的脖子。任重的手恋恋不舍地停在脖子上，摩挲了几下，声音颤抖着说："籁籁，记住！再结婚的话，一定要找一个身体健康的男人。"

傅天爱感觉任重的手在自己的咽喉上越掐越紧。她呼吸急促，剧烈咳嗽起来。任重吓了一跳，梦醒似的慌忙松开手，三接头捣蒜般绊着绑带德比，第二次从傅天爱脖子边落荒而逃。再晚半刻，任重觉得自己真会对这根美丽的脖子做出致命的伤害。

大门"砰"的一下合上了，任重散乱的脚步声也渐渐消失在傅天爱的耳边。傅天爱突然一阵揪心的恐慌，她觉得好像身体里有一个特别重要的东西被硬生生拔了出来，并且将会永久地消失。虽然她不知道那是个什么东西，但又本能地觉得它很重要。傅天爱急了，她快速奔到窗边，顾不得被脚踏撞得几乎断裂的踝骨，睁大眼睛寻找着任重的身影。

任重出现在她视线里：光光的脖子裸露着，上面布满一颗一颗的鸡皮疙瘩；肩膀在肥大的衣服里佝偻着，头也没回地走出傅天爱的视线。任重两只不一样的黑色皮鞋所传达出的巨大痛苦，这时才准确地击中傅天爱——他就穿着那样两只鞋便消失了。那究竟是任重消失了？还是什么消失了？

掌心里突然传来一阵疼痛，她低头一瞧，原来恍惚间手攥得太紧，被任重留下的银行卡划出了深深的印痕。他爱她，傅天爱想，这张卡便是最好的证据。他说这是他的全部——不多，可也不少。

爱情究竟是个什么东西？假如爱情脱离了人类这个"本体"，它自己并不能作为一种物质而独立存在。它只是依附于人类本体意识里的一种精神念力。这世间不依附于人的万般"本体"都有型、可量化，大到宇宙，小至尘埃，都可算作一种“本体”而独立存在。可一旦跟人扯上关系，“存在”本身便成了一个令哲人们千百年来都争辩不清的问题。

倘若“爱情”只是人类精神世界里一股虚无的意识，不借助任何外力或者物质去传达它，你爱的人该用什么标准来判断你到底爱不爱她呢？如果你爱的人感受不到，那么这股意识还能被定义成“爱情”吗？“爱情”存在的意义究竟是存在本身？还是让你爱的那个人感受到它的存在？不过，可以肯定的是，只要人类的体内产生“爱情”这种意识，那么就会控制不住地不惜借助任何手段去物化它。

比如，任重的那张银行卡便是他对傅天爱倾尽所有的虚无的爱的最物质、最有力的存在证据。

所以爱情既不是物质的，可又不是纯精神的，借助哲学概念来表达的话就是——物质与精神是两种描述或组织爱情这一“非”实体的方法。物质与精神在爱情里辩证统一地存在着，证明着爱情的伟大与独一无二。

可傅天爱是个坚定的“唯物论”信仰者，对举凡爱情是一种来自灵魂深处最无私的情感这样的说法一概嗤之以鼻，与其说爱情来自灵魂，倒不如说爱情来自灵魂的窗户——眼睛。阿芒爱茶花女，卡西莫多爱艾丝梅拉达，宝哥哥爱林妹妹，还有那一个个一打眼便声称爱上自己的男人们，不就是看一眼便爱上了吗？这一眼看上的，能是茶花女们善良而又伟大的灵魂吗？这一眼只能看上茶花女们明媚娇艳的皮囊。

再说无私，爱情哪里无私？哪个不得先拼命将对方变成自己私有后，才能斟酌着渐渐无私？就这世间大多数的爱情来说，即便一方笃定另一方已完全属于自己，还都不肯无私呢。

傅天爱认为爱情是这个世界上最势力眼的商人，鬼鬼祟祟地盘踞在分度盘上：几分的财换几分的貌；几许的经营配几许的收获；

铁算盘顶着金耙耧；假天真挽着真世故……这样的势均力敌才能唱出让“爱情”满意的长久的颂歌。

她的这一套爱情唯物论原也没错。可惜，这世间无人便简单，有人便是天大的复杂。物化爱情的手段固然是大同小异，可具体到每个拥有独一无二的灵魂的人身上便大相径庭。所以，只有阿芒手里的鲜花才能使茶花女永生娇艳，而不是某伯爵荷包里的大块金子。虽然鲜花与金子都可以用来表达“我爱你。”

此时的傅天爱根本意识不到，日后，不管是张三还是李四再献给她的银行卡，无论数量多寡，都无法与任重今天给她的这张相提并论。终其一生，傅天爱也只得到过这一张。

她摸了摸卡片，底部突起的一长串金色的阿拉伯数字刺挠得她手心痒痒。傅天爱揪着的心再次舒展开来。她笃定了——任何时候，只要她愿意，任重便会再次回到她的身边。那还有什么好担心的呢？

安顿好傅天爱后，任重无所事事，不知道该去哪里，也不知道该干什么。想着从前忙忙碌碌的，不过也就是单位、家这两头间的奔波。真正到了想找个地方打发时间的时候，这两头却哪头也不想去。

快三十年的时间，说短也不短，那可是三分之一的人生了啊，自己一直干得不错，算是个合格的儿子、合格的员工、合格的丈夫、合格的朋友……可为什么没法当一个合格的绝症患者？合格的绝症患者该是什么样子？总不该会像自己现在这样手轻脚轻，好像一纵身便能扑进大气里飞翔似的闲逛吧？匆忙、毫无准备地被推进人生倒计时的跑道里，总得痛苦、愤恨、留恋，哪怕恐惧点什么？再不济也得抓住医生的大褂满世界找药、找偏方去啊。这才是一个积极乐观、热爱生命的绝症患者该做的事情。可这些事儿，没一样是任重想做的。

一只小小的黑色蚂蚁拖着丁点儿大的食物渣滓沿着石板缝隙急

匆匆奔跑着。任重看着有趣，这是要急着回家献宝呢，冬天的食物可不好找。他下意识地追逐着小蚂蚁，抬起三接头挡住小蚂蚁的去路。小蚂蚁迟疑片刻，绕过了大山般的阻挡继续前行。绑带德比轻轻一蹭，小蚂蚁丢掉了食物，就地十几个翻滚，六条腿加上两条触角筛糠般颤抖着，抚慰全身的剧痛，半刻的工夫便又爬起来，寻摸到小渣子，咬住了继续前进。三接头高高抬起，将蚂蚁连渣滓一并踩进泥土，又使劲碾了一圈，再抬起时，小蚂蚁不动了。任重蹲下身子，一根指头轻轻松松捻起它——大大的屁股，细细的腰，梯形的小脑袋上两只牛角般的大颚擎起来，狠狠地咬着任重的指腹。任重却半点感觉也没有。

对这只小蚂蚁来说，任重是一个强大到不可理喻的存在。它躺在他的掌心中，戚戚然，惶惶然，可又完全不明就里。只能等着他一念之间的决定，没有丝毫选择的权利。一如任重那样，躺在冥冥中同样也强大到不可理喻的某人的掌心中，半点动弹不得。你跑得欢，他冷不丁给你一扫堂腿；你懒得动，腰眼上便着他两记狠狠的罗汉拳。总之，你笑也罢骂也罢疯也罢闹也罢，他的决定你是甘心也罢不甘心也罢，除了接受，别无选择。

任重指尖轻轻一弹，小蚂蚁飞了出去。走吧，你这只不合格的小蚂蚁，冬天要来了，还不去冬眠，跑出来干什么？去他妈的，不合格就不合格，老子就要当一个不合格的绝症患者。

四十分钟后，任重带着一大包风鸡腊肉熏火腿以及一瓶顶级花雕，坐进电影院的喜剧放映厅。他咬一块大大的火腿，咂一嘴花雕，塞一大把醉泥螺，再配一口花雕……哈哈哈哈，任重擦掉笑出来的眼泪，对自己说喜欢做点什么就做点什么吧！

第三十二章

藤蔓

叶博士光着左脚，傍着被子，半躺在郝运香的小床上看新闻联播。叶博士闲暇时只有两个爱好——看新闻联播和学习《西方经济学》——他打定主意要将这两个实用性颇高的爱好传承给郝运香。刚喝进去的青菜香菇肉丝面线从胃里冒出汩汩暖意，小小的台灯晕染出淡淡的金黄色光圈，将郝运香温温柔柔地笼了进去。电视里的世界正被火灾洪水枪战挟裹着苟延残喘，衬得郝运香的小屋越发显出一股难得的现世里的安稳。

郝运香则倚在小饭桌旁给叶博士补袜子。她原本是个最注重实用性的人，但她仍然打不起精神看新闻联播，也不想学习《西方经济学》。如果不是在叶博士的强烈要求下，她甚至根本不想给他补袜子。

郝运香也搞不清楚，为什么单单给叶博士补袜子时心里是如此烦躁。她补过很多只袜子，妈妈的、爸爸的、弟弟郝运来的和她自己的。破袜子都是一样，穿得年代久了，看不出本来的颜色。袜口卷边抽丝，袜跟脆薄如纸，袜子头被脚趾顶出大小不一的破洞。这个活计要是细细做起来，得先把袜口抽头的丝剪断，线头挑进织边里，卷起来，用最小号的针锁个边。然后将颜色类似的棉布旧衣服剪下一块跟袜跟大小一致的，用中号针密密地缝上去。最后，再用一样颜色的粗棉线将袜子头的破洞仔细补牢。这样一来，破袜子就会再次焕发青春，继续为主人服务好些年。

郝运香很喜欢补袜子。每当她补袜子的时候，心里都有一股充实的安稳与自在。可今晚她拿着叶博士的袜子，却是浑身不自在，穿针引线了半天都是做做样子。袜子上的那个破洞里似乎长满獠牙，她迟迟不敢下第一针。是她不喜欢补袜子了？还是她不想给叶博士补袜子？想到这层，郝运香倒抽一口凉气，心虚地瞟了一眼躺在床上的叶博士。

叶博士光着的左脚高高翘起，二拇脚趾头比大拇脚趾头长出两寸有余。相书上讲这种二脚趾山头般高高顶出的脚叫希腊脚，长这种脚的人头脑都比一般人聪明。而且这只脚的主人现下正攀爬在人生巅峰的半山腰呢。可即便是如此具有实用性的脚，郝运香看着也没得到半点安慰，想想日后几十年的岁月里，都要听着新闻联播为这只脚补袜子，完了再一起学习《西方经济学》，郝运香浑身的血液结成一块，冒出阵阵寒气。

她着实迷惑起来——到底是寻个脚力旺的人一起攀登人生顶峰省点事好？还是找个自己喜欢的人一起负重爬坡费点事好？理智告诉她选第一种，可情感毫不犹豫地将她推向第二种。郝运香的思想还上升不到理智与情感这样高深的层面。她知道叶博士是个好男人，可她真的很犯愁——她连袜子都不想给他补，能跟他手挽手一起攀登人生巅峰吗？如果攀登起来是这样的烦躁，倒真不如一个人爬起来痛快。

此时的叶博士却从心底里满意地舒出一口长气：老话还是没错的，丑妻薄地家中宝啊！再说郝运香也不丑。哎，她要是北京人再有套陪嫁房那才算是真正的一段佳缘。想到此处，叶博士的心又隐隐抽搐起来。他瞟了一眼安静地坐在身旁的郝运香，一只手拿着针，一只手提着袜边，灯影将她的轮廓剪得温暖又淳朴。叶博士的心瞬时又舒展开来。

有房的老姑娘还没受够吗？一套房能抵得过一世搂着块翻白眼的劈柴棒子的窝心气吗？他好歹也是当年福建省的二甲第三名进士，小小一套北京的房子岂在话下？他是鲲鹏，志在千里的呀。想到此处，胸中陡然生出万丈的英雄豪气：我便生不出广厦万间，难道一间给自己的妻儿也谋求不来吗？叶博士噌的一下坐起来，探过半个身子将郝运香搂进怀中，一颗心怦怦地剧烈跳动着，带着怀里的郝运香也微微颤抖起来。

“叮铃铃”，郝运香的手机不合时宜地叫了起来。她如释重负，迫不及待地推开叶博士，迅速接起电话，大学同学小刘激动到嘶哑的声音在电话那头炸了开来：“死人，我给你发了那么多短信怎么不理我？你干什么呢？大消息，重磅消息你要不要听？任重和傅天爱离婚了。”“什么？你说什么？”“任！重！离！婚！了！”“怎么可能？”“这年头有什么不可能的！哈哈哈。”“你听谁说的？”“傅天爱舅母的儿子的哥们儿和我三表叔家的女儿正处朋友呢。傅天爱舅母说的，千真万确，边说边骂任重。说任重没良心，还把傅天爱的名字从房产证上拿下去了。呵呵，我就说嘛，天下哪有免费的大餐吃。”当啷一声，郝运香的手机摔在了地上。

叶博士看着郝运香一张脸阴晴不定，由白转红最后渐渐发紫，心下紧张起来：难道家里出事了？父母哪一方生大病？她母亲可是没有工作的。想到此处，他心里也是吃紧得很，伸手推了推郝运香，问：“出事了？是家里出事了吗？那也别摔手机呀。”

郝运香转过头来盯着对面的叶博士，一双瞳仁儿却茫茫然散向其身后那条直通向四环边的大道。傅天爱在任重心里是个什么样的存在郝运香最清楚，肯定是出了了不得的大事，否则任重绝对不会跟傅天爱离婚。不行，她必须得赶过去看看任重。

她站起身，看也不看叶博士，结结巴巴地说道：“我……我……

我现在必须出去一趟。你先躺着……要不，你先回去。”说完抓起包包便打算出门。叶博士赶忙拦住她：“袜子。”郝运香这才反应过来，刚才神思恍惚间许是抓了抓脑袋，不知怎么的就将叶博士的袜子挂在了耳朵上。她一把扯下袜子连针带线隔空抛过去。叶博士接住袜子时，郝运香已经打开了房门。看着她的背影，叶博士心一横，钢牙咬断，喊道：“你，你，咱妈身体没事吧？”原本以为“咱妈”二字劈空甩出去便会跳着脚欣喜若狂的郝运香早已了无踪影。

半个小时后，郝运香站在任重家门口。她定定心神，伸手打算按门铃，却发现房门根本没锁。郝运香走进去，里面黑黢黢的，悄无声息，一股成分极其复杂的好似有机老肥沤着动物腐肉的异臭扑面而来，郝运香控制不住地干呕起来。

她走进客厅，里面的家具基本都被搬到傅天爱的新住处了，显得空荡阴森。地上散乱地扔着方便面碗、一次性筷子、酒瓶子、衣服、鞋子以及各类纸张。屋子中央只摆了一张欧式大靠背椅，斑驳月影从紧闭的窗帘后面钻进来，将靠背椅无限延展，张牙舞爪的暗影弥漫进空房间的各个角落。

“你来了。”一个喉头伴着丝丝拉拉痰声的声音不知道从脚下的哪个角落悠悠响起。郝运香一个激灵，惨叫一声。“别怕。”落地灯打开了，昏暗的灯光里，只见任重盘着腿坐在墙根，左手边摆了一只带盖大碗、一个秀气的酱菜坛，右手边摆了一只描金的小黑盒子、一瓶花雕。他冲郝运香咧了咧嘴：“坐。陪我喝两口，顺便尝尝我新做的菜。”任重嘶哑的嗓音里带着一股梦魇般的不可抗拒，郝运香跌坐在任重身边。

任重眯起双眼，举起带盖大碗，说：“听。”郝运香竖起耳朵，只听见零星的车轮刮擦马路的声音。任重敲了敲那只带盖大碗，郝运香只好俯下身将耳朵凑过去，里面传出细微的噼啪声。看着郝运香疑惑的表情，任重开心地哈哈大笑，暴突的颧骨几乎将脸皮刺破。他伸出鸟爪般的手揭开盖子——无数只银色小虾汪在暗红色的液体里扭动翻滚，间或一两只强壮的“啪”一声蹦出来，随即又“噼”一下跌落回去。

任重小心地盖好盖子：“它们还没醉，现在不能吃。不过这个能吃，下酒一级棒。你尝尝。”任重将酱菜坛子捧到郝运香面前。黄褐色的不明液体里泡着一只只黑乎乎的东西，似乎是某种昆虫，散发出浓烈的糟毛豆的味道。郝运香壮起胆子捻一只出来，问：“这是什么？”“American cockroach，货真价实的美洲大蠊，好不容易才搞到。我用辣糟卤泡了半天，这个时候最入味。”任重抬起眼皮，像个初升大厨的新手，满脸期待着郝运香品尝一下自己的新创菜式。

郝运香举起虫子张开嘴，突然一声惨叫，又甩了出去：“这明明就是蟑螂啊！”“这怎么能是蟑螂呢？这是大蠊，肉质鲜美营养丰富。人工养殖的，非常干净。”任重边说边掏出两只大蠊塞进嘴巴，嚼吧嚼吧咽进去，随后打了一个长长的饱嗝，一股难以言表的复杂味道巨石般砸向郝运香。

郝运香胃里的香菇面线翻江倒海般喷了出来，她忍住恶心站起身，飞速将屋子里所有的窗户打开。冷风从屋外倒灌进来，卷着异臭呼啸而出。郝运香这才觉得脑袋清爽起来，低头看见衣衫单薄的任重仍是自顾自地一口大蠊一口花雕，又气又心疼，连忙奔进卧室，抓了床毛毯裹在任重身上：“你这是何必呢？傅天爱为什么要跟你离婚？”任重毫不在意地撣掉郝运香吐在自己身上的秽物，咧开嘴露出瘆人的微笑：“是我要跟籁籁离婚的。她要出国，我不能拖她后腿。”

郝运香打了个深深的冷颤。她想起任重曾经用来擦汗的那条纯白色棉质大手帕，心里的悲凉再也掩饰不住。当晚，她没有回家。她不敢就这样留着任重一人坐在这空荡的房间里。这个金丝绒般温暖干净的男人，如今坐在一地恶臭的垃圾里埋头吃着美洲大蠊。

从那天后，郝运香得空便过来陪着任重，帮他做饭，打扫卫生，陪他说说话解解闷。起初，郝运香怕他想不开，像自己一样玩空中飞人。几天后，她便明白任重怕是连爬上窗台的力气都没有。他不分昼夜，长时间蜷缩在靠背椅上一动不动，饿了就吃，吃了就吐，坐够了站起来沿着屋子一圈圈慢慢溜达，溜达累了就地躺倒，闭上眼睛就能睡过去。

一天晚上，任重在黑暗里不知道溜达了几圈，走到厕所门口的时候他似乎累了。于是，他将头抵在门框边，半边身体紧贴着墙面，慢慢坐下去。他身体下滑的过程异常缓慢，头却快速垂下来撞到厕所的门把手上。他的头被撞得前后晃荡，随即“砰”的一声砸向地面。他就势躺倒在马桶面前一动不动，似乎是睡过去了，又似乎是晕过去了。

郝运香连忙赶过来将任重的身体扳平，弯下腰拽着他的脚想把他先拖出厕所。任重的头随着郝运香拖拽的节奏无力地左右晃荡。突然，有些诡异的亮光从他蓬乱的头发里射出来。郝运香凑过去，将盖在任重脸上的乱发拨开，这才发现原来他的两只眼睛大大睁开，空洞地冲着天花板一眨不眨，两道不可思议的毫无生气的亮光却从眼底冰冷地泛出来。郝运香跌坐在地，两条腿迅速倒换着从任重身边逃开。这样深沉的绝望紧紧掐住郝运香的喉咙，她吓得失了声。

郝运香以为自己了解任重如此绝望的原因，其实她只知其一不知其二。但这单单的一个其一，便让郝运香彻底明白过来，这些年是什么让她一直在恐惧。在郝运香看来，任重就像是一根攀附在傅天爱身上的藤蔓，他的根深深扎进傅天爱的脚下。傅天爱走了，他也被连根拔起，失去了生命的全部养分和意义。任重的绝望是因为恐惧，他无法独自存活。

而郝运香又何尝不是呢？她惧怕贾总的手指，惧怕楠楠的美丽，惧怕简陆的富贵，惧怕叶博士的袜子，却逼迫自己面对。究其原因，就是因为她总想攀附在谁的身上去吸取力量，去获得那些凭着自己的能力无法获得的事物。藤蔓没有根，所以她一边极力攀附着，一边深深恐惧着。

郝运香现在不再惧怕贾总和他的那根食指。那是因为她拼命努力着在沙石里扎下了自己的根，她没有再攀附着，所以她才有勇气不再恐惧。自己还要再惧怕叶博士的袜子和简陆的富贵吗？

郝运香坐在黑暗中，强迫自己直视任重的眼睛。过了一会儿，她站起身拿过皮包，掏出“郝运香”牌安全套扔进马桶，没有半点犹豫，便将它们通通冲入下水道。她在巨大的恐惧感里真正成熟起来。

这些天来，简陆也过得不太自在。以往不自在的时候，他只要回到燕郊的小屋，在这间完全按照爷爷生前的卧室布置好的屋里待几天，他的不自在便自行消失。可现如今，他已经在这里待了一个礼拜，越待越焦虑。不论他干什么，眼前老晃动着一个人影，一会儿近在眼前，一会儿又远在天边。他感觉到威胁，这种强大的威胁来自失婚的任重。自己能战胜这个威胁吗？他没有把握，既懒得奋争又害怕奋争。他把自己关起来，压抑自己想冲出去将这个人影扯回身边的欲望。

他陷在恐惧中，他害怕自己将会失去她，但他又极度厌恶自己的这种恐惧。女人都是脆弱又不负责任的，像他妈妈一样——什么原因才能让一个母亲抛下自己三岁的小儿，三十多年来不闻不问？这个问题一直困扰着他，他渴求答案却又害怕知道答案。六岁那年，他在博雅塔下犹豫来犹豫去，最后决定放弃的那一刻，他失禁了。巨大的耻辱紧紧攥住小小的他，就是在那一刻起，他开始憎恨自己深爱着母亲。

简陆以前没有见过郝运香这样的女子——傻乎乎的倔强，那么渺小却似乎又无所畏惧。他并不是很清楚她吸引他的原因，可又摆脱不了这种吸引。其实，简陆痴迷的是郝运香身上那种积极而又顽强的生命力，这是简陆真正缺乏的东西。如果他能拥有这种力量，他就会飞奔到母亲身边，寻找困扰了他那么多年的答案。

我该怎么办呢？简陆问自己，如果爷爷还在，他会让我怎么办？爷爷在简陆身边早就急得吹胡子瞪眼睛，他解下腰间的武装皮带，狠狠抽了简陆三下，怒骂：“你个瓜娃儿，硬是没得出息得很。上了战场号子一吹起，哪个还有时间去想咋个办。冲，就这么办。”

简陆笑了，身上虽隐隐作痛，心神却安定下来。他拿起好长时间不用的刻刀，拣出合适的木头，细细雕刻起来。

第三十三章

我和你，在一起

冬天悄悄地来了。今年的雪落得又早又密，还没来得及清扫上一场，下一场便忙忙地落了下来。

郝运香做出了决定。她决定停止摇摆。也许这个决定会让她的未来更加艰难，但她不再恐惧。她的心真正安定下来，感到从未有过的轻松。

她将叶博士约到后海那片免费小公园里。叶博士老远地一看见郝运香便颠颠地向她跑来，一小撮洒了菜籽油的黑头发在额前一甩一甩。雪有点厚，叶博士心有点急，他高抬腿也只能跨小步，跌跌撞撞地，就连地上的脚印也是小小一串，让人看了莫名地心底泛起一丝柔软。今天，叶博士有备而来——他专门准备了一份长达二十一页的“关于家庭可行性及可持续性发展计划报告”。他已下定决心将郝运香划进自己的未来。

隔着老远，郝运香就感受到了叶博士的兴奋劲头。她心下着实有些愧疚，她已经下定决心将叶博士划出自己的未来——她知道这样做其实对两人都好。

沿着公园的小路溜达了两圈，郝运香边推挡叶博士活泛的手，边思考该如何开口。她知道叶博士已经对自己动了心思，如何说才能既不伤害这个老实的好人，又能让他彻底死心？

叶博士感到了一丝不安，问道：“你今天不太对劲。是不是家里出事了？母亲生病了？”郝运香腹内草稿尚未打好，所以不置可否。叶博士心里惊慌起来，他牢记郝运香曾经提起过自己的母亲没有工作，身体也不好。他又问：“是不是你妈来北京看病住你那儿了？所以大冷天的你才把我约到这小公园来？”

郝运香先是有点纳闷，随即便明白过来叶博士的担心。她最是清楚，在已经身负极限重荷的人身上再加包袱，哪怕包袱的重量不堪一提，那个人也将会被压垮。郝运香的右半边大脑开始极速运转：不如就撒个善意的谎言吧。妈妈确实没有工作，又长期吃药，这是个真真的负担。顺着他的意思往下说吧，这样他也不会再留什么念想，不留念想就不会痛苦。打定主意后，郝运香沉重而又艰难地点了点头。

叶博士停下脚步，两只手紧紧攥在一处：“什么病？”

“哎，反正很麻烦。”

“那你打算怎么办？”

“还能怎么办？她是我妈。”

“她没医保吧？”

“嗯。”

叶博士声音骤然间高了起来：“为什么不买？”

“要是有钱谁不想买？”

“不是有专门卖给农民的医保吗？保费很便宜。”

“那个管不了她这种病。”

叶博士沉默了。他感到后背一下子沉重起来，颈椎病和肩周炎瞬间齐齐复发。麻烦的病，而且是没有医保的麻烦的病，这就是一台功能良好的碎钞机——有关于未来的任何报告都会被它轻松粉碎。叶博士心里禁不住小确幸一把——幸好报告还没掏出来，那简直就是一份求婚书嘛。

郝运香打破了沉默："叶博士，你那么年轻那么优秀，我本来就配不上你。再加上我妈……我们没资格成为你的负担。"郝运香说完后半天也没等到叶博士的反应，抬头一看，发现叶博士两片嘴唇憋成茄子色剧烈抖动着，大大的泪珠冒着热气砸向自己的脚面。

叶博士一把抱住郝运香嚎起来。他的哭声像极了其祖先喊海的号子，"嗨嗷、嗨嗷"的，短促而有力，树梢上的积雪纷纷坠下来，落进他大张着的嘴巴。叶博士信奉人生的理智，他认为人就该生而理智，不受理智控制的人生必将是一场失败。这明明是理智地思量过，理智地喜欢上，理智地计划好，到头来怎么还是一场空。这个打击触及了他磐石般的人生信仰，叫他如何不崩溃？

郝运香走出好远了，叶博士大喊一声："郝运香！"郝运香回过头，看见叶博士站在一棵大树下，被漫天洋洋洒洒花瓣一般的碎纸片笼着——那是他撕碎的关于两人未来的可行性计划报告书。叶博士悲壮地加上一句："保重！"

郝运香给简陆打了个电话，说自己想见他，有些话要跟他说。简陆其实更想见郝运香，他也有话要跟郝运香说。临出门前，他将一只小小的木雕装进口袋，那是他亲手刻的，打算要送给她。

简陆带着郝运香来到未名湖畔。弯弯的柳枝裹满白糖似的霜碴儿，丝丝缕缕垂落湖面。湖水结了厚厚一层冰，夕阳傍着松树尖影影绰绰，湖面上一条暖金色的光影火焰般燃起来。穿着冰刀滑着雪橇的人们快乐地在冰面上穿梭往来，清脆的笑声鸽子似的翱翔在湖面上，余霞间露出块块青红色的天空。

简陆从后备箱里拿出一个老式雪橇、两根短短的铁棍，他对郝运香说："湖面冻结实了，可以滑冰喽。坐上来。"郝运香乖乖坐了上去，接过简陆递给她的棍子，笨拙地滑起来。铁棍使劲一戳，冰面上留下两个圆点，雪橇却只前进了三分之一米。郝运香在不听使唤的雪橇上扭来扭去，简陆在她身后哈哈大笑。笑够了，简陆穿上冰刀，说："笨蛋，看我的。"

冰刀一上脚，简陆就像一棵长出飞毛腿的笔挺的小杨树，从郝运香身边"嗖"一声掠过，在冰面上飞舞起来。他戴了一顶老式的棉军帽，两只大大的护耳在两旁快乐地上下翻飞。

郝运香远远望着，心里羡慕得很。她加快速度倒腾着两根铁棍，希望能追上简陆的步伐。简陆却炮弹一般朝郝运香射了过来，嘴巴里还大叫着"刹不住了刹不住了"。郝运香眼见着一坨旋风般的黑影瞬间由小变大，直直冲着自己的鼻子砸了过来。她来不及反应，只好紧紧闭上眼睛。一股劲风吹得郝运香直噎气，她小心翼翼地睁开眼睛，发现简陆蹲在自己面前，一脸坏笑，长长的睫毛上泛着毛茸茸的金光。

郝运香脸红了。简陆伸出手刮了一下她的鼻尖："吓傻了吧，逗你呢。我来带你滑。"说完，简陆单手拉起雪橇头上的绳子。一瞬间，郝运香觉得自己在冰面上飘了起来。身边的松树柳树剪影一般一闪而过，呼呼的凉风扑面而来呼啸而去，刷得面皮火辣辣地凉爽。她大口大口地呼吸着，冬雪那股甜丝丝的味道一点儿也没盖住简陆身上好闻的稻草香。郝运香幸福得"啊啊"大叫，她坐在雪橇上举起双手，微微仰着头，心想：时间老人啊，你就在这一刻停住脚步吧。

雪橇的滑行速度慢了下来，郝运香仍是意犹未尽。简陆刹住脚步，掏出一根烟点着，深深吸上一口，像是有什么话要对郝运香说。郝运香却先开了口："简陆，今天我来是想告诉你一件事。我喜欢你。以前我不敢承认，但现在我敢了。"简陆嘴巴里的烟掉落下去，面前的这个女子总是出其不意地带给他欢喜。

紧接着，郝运香却说道："可我现在不能跟你在一起。"

简陆的眉头皱了起来，他的心跟着烟头一起沉落下去。他从烟盒里又掏出一根点着，烟头在渐渐黯淡下来的天色里一明一灭，快速燃到过滤嘴底部。他问道："是因为任重吗？"

郝运香摇摇头，又点点头。她说："简陆，你知道吗？小时候，我的脚被自行车轮子夹出小孩嘴巴那么大的伤口，我妈在上面糊了一碗草木灰，用干净的旧衣服包扎好，整整一个月伤口才愈合。现在，我右脚跟上还有个大疤瘌。我小的时候嘴巴特别馋，我以为我妈吃的药是好东西，偷着吃了一大把，昏睡了三天三夜才清醒过来。醒过来就挨了我爸一顿揍，因为我妈没药吃了。我就是这样长大的，算命的说我的命硬，丢到哪里都能活。你们以为我是天生的心大皮厚不怕摔打，可你们不知道私下里我是有多恐惧。我害怕有一天摔倒后便再也没有力气爬起来，所以我总想寻摸点什么东西攥在手里——这个东西能支撑着我不要摔倒，或者是摔倒后能扶一把借借力，好再爬起来。可是这些天看着任重，我才算真正明白过来：要想不摔倒，或是摔倒了再爬起来，只能靠自己。我曾经害怕摔跤，现在不怕了。以前，我总想着把感情变成人生的助力，但现在我知道我错了。我要学会独立平等地和我喜欢的人在一起。"

简陆问："你跟我在一起不独立、不平等吗？"

郝运香反问道："你想跟我在一起吗？"

简陆没有说话，他慢慢地把郝运香拉到湖边，自己也脱下冰刀。湖对面有一座六角形好似一颗巨型松果的宝塔，轮廓一点一点模糊起来。简陆指指那座塔问郝运香："知道那是什么塔吗？"

郝运香摇了摇头。

"那叫'博雅塔'，六岁那年我特想爬上去。可我在塔下站了半夜，最终连一层也没敢爬。"

"你为什么想爬到塔上去？"

"我想我妈。高叔跟我讲，找一个最高的没人看见的地方爬上去，然后大喊三声你想见的那个人的名字，然后那个人就会出现。我信了。"

"你妈去哪儿了？"

"东北。郝运香，你觉得什么是幸福？这问题特傻是吧？"

郝运香认真地摇了摇头，说："不，这个问题一点也不傻。以前，我觉得你就是幸福。"

"是吗？"简陆笑了，"你以前觉得幸福这么简单？"

"笑什么，一点儿也不简单。"

"现在你觉得我不再是幸福了？"

郝运香点了点头。

简陆看着不远处的博雅塔若有所思，他说："我觉得吧，幸福这个东西只能在过程里找到，换句话说它是个动态的玩意儿，在静态中你是找不到的。比如说你特想要一个东西、一个人或者干件什么事儿。为了达到这个目的，你得先开始计划。计划的时候心里很紧张，怕没时间幸福；末了，你要是没得到那肯定是不幸福；可假若你要是得到了，时间一久发现也就那么回事。只有当你执行这个计划的时候，那段时间才称得上幸福。就像我小时候爬'博雅塔'，站在塔底下的荒草堆里抬头一看塔尖儿，两条腿立马就变成了面条。当我狠下心扒着砖缝一点一点往上爬的时候，我反而不害怕了，觉得浑身都是劲儿，那种感觉太幸福了。只可惜我才爬了一层，便怂了。"

"假如当年你爬上去了呢？"

"假如当年爬上去大喊三声后，说不定我就跳下来了。"简陆顿了顿，"郝运香，你会爬上去吗？"

郝运香看看对面的博雅塔，她坚定地说："我一定会爬上去。"

路灯亮了，简陆的眼睛也亮起来，里面腾腾地燃烧着两簇小火苗。博雅塔的轮廓又渐渐清晰起来，身下是一片连绵的树影，倒映在冰面上像一个披着大氅的巨人，正挥舞着手中无数的长枪短剑与深沉的夜色打斗。

简陆从口袋里掏出一个东西塞进郝运香的手里，他紧紧握了握她的手，说："郝运香，拿好了。"

郝运香摊开手掌，那是个手工雕刻的木质小黑骡。骡子的脸蛋红扑扑的，鼓胀着，两只耳朵一前一后乍起，瞪大眼睛，四蹄腾空着做飞奔状。不过，小骡子身上套着的一条皮缰绳却是断的，断口的毛边儿雪白雪白的，看样子也就是刚刚才被磨断的。郝运香的眼睛一下子亮起来，他怎么知道我把自己当成一头骡子的？

郝运香端详着小黑骡，好奇地问："缰绳后面连着什么东西？"

简陆说："等我回来再告诉你。"

"你要去哪里？"

"东北。"

"我为什么要等你回来？"

熟悉的坏笑再次出现在简陆脸上："等我回来跟你在一起。"

"我不确定我一定会等你回来。"

简陆冲郝运香挥挥手，道别说："郝运香，你一定会！再见。"

一个木质的小男孩紧紧攥着两条磨断的缰绳，脚尖抬起脚跟蹭地，嘴巴噘起来似乎在大喊着"吁……"，静静地躺在他的口袋里。

第三十四章

心里要有光，便拥有光

郝运香最近有点惫懒，可任重的情伤却摆出一副似乎永远也无法痊愈的样子。郝运香每天上班下班，自己家、任重家跑来跑去，着实吃不消。可她又不敢不奔波——万一哪天任重在家里遛弯儿的时候把自己摔死，那该如何是好啊。任重这样的好人不该落得如此下场。

郝运香索性暂住进任重家里，方便照顾他不说，离单位也近。她不得不蚂蚁搬家似的，将自己的毛巾、牙刷、润肤露、隐形眼镜、内衣裤、拖鞋、文件夹、小花瓶等，搬到任重那儿。站在任重家的厕所里，她将这些小零碎从大理石洗脸台的东头摆到西头，又从西头挪到东头，真是怎么摆怎么好看。她心里也纳闷：明明就是一样的东西，为什么摆在自己小屋那漆皮掉落的窗台上就一副邋遢猥琐样，摆在这大理石台子上便板板正正的，如此顺眼。

她以为任重吃美洲大蠊是因为情伤太重，变个花样折磨自己。为了帮助任重戒除这可怕的恶习，她一有空就在网上搜索各类江浙美食，什么稀奇做什么。经常为买点食材跑四五个菜场、超市也毫无怨言，买来后就变着花样做给任重吃。可惜任重除了美洲大蠊，几乎吃什么吐什么。郝运香却偏偏受不了这个，一看见任重吃她便要吐。

这天，郝运香提着大包小包的菜推开家门，发现任重正坐在地板上，拿着一把牙刷耐心地刷洗大蠊。他低垂着头，披散下来的头发竟然是灰色的，大块的皮屑沿着头皮渗出，碎纸般铺洒在胡子上、颈窝里。

看见任重的样子，郝运香的胃搅作一团，她扔掉菜冲进卫生间干呕起来。任重抬起头，盯着郝运香的背影若有所思，他刷洗大蠊的速度明显慢下来。现在的任重就像个需要郝运香照顾的孤寡老人，郝运香让他干什么他就干什么——除了这个美洲大蠊。郝运香不让他吃，他却偏吃，而且天天吃，今天油炸、明天炖、后天红烧、大后天干煸。

郝运香刚一走出卫生间，任重冲她举起手里的大蠊，说："我今儿打算拿它凉拌。"郝运香再也控制不住，来不及奔向马桶，便将胃里所有存货吐了个干净。任重眯起眼睛，脸上的表情变幻莫测起来。他不再刷洗大蠊，显然郝运香的反应吸引了他全部的注意力。他用牙刷慢慢搔着头皮，费力思索着什么——按说这大蠊不该如此招人恶心，郝运香的反应着实奇怪。

任重问郝运香："听说你最近跟简陆走得很近。他是你的男朋友吗？你在这里照顾我，他不会生气吗？"

郝运香点点头，又摇摇头，她知道简陆不会在意这些。任重满心里只有自己的思量，领会错了她这又点头又摇头的意思。

夜深了，任重仍然蜷缩在靠背椅里，他的双眼在黑暗中搜寻着什么，枯瘦的面颊泛出潮红的斑块，额头上布满大颗的冷汗。他努力向前倾着身体，双臂朝虚空伸展着，像是在期待什么人的拥抱。他仰起头，嘴巴一开一合呢喃着什么。如果这会儿郝运香在他身边，一定会大吃一惊，因为任重一直在小声地叫着："姆妈，姆妈。"

任重早已不再牵挂傅天爱。籁籁还需要他牵挂吗？没有他，籁籁才会生活得更好。任重牵挂姆妈，他为了见姆妈正拼尽全力拖延着时间。可他又实在不敢见姆妈。这副样子让姆妈见了，她该怎么活下去呢？任重知道，这个世界上谁都可以没有他，但姆妈不能没有他。他是姆妈的希望、姆妈的骄傲、姆妈的生命。他一点儿也不惧怕离开这个世界，可一想到他将会带着姆妈一道离开这个世界，任重便恐惧得不知该如何是好。

郝运香平稳的鼾声传到任重的耳边。他凝神听了一会儿，站起来向小卧室走去。任重新近得了项奇异的本事——夜视眼。天亮的时候他什么都看不见，天一黑，视力却变得出奇得好。黑暗里的一切事物在他眼前都无法遁形。

任重站在小卧室门口，看见郝运香面向自己侧躺着，一只手摊在额边，另一只手攥着被角，眉头紧紧团着，嘴角下弯，像是受了委屈的孩子。睡梦中，她的身体也略显紧张地蜷缩着，露在外面的一只耳朵奇怪地支棱起来。

任重的视线慢慢转移到郝运香扁平的肚子上，停在那里一动不动。在任重那锐利而又热切的目光下，郝运香的肚皮渐渐变得通透起来。任重清楚地看见里面有一汪油润的水绿色的源泉在温柔地涌动，他睁大眼睛仔细搜寻。突然，一个小小的黑色圆球跳了出来。它在这汪碧泉里快乐地嬉戏，一会儿调皮地翻出水面，一会儿又鱼儿般上下遨游。小圆球悬停在水中央，瞪大两只眼睛好奇地瞧着任重。任重也瞪大眼睛盯着它。看见任重发现了自己，小圆球“嗖”的一声，像个乒乓球似的上下弹跳起来。

看着这个活泼的小圆球，任重的脑袋里冒出一幅有趣的画面：小圆球在水里游着游着，就长出了尾巴。接着，小圆球上蹦出两条小腿和两条小胳膊，尾巴却消失不见。小圆球变成了一只小蝌蚪，他惊奇地将四只脚齐齐举到眼睛跟前：我的尾巴去哪里了？任重在黑暗中咯咯大笑。小蝌蚪啊小蝌蚪，生命就是这样不可思议啊。回头把这个小蝌蚪的傻样子讲给姆妈听，姆妈肯定是哈哈大笑一番后，点着自己的额头嗔怪一句："侬格只小戆大"。姆妈，对了，假如告诉姆妈这个小蝌蚪将会变成她的亲孙子，那么……任重的呼吸急促起来。

又有什么样的奇迹是生命孕育不出来的呢?!

任重守在洗手间门口，静静等了一夜。郝运香终于起床了。她看见容光焕发的任重，心里略松了口气：他也许是想通了，精神看起来不错。当她打开洗手间的门想进去盥洗的时候，任重递过来一只小杯子，央求郝运香在里面放一点儿她的晨尿。郝运香丈二和尚摸不着头脑，可却架不住任重的坚持。当她红着脸端着杯子出来的时候，心情再次沉重起来：任重啊任重，你打算疯到什么时候呢？出门前，她思来想去还是交待一句：这可不是童子尿，万万喝不得。

任重将杯子小心翼翼地放在洗手台上，从口袋里掏出一根验孕棒，撕开包装，举了起来，然后，他打开胸腔深深吸了一口气憋住，这才将验孕棒的尖头仔细地插进小杯子，紧紧闭起双眼。十几分钟后，任重将验孕棒拿出来，他双手颤抖着将这小小的塑料棒举到鼻子跟前，这才敢睁开眼睛。两道杠！任重把眼睛擦了又擦，看了又看：没错，两道红颜色的杠！任重浑身的气力都被这根小小的棒子消耗殆尽，他倚着洗手台跪坐下去，泪水满满地溢出眼眶，打湿了杂草丛生般的胡须与头发。他说："姆妈啊，姆妈。"

天上厚重的云层挤作一团，灰蒙蒙的，压得很低。空气滞重而生冷，迫得人无法喘息。郝运香裹紧大衣，随着人流匆匆行走。她想：要下雪了，快点赶回去吧。今天得跟任重好好谈一谈，不能再这样纵容他。要么爬起来，要么摔下去，他自己得好好拿出个主意来。

郝运香一打开房门，任重的声音便传至耳边："你回来了。"她寻着声音奔进饭厅，看见任重微笑着坐在饭桌旁边，他洗了澡、刮了胡子、剃了头，面前的桌子上摆着热气腾腾的四菜一汤。郝运香惊喜地张大嘴巴，愣了半晌才结结巴巴回答道："是啊，是啊。我回来了。你，嘿嘿，你做的这些菜？”任重点点头，示意郝运香坐下来吃饭。

任重将一小碟香菜拌大蠊挪到郝运香看不见的角落里，这才不停地给她夹菜。郝运香一张脸红扑扑鲜亮亮，两只眼睛弯弯的，盛满喜气。她想：谢谢老天爷啊，任重终于是打算爬起来了。

任重问她：“好吃吗？”

郝运香嘴巴里塞满了食物，“呜呜”地拼命点头。

任重低下头，一只手攥紧筷子，另一只手下意识地紧张地敲击着桌面。他张开嘴，欲言又止，两眼紧紧盯着面前的郝运香。可当他的视线与郝运香的相交的那一刻，却又迅速地躲闪开。面前的菜越来越少，任重的喉结快速抖动几下，他说：“郝、郝运香，如果你喜欢吃，我愿意天天做给你吃。”

郝运香冲任重笑笑：“不用。你恢复了我就放心了。不用感谢我，这一顿足够了。”

“郝运香，你没明白我的意思。我的意思是，嫁给我吧。”

一大坨米饭从郝运香半开的嘴巴里掉了出来，一根青菜挂在她的嘴角。她不敢相信自己的耳朵，反问道：“你说什么？嫁给你？”

任重将头深深埋进颈窝，重重地点点头：“嫁，嫁给我吧。”

郝运香哈哈大笑起来，她想任重心眼儿真好，自己也不过陪伴他这几天，他竟然打算以身相许了？郝运香将青菜吸进嘴里，说：“任重，你是我最好的朋友。你有过不去的坎儿，我理应帮帮你。你不用这样报答我，没有必要。再说我也不需要你这样的报答。”

任重不再说话，专心吃起角落里的那盘凉拌菜。他用筷子先挟两根香菜，然后用这两根香菜将一只大蠊从头到脚满满裹住，送进嘴巴细细咀嚼。

郝运香的喉头又开始发苦，她说：“任重啊，我知道傅天爱在你心目中的地位。她不过就是想出国，你完全可以跟她一起去，或者是等着她回来嘛。你把自己圈在家里吃这个玩意儿，它不解决任何问题。”

“你知道我为什么要吃蟑螂吗？”

郝运香摇了摇头，问：“那不是大蠊吗？”

任重笑了：“美洲大蠊，节肢动物门，昆虫纲，蜚蠊目中的一种，俗称蟑螂。呵呵。它是蜚蠊科中体积最大的一种蟑螂，成虫体长可达四十毫米。不过，它们治癌。”

“致癌你还吃？”

“攀枝花的老潘头鼻咽癌十六年，从患病那天开始每天活吃五六只，他吃了将近六万只后，现在安然无恙，身体非常强壮。重庆的赵大姐，乳腺癌晚期，医生给她判了死刑，她每天坚持吃两只活蟑螂，六年过去了，她竟然奇迹般康复了。活的，我实在吃不下去，只好每天多吃几只死的。”

郝运香盯着任重惨白的脸，不可思议地摇晃着脑袋：“你在胡说些什么？”

任重抬起右手，伸出两根指头在郝运香的鼻子底下晃了晃：“我有两种——癌。一个在肠子里，一个在肚子里，全都扩散了。”

郝运香紧紧咬住下嘴唇，这才算控制住差点从嘴巴里摔出来的舌头，她好像听懂了任重的话，又好像完全没听懂。良久后她才反应过来：两种，癌？下一秒，她冲到任重面前抓着他的肩膀想把他拽起来，她说：“你怎么不早告诉我？走，现在就跟我去医院。”

任重像溺水的人拼命攥住郝运香的手死死向下拉扯着：“郝运香，晚了。你嫁给我吧，不会浪费你太多的时间。只用三个月，不，也许一个月后，你就能解脱了。”

郝运香的大脑完全无法理解这一连串戏剧性的变化。她呆呆地看着面前的任重——深陷下去的眼睛紧紧盯着自己，目光热切而又无助，像个饥饿的孩子似的，大张着嘴巴等待自己赐予他一口可以救命的食物。可她不是那口能续命的粮食啊！她闭起眼睛平静了一会儿，说：“任重，对不起，我不能嫁给你。”

“为什么？”

“我有喜欢的人，我在等他。”

任重冷笑一声，放开郝运香的手，说：“你给简陆打个电话，告诉他你怀孕了，看看他会有什么反应。”

任重平静而又冷酷的声音不掺杂半点情感。一阵强烈的晕眩几乎让郝运香无法站立，她歪着头不可置信地问：“任重，这不可能。你到底想干什么？”

任重从口袋里掏出一根塑料棒，指着上面的两道红杠，说：“昨天晚上，我看见他了。我也做过验证，你确实怀孕了。”

“你看见谁了？原来早上你问我要那个东西是要派这个用场？这不可能，我不可能怀孕。”那晚，郝运香根本没有用自己的秘密武器。可简陆到底有没有做什么措施，现在却是半点也回想不起来。他们才有过一次。郝运香敲着自己的脑袋，说：“这绝不可能。”

“你可以自己再去验证。我这里还有新的验孕棒，验孕试纸也有。”任重靠回椅背，两根细长的青白色的手指笃定地交叉在一起。郝运香的反应让他放下心来。

“你为什么有这些东西？”

任重苦笑了一下：“原本是准备给籁籁用的。”

郝运香捧着验孕棒和试纸走进卫生间，半个小时后又走了出来。她苍白的面庞上挂着啼笑皆非的表情。这算什么？老天爷给自己的奖励还是惩罚？恍惚间，好像一只巨掌从晴空里猛地劈下来，劈开了她的头盖骨，将条条脑神经当作竖琴，弹奏起了《命运交响曲》。郝运香将两根手指捅进耳朵眼里使劲搅和，希望能缓解一下脑袋里的轰鸣巨响。

她在屋子里茫然地转了几圈，她想回自己的小家。可任重拦住了她，坚持让她通知简陆。任重知道自己这样做实在是太冷酷，可他不能放走郝运香，他没有时间了。他笃定简陆这个纨绔子弟不可能会对郝运香和那个小圆球负责，不可能！

郝运香机械地接过手机，给简陆打了一个电话。简陆的手机打不通。郝运香无助地看着任重。任重嘴巴上冷酷的笑纹又加深了一点，摊开两手做了个手势，对郝运香说："给他发个短信。"郝运香照做了。任重说："现在让我们来等等看。"

下雪了，一条条白色的细线从天上绵绵密密地挂了下来。侧耳细听，能听到落雪"扑簌簌扑簌簌"的声音。任重和郝运香无言对坐着，听了整整一夜。郝运香的手机一直很安静。

天亮了，郝运香转动着酸麻的肩膀，想着该去上班了。她站起来，却一个趔趄又跌坐回沙发。坐了整晚没有变化姿势，双腿像被千万根小针扎着，根本无法站立。她用劲捏着自己的小腿，想赶快恢复过来好能支撑着自己走出这里。

任重关注着郝运香的一举一动，郝运香看上去十分平静。任重着急起来，说："郝运香，你打算怎么办？"

郝运香看了任重一眼，说："我不知道。"

任重快步走过来，蹲在郝运香的面前，说："嫁给我。"郝运香摇了摇头。任重抓住她的手，急切地说："简陆不会对你和肚子里的孩子负责的。我可以。"郝运香却再次摇了摇头。

任重急了，站起来冲进自己的卧室，郝运香听见抽屉开关的声音。不一会儿，任重又再次冲回郝运香的面前，他左手拿着银行卡，右手拿着房产证，清瘦的面颊上两只眼睛深渊般巨大。他举起左手说："这是我的工资卡，单位现在还给我发工资。只要我不用进口的，药费也能报个七七八八。听说死后还有抚恤金和八个月工资的丧葬费。"任重顿了顿，右手再次举起来，接着说："这是房产证，我可以把上面的名字改成你的，只要你肯嫁给我。"说完，他将两样东西硬是塞进郝运香的手里。

郝运香的大脑早就罢工了，她麻木地看着手里的房产证和银行卡，脑袋里空空如也。她想起自己年初时舒展着腰身宣称，走着瞧，任重早晚会把存款证、房产证、结婚证双手奉上。现在，他可不是蹲在她面前将这些东西双手奉上了嘛。郝运香啊郝运香，你还有未卜先知的能力呢。她咯咯傻笑起来——这实在是太讽刺了。

郝运香下意识地喃喃自语："我要回单位了，我不能迟到。"说完，她坚定地站了起来。任重紧紧箍住她的双腿，声音尖利而冷硬，像一把刀刻进郝运香的脑袋，嘶喊着："郝运香，求求你帮帮我。你别走，你一走我的姆妈该怎么办呢？没有我，她是活不下去的。郝运香，你肚子里的孩子是个奇迹啊，他能救命的。郝运香啊，生命是个奇迹，它要来谁也挡不住，它要走，谁也一样挡不住。你千万不能做傻事。"

郝运香清醒过来的时候，发现自己站在人行道上，左手攥着银行卡，右手攥着房产证，脚下一滑，人摔倒了，手里的东西飞了出去——一个向左，一个向右。

她爬起来，深深叹了口气，将地上的东西捡起来，吹掉上面的碎雪，仔仔细细贴身收好，擦掉鼻涕，继续前进。

身后一串长长的脚印。

当晚，郝运香回到了自己的磨具盒子，坐在过道里刚换完鞋，一站起身狠狠撞到头顶的鞋柜，眼冒金星，惨叫一声便摔进了身后的卫生间。鞋盒大小的卫生间哪里容得下郝运香的体积，肚子一挺硬生生又将大半个她挤出腹内。郝运香头挂在搪瓷基本掉光的蹲坑边，上半身填满了卫生间，下半身却拐了两道弯窝在过道里。

歇了半天她才把身子捋顺，站起来打算洗个手。水泥台子将就搭出来的洗脸池上却只剩下一块肥皂——满身的黑道道，泡在一堆黄白色似呕吐物的腻子里。郝运香两个指尖掂起这块肥皂，嫌恶地闭起眼睛一甩手，肥皂"哐当"一声掉进蹲坑，"哧溜"一下滑进下水道，随即便又不服气似的飘了上来——那一条条黑道道眼睛一般瞪大了，无声地谴责着郝运香。

郝运香躺上床，什么也不想做。以往一躺上去，身心都能得到无限的安慰与舒适，可今天这床仿佛长出了犄角，硌得她浑身疼。

她翻个身，从底下摸出一块硬物，原来是简陆送给她的那只小骡子。郝运香托起它，小骡子的双眼调皮地一眨又一眨，张开嘴巴说：“妈妈，妈妈。”这时，郝运香的眼泪洪水般呼啸着冲出眼眶，她想：生命是个奇迹啊。

郝运香再次推开任重家的门。屋里还是没开灯，任重瘫坐在靠背椅上，背对着大门。郝运香上前拍拍任重的肩膀，说：“任重啊，我不要你的钱和房子，我也不能嫁给你。但是，你可以告诉你姆妈，我肚子里的孩子是你的。”任重的肩膀剧烈地抖动起来，他抓住郝运香放在自己肩膀上的那只手，说：“谢谢你，郝运香。以后我生吃非洲大蠊，一天十五只，早中晚各五只。”郝运香点点头说：“好。”

第三十五章

任家姆妈

姆妈来了。当晚，母子两人在卧室里唧唧咕咕聊了一夜。郝运香隐约听见任重提到小蝌蚪找尾巴，“哧哧”的笑声不时从墙壁里传出来。姆妈似乎说起了一只老坛子，笑声就隐没不见了。

第二天一早，郝运香看见客厅里的大靠背椅被一条雪白的床单罩了个严严实实。任家姆妈坐在上面，手里举了个小镜子，正在化妆，嘴里小声地重复念叨着：“阿拉小宁噶作孽，这么龌龊的地方，怎么住得下去哦。”她听见郝运香的动静，转过身来，脸上的妆只化了一半，没来得及上妆的那半边脸皱纹密布，像一只被抽光汁水的干瘪梨子。她两眼干涩发红，手里拿着的眉笔不停抖动着。她冲郝运香说：“你过来帮我画画左边这只眉头，我怎么也画不好。不能让毛头看见我现在这副样子，会吓到他的呀。”

任重将肚子里的秘密悉数告诉姆妈后，病情就迅速恶化，住进了医院。

任重姆妈坐在靠背椅里化妆的样子始终无法从郝运香的脑海里剔除出去。她将自己巨大的悲怆小心地藏进那句轻轻的抱怨声里，可画不好的眉头出卖了她，让伤痛更加无法遁形，重重地填满了每个角落。虽然母子两人现在都在医院，但郝运香一回来便戴好发套，穿好鞋套，围好围裙，拿起抹布，将屋子里的角角落落、马桶底座、床上床下、洗脸台锅台灶台都打扫得没有一点灰尘油星儿、半根毛发。她豹子般满屋子巡视，两只鹰眼一眨不眨，手里的抹布好似那战斗的利器——要把所有的悲伤都像垃圾那样清扫出去。

任重姆妈守着儿子寸步不离。无论夜晚如何忧伤，早上醒来都是妆容精致，头发一丝不乱地攥着儿子的手，安详地坐在他床边。任重昏昏沉沉睡着的时候，老太太就出去买花。她买回来的花儿没一种郝运香能叫出来名字，全是小小碎碎的一大把，五颜六色地聚在一起，外面裹一圈儿叫不出名字的干草，摆在床头分外好看。

任家姆妈只吃进口的粮食与蔬菜，这一顿吃剩的，下一顿绝不会再动一筷子。郝运香给她做的第一顿饭，姆妈远远看了一眼，便示意郝运香端出去倒掉。郝运香端出去，倒进了自己的胃里——看都能看出这不是进口的吗？菜贩子可是信誓旦旦讲都是进口的哦。第二顿，任家姆妈扒拉了一筷子，继续示意郝运香端出去倒掉。郝运香端出来再次倒进自己的嘴巴——不是进口的也能看出来？都不用尝一筷子？第三顿，姆妈吃了几筷子。郝运香彻底服气，半点花头也不敢再搞，隔两天去一趟王府井专卖外国货的高级超市。

郝运香自己的那份，得从厨房往餐厅跑三个来回，才能端上桌子。她早上一大碗粥、一小碗红烧肉、两个煮鸡蛋、四根油条、六个包子，就算吃这么多，不到中午就饿得心慌。

我去探望任重的时候，见识过一次她吃的五花肉——负责任地说，那是一花肉，片片二指宽、一指厚的肉块，雪白透亮。

当时，我跟铁军正坐在任重的病床边，半晌无话。任重仰面朝天躺着，躯干已经是薄薄的一层，与床板融为一体，被单下面四肢干枝般平摊开来，肚子却高高隆起顶出一个滑稽的圆球，脸色是奇怪的灰红色，仔细一看，原来寡白的面皮上竟生出一层密密的红毛，像被微风吹拂着的草地，随着任重的呼吸此起彼伏。

任重在被单里拍拍自己的肚子，说：“像个孕妇是吧。不过里面全是水，前几个礼拜两天抽一次，现在得一天抽两次。应该把我的病床搬到缺水的农田边，这边抽出来那边浇下去，也算是做点好事。嘎嘎嘎。”他巨大的喉结费力地挤出一串笑声。我瞬间汗毛倒竖，恨不得立刻奔出病房。

幸好这时门开了，一截莲藕般雪白瓷实的胳膊提着个老式三层大食盒先探了进来，稍后才看见微微侧过身体、小心翼翼挤进门的郝运香，健康的肌肉在她紧实的皮肤下泛出只有最珍贵的景德镇“祭红”瓷器才有的那种凝厚莹润的色泽。当她朝着任重走过来的时候，我甚至能听见血液汩汩的流动声。郝运香胖了，却不是虚胖，而是那样一种踏实且洋溢着生命力的胖。

郝运香放下食盒，摸摸任重的额头，然后跟我俩打了个招呼：“来了啊。到饭点了。跟我们一块儿吃点，我做得挺多。”我俩摇了摇头。然后她又问任重：“姆妈呢？”“出去有一会儿了，应该马上就回来。”“饿了吧，吃饭。”

她从大食盒第一层端出两碗粥、一瓶中药、一小碟青瓜虾米、一小碟小葱拌豆腐、一小碟香菇青菜，依次摆在任重面前的小桌子上，冲我俩念叨一句：“全是进口的。”接着，从剩下的两层里端出一海碗米饭、一大盘粉蒸五花肉、一小瓮东坡肘子、一大盘白菜粉条炖五花肉、两个馒头。郝运香咽了咽口水，说：“我真是饿坏了。”

她拿过一个馒头掰开，填进去满满一筷子白菜炖五花肉，却不急着咬，先叨两块粉蒸五花肉塞进嘴里，这才大大咬一口馒头，边咀嚼边将嘴凑在饭碗边，可以看出肉和馒头才由舌头卷到咽喉边，一大团米饭已然填了进去，头没抬起来，筷子又伸进粉蒸五花肉盘子里，夹两片肉裹一块肘子塞进嘴。她保持并享受着这种进食的速度与份量，看似吃得不紧不慢，但食物不可思议地快速消失了。

任重坐在她对面，挑几粒米，侧头看看窗外，再挑几粒米，再侧头看看窗外。最后，他索性放下筷子，专心欣赏风景。天色虽是阴沉，但高大的广玉兰都打起了脆嫩翻红的花苞，小鸟儿们叽叽喳喳飞上飞下。一只小麻雀停在窗户边，小小的嘴叨一下羽毛，又啄两下窗子。任重的额头上泛出密密一层汗珠。

郝运香没抬眼，将手里剩下的大半个馒头沿着肘子碗边迅速擦了一圈塞进嘴，然后麻利地从桌腿上拿起一双看样子是反复使用并清洗过的医用手套戴好，对我和铁军说："你俩先坐着。任重得上厕所，最近他大便越来越困难了。"说完，她半蹲下身子，一只手扶起任重，另一只手稍微一用力，便将任重掀起来码到自己背上，步履轻快地走向卫生间。半个小时后，她背着任重再次回到病床旁，还是半蹲下去，屁股轻轻一抖就将任重稳稳放到床沿儿，再扶他慢慢躺了下去。她脱下还滴着黄白色黏液的手套往桌脚顺势一搭，就手拧开中药瓶子给紧闭着双眼的任重喂……噢，不，实际是灌了进去，像任重希望的那样——给缺水而又渴望生长的禾苗们灌了下去。

半个月后的某天清晨，任重睁开眼睛，自己摸索着下了床，走进卫生间。好久没照镜子，任重几乎认不出自己了。他用剃须膏将整个面部涂满，拿出剃刀细细刮了起来。锋利的刀片小心翼翼地沿着额头慢慢刮向下巴，发出的声音极其陌生——不是以往的"沙沙"声，而是"咔啦咔啦"声——因为失去了皮下脂肪的润滑，刀片直接摩擦着脸骨。刮好胡子后，任重又洗了把脸，学着傅天爱曾经的样子，双掌在脸颊处使劲拍了半天，这才又摸索着躺回床上。他嗓音轻快地喊道："太阳都照屁股了，你们俩还不起床吗？"

任家姆妈听见儿子的声音，立即从旁边的陪护床上翻了下来，奔到儿子床边。郝运香也在另一边的长椅上闭着眼睛开始咂巴嘴儿。任重两只眼睛亮晶晶地盯着他姆妈："姆妈，我想吃你做的盐煎肉和大头菜烧田螺了。"边说边咽了咽口水。任家姆妈忙不迭地点头："毛头有胃口了。这两样小菜还蛮费辰光的，姆妈这就买材料去。中午毛头就能吃进嘴巴里了。"说完穿着睡衣，拿起包就出了门。郝运香坐了起来，吃惊地揉揉眼睛——老太太没化妆没换衣服就出门了。

待姆妈的脚步声彻底消失后，任重又对郝运香说：“今天别上班了，请个假，陪我去个地方。”郝运香扶着任重坐进出租车，听见他对司机说：“师傅，麻烦您去朝阳区安家楼55号。”

出租车停在一栋灰白色四方斜顶大楼的对面，楼还没有竣工，楼层间拉着绿色防护网。一面大约两人高，同样是绿色的细网格铁丝墙将灰楼与马路隔离开。离铁丝墙大概一人宽的地方，用银白色铁栏杆拦出一条长长的通道，通道尽头处的大门边上站着两个荷枪实弹的武警，稚嫩的脸蛋上裹了一层糖皮似的威严。

郝运香扶着任重下了出租车，任重站在马路牙子上四处张望一番，径直走向马路边的一间咖啡馆。咖啡馆大门正冲着小武警。时间太早，咖啡馆没开门。任重便坐到咖啡馆旁边不远处的一棵小树后，老僧入定般面朝灰楼。郝运香问他这是哪里。任重说是美国大使馆。郝运香这才明白，她啥也没说，坐到了任重的身边。

不知过了多久，日头从东边挪到了树梢头，一束束阳光透过叶片在人脸上印出铜钱般的大圆点。这时，郝运香听见身旁的呼吸声急促起来，偏头一看，任重两只手攥拳抵着地面微微颤抖，上半身前倾，整张脸上似乎只剩下了两只越睁越大的眼睛，两束集合了温柔、热烈、激动、贪婪、期盼等强烈而又复杂的情感的目光，穿过马路，跨过围栏，攀上铁丝墙，紧紧罩定在一个白色的模糊的身影上。

身影越来越近，越来越清晰，穿着白色中袖连衣裙的傅天爱出现了，腰间的浅金色腰链在阳光下闪闪烁烁，手里捏着一张粉色的纸条，傅天爱一边走，一边笑，一边端详。郝运香听见任重喃喃自语着：“粉色的，粉色的，过了，我就知道。”他冲郝运香挥挥手，说咱们也走吧，可自己无论如何也站不起来了。任重的精神头追随着远去的傅天爱抛弃了自己的主人。

郝运香将任重送回病房没多久，姆妈提着大食盒兴冲冲地进了门。整个下午，任重都很亢奋。姆妈的盐煎肉和大田螺一口接一口地吃，边吃边大声开玩笑，把他姆妈逗得眼泪都笑了出来。

任重脸上那层灰红色的毛也像是得着了鼓励，趁势钻了出来，比以往又浓密了点。吃完东西，任重邀请姆妈和郝运香一起陪自己去花园里看风景。任重走到小花坛边坐下，看着大朵大朵盛开的美人蕉，啧啧称赞："真漂亮，可惜开不了多久。"说完，"哇"的一口，所有的田螺和肉被原样吐了出来。

任重盯着鲜艳的美人蕉，郝运香却盯着任重——她发现那艳丽的花朵倒映在任重的眼睛里，却泛出诡异的灰色。郝运香的心不由得沉了下去。

夜色深沉起来，姆妈和郝运香都睡熟了。任重睁开眼睛，发现连日来一直伴随着自己的那股疼痛奇迹般地消失了。他动了动手脚，一种软绵绵的轻松洋溢开来。他又按了按自己的大肚皮，心里还开着玩笑——里面是不是还有没消化完的大蠊？

黑暗中，任重悄悄坐起身，艰难地爬下床，来到郝运香身边跪了下去。他思索了一会儿，掀开郝运香的睡衣。郝运香的肚皮在他的眼睛里再次通透起来。里面躺着的小东西似乎睡着了，一动不动。任重伸出一根指头搅了搅那汪碧水，小圆点摇晃了几下，睁开眼睛；任重的手指在水面上画起圈圈，这下小圆点欢快起来，像条壮实的小鱼儿，边吐泡泡边顶出一串涟漪似的圆圈。任重笑了，这小子够皮的。

他将嘴贴在郝运香的肚脐上小声打了个招呼："小蝌蚪，你好啊。小蝌蚪啊，你能帮我照顾好我的姆妈吗？"他停下来想了想，继续说道："要是可以，你就再游两圈。"话刚说完，小圆点鼓起来，蹭了蹭他的嘴角，转了一圈，甩甩脑袋。任重激动得浑身颤抖，他心里快乐地大叫着：好小子，再转一圈啊。可小圆点不再理他。任重伸出指头又点又戳又按，他还是一动不动。任重不死心，将耳朵再次贴了上去，贴完左耳贴右耳……他等了很久，等出一身冷汗，小圆点却再无回应。任重死心了，慢慢抬起了头。突然，小圆点蹦起来蹭蹭他的下巴，摇头晃脑地又转了一圈。

这一刻，欢欣的喜悦春雨般滋润着任重浑身上下每一处毛孔，将里面深深藏着的即将要面对永恒的黑暗的恐惧冲刷干净。任重又能感觉到自己的心在胸腔里怦怦地跳动起来，他将拳头塞进嘴巴里，控制着抽噎声。他久久凝视着郝运香的肚皮，沉醉在这伴随着最后时刻到来的巨大的幸福感里。他的心里充满了感激——对小蝌蚪，对这无上神秘而又尊荣的生命……

不知道过了多久，任重感到一丝奇异又透骨的寒凉缓缓攀上自己的脚尖，悄无声息又步履坚决，寒凉攀上脚尖，脚尖便失去知觉。任重无数次想到过“它”来时会是什么样子，什么感觉，这下他明白了——“它”来了。

任家姆妈在黑暗里睁开双眼，她将头转向窗口，任性地避开任重所在的方向。

第三十六章

尾声

郝运香坐在任重的墓前絮絮叨叨地跟他聊天："今天给你带了不少好吃的，都是你喜欢的，放开吃，到了那边也不需要忌嘴。给你多烧点钱送过去。你从没尝过缺钱的滋味，到了下面更不能受苦。"郝运香停下来想了想，该不该告诉任重，姆妈在他走的那天便失了一切的记忆，现在像个三岁的孩子。算了，郝运香摇了摇头，啥也想不起来才是好呢。她接着说："姆妈一切都好，你放心吧。"说完，她打着火机，小小的火苗一闪一闪地舔着了手里的黄裱纸，一股青烟淡淡升起。

电话响了，郝运香接起来，她妈慌张的声音传了过来："运娣啊，运娣，呜呜呜，出事了，回家一趟。"郝运香说："怎么了，妈？别哭啊，能出什么事情？""你爸出事了。""我爸？昨天晚上不是才通过电话吗？""不是那个你爸，是那个你爸。那个、那个、你大伯。"郝运香妈妈结结巴巴，语无伦次。"噢，是大爷啊。什么我爸我爸的！"郝运香的父母一直养着一个说不清楚来历、脑子也不太好使的傻大爷。"你回来吧，再不回来最后一面也见不着了。不是你大爷，他是你、你亲爸……快回来吧。"郝运香猛地站起身："妈，你瞎说啥呢？”

她有点晕眩，身子摇晃了几下。她妈这是又犯病了咋地？这时，一只大手从背后伸过来，稳稳地托住郝运香。她回头一看，原来是简陆。郝运香身子一软，电话掉了下去。

简陆揽住郝运香，摸了摸她的肚子：“你们都还好吗？”

郝运香说：“你为什么不接我的电话，也不回我的短信？”

简陆歉疚地回答道：“我去的地方没有信号，爬山的时候手机也摔坏了。我赶回来一看见你的消息，就立马赶了过来。”

郝运香问他：“见到你妈妈了吗？”

简陆点点头。

“她还好吗？”

简陆再次点点头。

“你还恨她吗？”

简陆摇了摇头。他接过郝运香手里的黄裱纸，点着后放在任重的墓前拜了几拜，说：“没想到我一走就发生了这些事情。辛苦你了，郝运香。”

郝运香冲简陆点点头，说：“是挺辛苦的，不过我还撑得住。贾总现在一看见我，脸上就开出一朵洛阳红牡丹。”郝运香有点骄傲地摸摸鼻子，模仿着贾总的样子：“不过他还是记不住我的名字，每回都伸出一根食指头冲我指指点点，嘴巴里说，你你，那个你好好干。”

简陆从口袋里掏出一个木雕小男孩，手里紧紧攥着两条磨断的皮缰绳，问郝运香：“小骡子你带着吗？”郝运香解开衣服，从贴身的口袋里掏出小黑骡，递给简陆。简陆接过来，擦着打火机，将断掉的皮缰绳点燃，然后接在一处。缰绳融合起来，简陆使劲拽了几拽，它们牢牢地粘在一起。简陆把木雕递给郝运香，拍拍她的脑袋，说：“郝运香，我要跟你在一起。”

郝运香两眼平静地望着天空，手里攥着小木雕，心里生出一股子取之不竭用之不尽的力气。如果这个时候简陆再问她什么是幸福，她一准会回答：我就是幸福。

图书在版编目（CIP）数据

加油，郝运香！ / 刘颖著 . -- 上海 : 上海社会科学院出版社，2019
ISBN 978-7-5520-2770-9

Ⅰ. ①加… Ⅱ. ①刘… Ⅲ. ①言情小说－中国－当代 Ⅳ. ① I247.5

中国版本图书馆CIP数据核字(2019)第097880号

加油，郝运香！

著　　者：刘　颖
责任编辑：王　勤
封面设计：@Mlimt_Design
出版发行：上海社会科学院出版社
上海市顺昌路622号　邮编 200025
电话总机 021-63315900　销售热线 021-53063735
http://www.sassp.org.cn　E-mail:sassp@sass.org.cn
印　　刷：上海盛通时代印刷有限公司
开　　本：890×1240 毫米　1/32 开
印　　张：9
字　　数：227 千字
版　　次：2019 年 8 月第一版　2019 年 8 月第一次印刷

ISBN 978-7-5520-2770-9/I·333　定价：45.00 元